中国女性文学与女性意识研究

杨万洁　黄婷婷　著

吉林文史出版社

图书在版编目（CIP）数据

中国女性文学与女性意识研究 / 杨万洁，黄婷婷著.

：吉林文史出版社，2024.11. -- ISBN 978-7

52-0585-6

Ⅰ. I206

中国国家版本馆CIP数据核字第2024SM4880号

中国女性文学与女性意识研究
ZHONGGUO NÜXING WENXUE YU NÜXING YISHI YANJIU

出 版 人：张　强

著　　者：杨万洁　黄婷婷

责任编辑：张宏伟

版式设计：李　鹏

封面设计：文　亮

出版发行：吉林文史出版社

电　　话：0431-81629352

地　　址：长春市福祉大路5788号

邮　　编：130117

地　　址：www.jlws.com.cn

印　　刷：北京昌联印刷有限公司

开　　本：710mm×1000mm　1/16

印　　张：13

字　　数：232千字

版　　次：2024年11月第1版

印　　次：2024年11月第1次印刷

书　　号：ISBN 978-7-5752-0585-6

定　　价：78.00元

前　言

在浩瀚的文学海洋中，女性文学以其独特的魅力和深刻的内涵，已开始逐渐崭露头角。女性文学不仅是文学的分支，更是女性心声的真实写照。它记录了女性在历史长河中的挣扎与奋斗，展现了她们对自由、平等与尊严的不懈追求。而女性意识，则是这一追求的精神内核，它推动着女性文学不断向前发展，成为社会文化进步的重要标志。本书将从多个角度剖析女性文学与女性意识的内在联系，并深入探讨女性是如何借助文字来表达自己情感和诉求的。

本书首先从女性文学与女性意识研究绪论入手，首先概述了女性文学与女性意识，解读了中国当代女性文学与女性意识，然后对在消费文化语境下的女性文学与女性意识展开论述，最后对跨文化视野下的女性文学与女性意识进行了深入探讨。希望通过本书的介绍，能够为读者提供女性文学与女性意识研究方面的帮助。

在写作过程中，笔者参考了部分相关文献与资料，获益良多，在此谨向其作者表示衷心的感谢。

由于笔者水平有限，对部分问题的研究还有待进一步深化、细化，书中难免存在一些不足之处，敬请广大读者批评指正。

2024 年 5 月

目　录

绪论

第一节　研究背景与意义

一、女性文学与女性意识的社会背景

（一）社会变迁与女性地位演进

纵观中国历史，女性地位是随着社会变迁而不断演进的。在原始社会，女性与男性享有平等地位，参与狩猎采集等生产活动，为部落的生存繁衍做出重要贡献。随着农业文明的发展，男耕女织的社会分工模式逐渐形成，女性的主要职责转移到家庭内部，织布、养蚕、操持家务成为她们的主要工作。此时，女性虽然在家庭中占据重要地位，但在社会上的影响力开始减弱。

封建社会的到来使女性地位进一步下降。在"三从四德"的伦理规范下，女性从属男性，无法参与社会事务，教育资源也极为匮乏。同时，缠足、裹小脚等陋习盛行，对女性人身自由构成严重的束缚。在封建家庭中，女性往往沦为生育工具和男性附庸，缺乏独立人格。即便在上层阶级，女性也难以掌控自己的命运，政治联姻、男尊女卑的观念无处不在。

辛亥革命的爆发为女性地位的提升带来了契机。资产阶级革命派提出"男女平等"的口号，倡导女性解放，反对封建礼教的束缚。五四运动时期，"妇女解放"成为社会进步的重要议题，女性开始走出家庭，投身社会改革的洪流中。不少女性知识分子开始利用报纸杂志宣传女权思想，呼吁女性觉醒，争取平等权利。这

一时期涌现出秋瑾、何震、向警予等杰出的女性革命者，她们以卓越的才华和勇气谱写了中国妇女解放运动的壮丽篇章。

新中国之后，1954 年宪法明确规定，"中华人民共和国妇女在政治的、经济的、文化的、社会的和家庭的生活等各方面享有同男子平等的权利"。在社会主义建设中，广大妇女积极投身国家建设，成为推动经济发展的重要力量。"妇女能顶半边天"的口号响彻祖国大江南北，女性的社会地位大大提高。与此同时，妇女组织不断发展壮大，成为维护和实现妇女权益的中坚力量。

改革开放以来，女性地位进一步提升。市场经济的发展为女性提供了更加广阔的发展空间，越来越多的女性进入各行各业，在政治、经济、文化、教育等领域展现耀眼的光芒。许多女企业家、女科学家、女教授等优秀女性不断涌现，她们以卓越的才智和非凡的成就赢得了社会上的广泛赞誉。同时，妇女权益保护法、反家庭暴力法等法律法规的出台，为女性权益提供了坚实的法治保障。然而，在现实生活中，一些领域的性别歧视和偏见仍未根除，女性在就业、晋升等方面仍面临诸多障碍。

（二）女性解放运动的历史功勋

在 20 世纪的社会变革浪潮中，女性解放运动书写了浓墨重彩的一笔。从妇女参政到争取经济独立，女性群体为打破传统桎梏、实现自我价值付出了艰苦卓绝的努力。这一历史进程不仅改变了女性的社会地位，也深刻影响了整个人类文明的发展轨迹。

早在 19 世纪末 20 世纪初，随着工业革命的兴起和资本主义经济的发展，越来越多的妇女走出家庭，投身社会生产。然而，在由男权主导的社会结构中，妇女却长期遭受政治权利剥夺、经济地位低下、教育机会匮乏等不平等待遇。为了改变这一状况，一批先进女性开始奋起反抗，掀起了轰轰烈烈的女权运动。她们通过集会游行、演讲辩论等方式表达诉求，呼吁社会正视女性权益。

20世纪两次世界大战期间，大量男性奔赴战场，妇女开始大规模进入劳动力市场，承担起支撑社会运转的重任。这一变化极大地拓宽了女性职业选择的空间，推动了女性经济地位的提升。战后，随着和平的到来和经济的复苏，女性越来越意识到经济独立的重要性。她们积极寻求就业机会，参与职业培训，不甘心再度回到家庭主妇的角色。同时，随着科技进步和生产效率的提高，家务劳动也逐渐从女性肩上卸下，这为女性投身社会创造了有利条件。

在教育领域，女性群体同样发起了一场场追求平等权利的斗争。她们抗议教育资源的性别分配不公，要求在学校招生、课程设置、奖学金评定等方面消除性别歧视。随着越来越多女性接受高等教育，她们开始进入科学、工程、医学、法律等曾经被视为"男性专属"的领域，并以出色的表现证明了女性与男性一样拥有广阔的发展潜力。女性知识分子群体的崛起极大地改变了社会对女性的刻板印象，为女性的全面发展扫清了障碍。

女性解放运动的意义不仅在于为女性争取权益，更在于唤醒女性的自我意识。在追求平等独立的过程中，女性开始反思自身地位，重新审视自我价值。她们冲破传统观念的桎梏，勇敢表达内心诉求，彰显独特魅力，塑造完整人格。这种自我意识的觉醒对于女性个体乃至整个社会的解放都具有重大意义。唯有女性真正成为自主、自信、自强的群体，才能推动实现真正的男女平等。

（三）文化与教育的普及

文化与教育的普及对于提升女性自我意识和激发其文学创作潜能起到了至关重要的作用。一方面，随着社会文明的进步和教育事业的发展，越来越多的女性获得了接受教育的机会。在学校中，她们系统地学习文、史、哲等人文学科知识，开阔了视野，启迪了思想，为日后从事文学创作奠定了扎实的知识基础。另一方面，社会环境的日益开放也让女性有更多机会接触到丰富多元的文化信息。通过阅读、欣赏中外优秀文学作品，她们领略到不同文化的魅力，也感受到文学的无穷力量。在潜移默化中，女性的人文素养得到了提升，精神世界变得更加充实而富有感悟。

文化与教育的普及不仅为女性文学的创作提供了知识滋养，更重要的是唤醒了她们的自我意识。在传统社会中，女性能够长期处于从属地位，个人价值往往被忽视，声音难以被倾听。而教育的普及帮助女性认识到自身的独特价值，懂得表达自我、追求自我的重要性。许多女性开始以笔为武器，用文字诉说心中的喜怒哀乐，表达内心的真实感受。在创作过程中，她们重新审视自我，探寻自我，构建起独立自主的精神家园。女性日益增强的主体意识，极大地激发了她们投身文学创作的热情，推动了女性文学开始走向繁荣。

与此同时，教育水平的提升也让越来越多的女性有机会走出家庭，参与到社会生活中来。她们或走上工作岗位，或投身社会实践，积累了更加丰富的人生阅历。这些宝贵的生活体验将成为女性文学创作的重要源泉。她们书写自己，也书写他人，她们笔下的人物形象更加丰满，情感更加真挚动人。现实生活的点点滴滴在女性笔下幻化为动人的诗篇、感人的故事，折射出时代的变迁和人心的悸动。正是得益于教育的普及和社会参与的拓展，女性文学日益呈现出蓬勃多元的发展态势。

二、研究女性文学与女性意识的重要性

（一）反映社会性别平等进步

女性文学作为一面独特的镜子，可以折射出社会性别关系的变迁和发展轨迹。在漫长的人类文明史中，女性的社会地位和发展机遇始终受到种种束缚和限制。然而，随着社会的进步和女性意识的觉醒，女性群体开始以更加积极主动的姿态投身文学创作之中，用生动鲜活的笔触描绘自身的生存状态和情感体验，表达了对平等权利的诉求和憧憬。

从古至今，女性文学创作不断推陈出新，形式多样，内涵丰富。无论是诗歌、

散文、小说，还是戏剧、报告文学等，女性作家都在不同的文体中挥洒才华，抒发情感。她们或细腻柔和，或激昂澎湃，或冷峻理性，或热情洋溢，以独特的女性视角审视社会，解剖人性，刻画时代风貌。从谢道韫婉约细腻的诗作，到冰心温婉隽永的散文，从张爱玲对人世悲凉的剖析，到三毛对生命的热情讴歌，一代又一代的女性文学家以笔为枪，与时代对话，与人生搏击，在文坛上留下了不可磨灭的印记。

女性文学之所以令人瞩目，不仅在于其独特的审美价值和艺术魅力，更在于其折射出的社会性别图景和女性发展进程。在由男权主导的社会中，女性长期处于从属和被压抑的地位。她们的声音常常被忽视，她们的才华往往被埋没。然而，通过文学创作，女性获得了宝贵的自我表达空间。她们用笔墨书写自己的人生故事，诉说内心的喜怒哀乐，抒发对美好生活的向往。同时，她们也在作品中尖锐地揭示出社会的不平等和不合理，批判种种对女性的偏见和歧视，为女性权益呐喊助威。正是在这种诗书里、话语中，女性意识悄然觉醒，社会性别平等理念日渐深入人心。

当代中国的发展进步，为女性文学创作提供了前所未有的广阔空间。在社会主义核心价值观的引领下，男女平等已成为全社会的共识和价值追求。越来越多的女性获得了接受教育、发展事业、追求自我的机会。她们活跃在社会的各行各业，以智慧和汗水书写出精彩的人生华章。与此同时，当代女性文学也呈现出勃勃生机。女性作家以更加宽广的视野，更加多元的题材，更加先进的理念，反映时代风云，把脉社会百态，为文学创作注入新的活力。从铿锵有力的散文，到引人深思的小说，从独具匠心的诗歌，到情感真挚的戏剧，女性文学作品以其独特的艺术魅力吸引着广大读者，引发了社会的广泛关注和思考。

女性文学与社会性别平等密不可分，相辅相成。一方面，社会性别平等的实现为女性文学创作提供了更加广阔的舞台和更加丰富的养料，推动女性文学不断迈向新的高度。另一方面，女性文学作为观察社会、反思人生的重要窗口，又为推动社会性别平等发挥着不可替代的独特作用。文学作品塑造了一个个鲜活生动的女性形象，展现了女性在社会发展中的重要贡献，唤起了社会对女性价值的认同和尊重。同时，优秀的女性文学作品对男性读者也具有巨大的教化和启迪意义，能够引导他们反思传统的性别观念，培养平等、包容、尊重的性别意识，推动两性关系的和谐发展。

（二）增强女性自我表达与实现途径

女性文学作为女性意识表达的重要载体，在帮助女性实现自我认识、探索自我价值、追求自我发展等方面发挥着不可替代的作用。通过创作和阅读女性文学作品，女性能够深入审视自我，挖掘内心情感，表达真实想法，从而实现自我意识的觉醒和成长。这一过程不仅有助于女性个体的身心发展，更能推动整个社会性别意识的进步。

具体而言，女性文学为女性提供了一个宝贵的自我表达空间。在现实生活中，女性的声音常常被忽视或压抑，她们难以畅所欲言地表达自己的想法和感受。而文学创作打破了这一桎梏，让女性有机会通过笔尖倾诉衷肠，抒发情感。无论是对现实处境的不满，还是对美好生活的向往；无论是对自我价值的困惑，还是对人生意义的探寻，女性都能在文学的世界里自由表达，从而获得情感宣泄和心灵慰藉。同时，文学也为女性提供了一面审视自我的镜子。优秀的女性文学作品往往以女性的独特视角切入，以其细腻的笔触刻画女性的内心世界，展现女性在社会中的真实处境。阅读这些作品，女性读者能够从中看到自己的影子，从而引发情感共鸣和心灵触动。她们或许会惊讶地发现，自己并非孤单一人，许多女性都面临着相似的困境和挣扎。这种共情体验能够唤起女性的自我认同，增强她们的自信心和勇气，激励她们去反思，去改变，去追求自己想要的生活。

女性文学还为女性成长发展指明了方向。许多优秀的女性作家以亲身经历为创作素材，讲述了一个个独立自强、勇于追梦的女性成长故事。这些故事展现了女性在逆境中不屈不挠的意志力，在困顿中重拾希望的勇气，在挫折中永不言弃的精神。阅读这些鼓舞人心的故事，女性读者能够获得前行的动力，看到通往自我实现的无限可能。她们或许会对照自己的人生，重新审视自己的理想和追求，从而鼓起勇气突破樊篱，走向更加广阔的天地。女性文学对于推动社会性别意识进步同样意义重大。优秀的女性文学作品不仅能够展现女性的生存状态，也揭示了形成这种状态的社会根源。这些作品会敏锐地捕捉到潜藏于社会结构和文化传统中的性别不平等，批判地揭露各种显性或隐性的性别歧视，进而引发全社会对性别问题的关注和反思。在女性文学的影响下，越来越多的人开始意识到，实现女性解放和男女平等，需要社会各界的共同努力。人们开始反思旧有的性别观念和社会制度，呼吁为女性营造更加公平友善的社会环境。女性文学的发展，必将推动社会性别意识的觉醒，进而促进社会性别关系的良性发展。

女性文学为广大女性提供了宝贵的自我表达空间，引领她们直面自我、超越自我、实现自我；同时，女性文学也推动了整个社会性别意识的进步，为女性赢得了更多的尊重和发展机会。在新的时代背景下，社会应该继续重视和支持女性文学创作，让更多优秀的女性作家和作品脱颖而出，以文学的力量推动女性意识的进一步觉醒，为实现男女平等、共建和谐社会贡献智慧和力量。

（三）推动文学艺术领域创新

女性文学创作以其独特的视角和丰富的表现形式，为文学艺术领域注入了新的活力和创造力。女性作家以敏锐的洞察力、细腻的情感和独特的审美追求，书写出了一个个鲜活生动、别具一格的女性形象，展现了女性生存状态的多样性和复杂性。她们笔下的女性形象打破了传统文学中"男主外，女主内"的刻板模式，呈现出自立自强、积极进取的新女性形象。这些形象的塑造不仅丰富了文学创作的内容，也为社会大众认识和理解女性提供了新的视角。

女性文学创作在题材选择和表现方式上也体现出鲜明的独特性。女性作家善于从日常生活的点滴中发掘富有诗意和哲理的主题，将女性的喜怒哀乐、梦想困惑娓娓道来。她们笔下的故事情节往往贴近生活，富有现实感和说服力，容易引起读者的情感共鸣。同时，女性作家还勇于尝试多元化的表现手法，灵活运用意识流、心理描写、复调结构等现代技巧，使作品更加新颖奇特，吸引读者。这种表现方式的突破，无疑是拓展了文学艺术的表现空间，为文学创新提供了更多可能。

女性文学创作对推动社会进步、促进性别平等也发挥了重要作用。许多优秀的女性文学作品直面社会现实，揭示女性在成长过程中面临的困境和挑战，反映了女性的诉求和追求。这些作品犹如一面镜子，让社会直视性别不平等问题，推动了社会上对女性困境的重视和反思。有的作品更是以女性特有的细腻和温情，展现了在困境中成长的女性之美，彰显了女性的价值和尊严。这些富有人文关怀的作品唤起了社会对女性的理解和尊重，为构建和谐的性别关系贡献了力量。

女性文学创作对丰富多元文化，构建文明和谐社会也具有积极意义。一方面，女性视角下的作品展现了社会的多元性，为文化生活注入了新鲜活力。另一方面，优秀女性文学作品所弘扬的人文精神、平等理念、善良情怀，对于建设美好社会具有教化作用。它们传递出女性对美好生活的向往和追求，体现了人类共同的价值理想，具有能够穿越时空的永恒魅力。

女性文学创作以其独特的视角、丰富的内涵、多元的表现形式，极大地拓展了文学艺术的表现空间，推动了文学创新。同时，它还肩负着反映社会、推进女性发展、弘扬人文精神的使命，对推动社会文明进步起到了积极作用。在新的历史条件下，女性文学创作必将与时俱进，在继承优秀传统的基础上不断创新，为建设人类命运共同体贡献更多有益的文化资源。

三、对社会性别关系的认识深化

（一）性别关系史观演变

传统社会中，性别角色和关系常常被简单地归结为"男主外、女主内"的二元对立模式。在这一观念的影响下，男性被视为家庭的经济支柱和决策者，而女性则被局限于家庭生活的狭小天地中，其价值和地位也往往受到忽视。然而，随着社会的不断发展和进步，人们对性别关系的认识也在不断深化，传统的性别角色观念正在被重新审视和解构。

从历史的维度来看，性别关系的演变经历了一个漫长而曲折的过程。在原始社会，男女之间的分工与合作关系相对平等，双方在生产和生活中的地位大致相当。随着私有制的出现和父系氏族的确立，男性逐渐掌握了更多的社会资源和权力，女性的地位则日益边缘化。在封建社会，"三从四德"等伦理规范进一步强化了男尊女卑的等级观念，将女性禁锢在家庭生活的狭小天地中。直到近现代，随着资本主义生产方式的兴起和女权运动的发展，性别平等的理念才逐渐深入人心，传统的性别角色观念开始动摇。

在当代社会，性别角色和关系正在经历一场深刻的变革。随着女性受教育程度的提高和经济独立性的增强，越来越多的女性走出家庭，投身社会事业，在各行各业崭露头角。与此同时，男性也开始反思传统的性别角色定位，积极参与家务劳动，承担起更多的家庭责任。夫妻之间的关系从"男主外、女主内"的二元对立，逐渐演变为平等互补、共同发展的新型伙伴关系。在家庭生活中，夫妻双方开始摒弃传统的权力等级观念，而是通过民主协商、相互尊重的方式来处理家庭事务，共同承担养育子女、照料老人的责任。

性别角色观念的嬗变还体现在社会文化领域。在文学艺术创作中，越来越多的作品开始关注女性的生存状况和情感世界，塑造出一系列独立自主、敢于追求自我的女性形象。电影、电视剧中也不再局限于刻板的性别角色塑造，而是力图展现更加立体、丰富的男女形象。这些文化表征的变迁反映出社会性别意识的觉醒，人们开始以更加开放、包容的态度看待性别差异，推动两性关系朝着更加平等、和谐的方向发展。

（二）女性文学作品中性别议题探讨

女性文学作品在揭示和探讨各种性别议题方面发挥了重要作用。这些作品不仅反映了女性在不同历史时期所面临的困境和挑战，也表达了女性对于自我价值的追寻和对性别平等的向往。通过生动形象的艺术呈现，女性文学作品将那些隐藏在社会结构和文化传统背后的性别不公与矛盾展现在读者面前，引发了广泛而深刻的社会反响。

从主题内容来看，女性文学作品对于诸多性别议题进行了敏锐而深入的探讨。婚姻与家庭是其中的重点之一。许多女性作家通过笔下人物的命运，揭示了传统婚姻制度对女性的种种束缚，批判了男权社会对女性的物化和压制。同时，她们也展现了女性摆脱婚姻枷锁、追求独立自主的勇气和努力。职业与事业是另一个备受关注的领域。在男性主导的社会中，女性在职场上往往处于弱势和边缘地位。女性文学作品描绘了女性在事业追求中遭遇的重重阻碍，揭示了性别歧视对女性发展的深远影响，同时也歌颂了女性不屈不挠、奋发进取的精神。此外，女性身体、女性欲望、女性创作等议题也得到了充分的展现。女性作家以其独特的体验视角，挖掘了在男权话语体系下被遮蔽、压抑的女性诉求，为女性发声，为女性赋权。

从艺术表现来看，女性文学作品通过新颖而独特的叙事视角、细腻而传神的心理刻画、象征隐喻等多种修辞手法，使性别议题的呈现更加立体，更富张力。一些作品采用女性视角展开叙事，将那些鲜为人知的女性生存状态和心理世界娓娓道来，引发读者的共情与思考。另一些作品善于将女性的命运与时代变迁相结合，从社会性别视角解构传统叙事，彰显女性议题的广度和深度。同时，女性作家还十分注重在语言风格上进行创新，摒弃了男性话语的简单生硬，代之以婉转隽永的女性化表达，增强了作品的感染力。正是凭借这些出色的艺术表现，女性文学作品将晦涩复杂的性别议题转化为通俗易懂、引人入胜的文学形象，有力地推动了社会性别意识的觉醒。

（三）全球化背景下社会性别意识的趋同与差异

全球化背景下，不同国家和地区的社会性别意识呈现出趋同与差异并存的复杂态势。随着国际交流日益频繁，女权主义在全球范围内广泛传播，推动了性别平等观念的普及和社会性别意识的觉醒。越来越多的国家在通过立法、政策等方式消除性别歧视，保障女性权益，为女性参与社会生活、实现自我价值创造了有利条件。在教育、就业、政治等领域，女性地位也在显著提升，性别差距逐步缩小。这些变化反映出全球女性意识觉醒的总体趋势，彰显了社会性别意识在全球语境下趋于一致的一面。

由于各国历史文化传统、经济社会发展水平等因素的差异，社会性别意识的发展也呈现出显著的多样性和复杂性。在一些传统社会，男尊女卑的观念根深蒂固，性别歧视和偏见依然普遍存在。女性在家庭和社会中的从属地位难以改变，女性自我意识尚未真正觉醒。与此同时，在一些发达国家，尽管性别平等已成为主流价值观，但在现实生活中，女性仍面临"玻璃天花板"等隐性障碍，难以真正实现与男性的平等竞争。可见，社会性别意识的发展还受到诸多深层次文化和结构性因素的制约，这在全球不同地区表现出明显差异。

不同国家和地区的社会性别意识还呈现出交流碰撞、相互影响的特点。全球化进程加速了思想文化的传播交流，女权主义等性别平等思想在跨文化对话中不断丰富发展。发达国家性别平等运动的经验教训为发展中国家的妇女解放事业提供了有益启示；而发展中国家独特的文化语境和现实需求，也推动着女权主义在本土语境中的创新发展。这种多元文化背景下的交流对话，既促进了不同国家社会性别意识的趋同，又催生了性别话语的差异表达，使全球女性意识呈现出多样性和包容性。

四、促进文学创作的多元发展

（一）多元化题材涌现

在当代女性文学创作中，多元化的题材选择已经成为一大亮点。与过去相比，今天的女性作家不再局限于对传统女性生活经验的书写，而是以更加开阔的视野和包容的姿态，展现出丰富多彩的女性生活图景。主要有以下几种题材。

第一，职场生活成为当代女性文学关注的重点之一。随着社会的进步和女性地位的提升，越来越多的女性走出家庭，投身职场。她们同样在工作中面临着机遇和挑战，经历着成长和蜕变。女性作家敏锐地捕捉到了这一现象，并将其融入文学创作之中。通过细致入微的笔触，她们真实地呈现出职场女性的喜怒哀乐、成败得失，展现出新时期女性的独立意识和奋斗精神。这类作品不仅为职场女性发声，也为社会提供了一个观察和理解女性生存状态的独特视角。

第二，家庭关系依然是女性文学关注的永恒主题。但与传统的写作相比，当代女性对家庭关系有了新的认识和思考。她们不再满足于对女性悲惨命运的控诉，而是多角度地去探讨女性在家庭中的角色定位和情感诉求。在这些作品中，女性作家坦诚地展现出女性在婚姻、育儿、家庭关系中的矛盾与挣扎，思考如何在传统角色与现代意识中寻求平衡。同时，她们也注重发掘家庭生活中的温情和真善美，展现女性的担当、理解和包容。这些作品为读者提供了一个重新审视和理解当代家庭的机会，彰显了女性在家庭关系中的独特价值。

第三，女性的自我成长也成为当代女性文学表现的重要内容。在现代社会中，女性不仅要面对外部世界的种种挑战，更要经历内心的困惑和挣扎。成长，成为每个女性生命中不可回避的课题。女性作家用敏锐的洞察力和细腻的笔触，生动地刻画了女性成长的喜怒哀乐。在这些成长叙事中，她们真诚地面对女性的困境和彷徨，体谅女性的软弱和无助，赞美女性的坚韧和勇气。通过对成长过程的书写，她们引导读者思考女性的生存境遇，呼唤女性自我意识的觉醒，鼓励女性在追求自我的道路上砥砺前行。

第四，女性与社会的关系也引起了女性作家的广泛关注。在现代化进程中，女性已经成为社会上不可或缺的重要力量。她们活跃在社会的各个领域，以自己的智慧和勤劳参与社会建设。与此同时，她们也在反思自身与社会的关系，思考如何在参与社会的过程中实现自身价值。女性作家敏锐地洞察到这一现实，并将其作为文学表现的重要内容。在这些作品中，女性作家客观地呈现女性在社会生活中的参与和贡献，批判地揭示制约女性发展的社会因素，昂扬地歌颂女性追求进步、奋发向上的精神风貌。这些作品拓展了人们对女性社会角色的认识，为推动社会性别平等贡献了重要力量。

（二）非传统叙事技巧尝试

女性文学创作在叙事手法上的创新与实验，为文学表现手法注入了新的活力。传统的叙事模式往往以男性视角为主导，线性展开故事情节。而女性作家打破常规，大胆尝试多样化的叙事策略，力图突破固有的叙事框架，成功开辟出一片新天地。具体有以下几种叙述策略。

第一，意识流、碎片化的叙事方式在女性文学中得到广泛运用。女性作家借助人物的内心独白、闪回、跳跃等手法，营造出意识的流动感，揭示女性内心世界的纷繁复杂。这种非线性、非理性的叙事，更贴近女性的生命体验和情感表达，能够塑造出更加鲜活立体的女性形象。同时，碎片化叙事打破了故事情节的完整性，却以独特的方式勾连起女性生命经历的点点滴滴，呈现出女性成长的心路历程。

第二，倒叙、插叙等时序重组手法也被女性作家灵活运用。通过打乱时间顺序，将过去与现在交织呈现，女性作家展现了女性复杂的心理状态和情感变化。

这种叙事结构的变革，突破了时间的线性限制，形成错综复杂的时空交错，引领读者进入女性的内心世界，领略她们的喜怒哀乐、悲欢离合。

第三，女性作家还积极吸收现代主义、后现代主义的叙事技巧，将魔幻现实主义、荒诞、黑色幽默等元素融入创作。这些大胆的尝试突破了现实主义叙事的桎梏，以更加隐喻、象征的方式揭示女性生存状态，表达女性的愿望和诉求。通过虚构与现实的交织、梦境与现实的穿插，营造出独特的意象和氛围，引发读者对女性境遇的深入思考。

第四，女性文学在叙事视角的选择上也别具匠心。全知视角、第一人称视角、多视角并置等手法的运用，丰富了女性形象的呈现方式。全知视角提供了宏观的社会背景和人物命运的驱动力，第一人称视角则直抒胸臆，将读者带入女性的内心体验。多视角并置打破了单一视角的局限，呈现了女性群体的多元化经历和诉求。这些视角策略的创新，拓宽了女性文学的维度，为女性发声提供了更为广阔的舞台。

（三）打破性别刻板印象

女性文学作品中往往蕴含着对性别角色固有观念的反思与颠覆。长期以来，社会文化建构了一系列针对女性的刻板印象，将女性局限于特定的社会角色和行为模式之中。在传统观念中，女性往往被视为柔弱、依附、情感化的象征，她们的人生价值往往建立在婚姻家庭之上。然而，随着女性意识的觉醒和社会文化的进步，越来越多的女性作家开始通过文学创作对这些固有观念发起挑战。

在她们笔下，女性形象呈现出前所未有的多元化和立体化。她们塑造了一系列独立自主、敢于抗争的女性人物，展现了女性在社会生活中的多重角色和丰富内心。这些人物或是勇敢地走出家庭，追寻自己的事业和理想；或是在婚姻生活中展现出超越传统"贤妻良母"的智慧和力量；或是以敏锐的洞察力审视社会现实，表达自己的观点和态度。通过这些鲜活生动的女性形象，女性作家揭示了女性的生存状态和精神世界，彰显了女性的独特价值和社会贡献。

女性文学作品还着力刻画了女性成长的心路历程，呈现了女性觉醒的多元路径。在这些作品中，女性往往经历了从传统角色的束缚到自我意识觉醒的转变。她们或是通过教育获得精神解放，或是在社会实践中实现自我认知，或是经由情感磨砺完成心灵成长。这一成长历程彰显了女性作为独立个体的生命历程，展现了女性实现自我的多元可能。女性作家以敏锐的洞察力捕捉女性成长中的喜怒哀乐，再现了女性在追寻自我的道路上所经历的困惑、挣扎与觉醒，引发读者对女性命运和性别问题的深入思考。

女性文学作品对性别角色固有观念的反思和颠覆，不仅展现了女性生存的真实境遇，也昭示了女性解放的曲折历程。在这些作品中，女性作家以自身独特的女性视角审视社会现实，揭示了性别不平等的文化根源，批判了男权话语对女性形象的刻板化想象。同时，她们也表达了对女性自身精神觉醒的关注，强调女性应当突破传统角色的桎梏，勇敢地追求独立人格和自我价值的实现。这些作品以文学的形式参与到女性主义的发展中，为推动社会性别平等，构建和谐的男女关系贡献了重要力量。

五、对女性权益保障的推动作用

（一）法律与政策层面呼应

文学作品对女性权益的维护和法律保障具有重要的促进作用。在社会发展的进程中，女性长期处于弱势地位，其合法权益时常受到漠视和侵犯。然而，优秀的文学作品能够通过生动的故事情节、鲜明的人物形象，揭示女性所遭受的不公待遇，唤起社会对女性权益的关注和重视。这些作品犹如一面镜子，照出了现实生活中性别不平等的种种表现，引发人们对女性地位的反思。同时，文学作品也为女性发声，表达了她们的诉求和愿景，展现了她们追求平等、争取权利的勇气和决心。这些动人心弦的故事感染和激励着读者，促使更多人投身到女性权益保护的事业中来。

文学作品也为完善女性权益保障法律提供了重要启示。细致入微的生活描写和深刻隽永的人性洞察，使立法者能够更加全面地认识到女性在现实生活中面临的困境和障碍，从而制定出更加有针对性、更加务实管用的法律条文。那些描绘女性悲惨遭遇的作品，揭示了现行法律在保护女性权益方面的不足之处，敦促立法机关加快法治进程，完善相关法律法规。而那些歌颂女性顽强拼搏、争取平等的作品，则为如何在立法中体现男女平等原则、如何赋予妇女更多权利提供了宝贵的思路和灵感。

文学作品在普及女性权益保障法律知识、提高全社会的法治意识方面，也发挥着不可替代的作用。优秀作品往往传播广泛，影响深远。它们通过情节跌宕、引人入胜的故事，将晦涩难懂的法律条文转化为通俗易懂的道理，使妇女权益保护的法治理念深入人心。读者在潜移默化中接受了男女平等、维护妇女合法权益的观念，进而形成了尊重女性、保护女性的社会共识。这无疑为相关法律的实施创造了良好的社会氛围，使法律不再是一纸空文，而是真正成为能够规范社会行为、惩恶扬善的利器。

（二）社会观念更新

在文学创作中，女性意识的觉醒和个性化表达对社会观念的更新起到了重要的推动作用。长期以来，受传统文化和男权思想的影响，女性往往被视为弱者，其价值观念和生活方式也受到诸多限制。然而，随着女性作家群体的崛起，她们以敏锐的洞察力和独特的女性视角，在作品中塑造了一系列鲜活生动、个性鲜明的女性形象，展现了女性的内心世界和真实生活，挑战了社会对女性的刻板印象和偏见。

这些富有女性意识的文学作品，犹如一面照妖镜，折射出传统社会观念中的性别偏见和不平等，引发了读者对女性地位和权益的深刻反思。例如，张爱玲的

《金锁记》通过曹七巧的悲剧命运，揭示了封建礼教和男权思想对女性的桎梏和伤害；蒋英的《我的一家》则真实记录了知识女性在追求独立和自由过程中遭遇的种种困境。这些作品犀利地批判了男权社会对女性的压迫，唤起了社会对女性平等权益的关注和重视。

女性作家还积极塑造了一批追求独立、勇于挑战传统的新女性形象。她们不再甘于做"男人的附庸"，而是勇敢地追求自我价值的实现。如冰心笔下的《超人》，刻画了一位不受世俗观念束缚、敢于挑战传统的叛逆女性形象；丁玲的《莎菲女士的日记》则真实记录了一位知识女性在情感和职业追求中的困顿和觉醒。这些鲜明的女性个体，展现了新时代女性积极进取、勇于开拓的精神风貌，为广大女性树立了榜样，鼓舞了她们争取平等权益、实现自我价值的信心和勇气。

女性文学作品在倡导两性平等、提升女性地位方面发挥了重要作用。它们直面社会现实，敢于揭示和批判种种性别偏见和不平等，为女性发声，唤起了社会的重视和反思。同时，这些作品还积极塑造了新时代女性形象，展现了女性追求独立自主、实现自我价值的进步潮流，为社会观念的更新和女性事业的发展注入了强大动力。

（三）婚姻与家庭生活新定义

女性文学作品以其独特的视角和笔触，正在深刻影响和改变着我们对婚姻与家庭的认知。在传统社会中，婚姻往往被视为女性的归宿，家庭则是她们施展才能的唯一天地。然而，随着女性意识的觉醒和社会地位的提升，现代女性对婚姻与家庭有了全新的诠释。她们不再满足于陈规旧俗的束缚，而是勇敢地去追求自我价值的实现。

在当代女性文学作品中，可以看许多到女性对婚姻与家庭观念的反思和重塑。许多作家通过笔下的女性形象，揭示了传统婚姻制度对女性身心发展的桎梏。她们批判了男权社会对女性的物化和工具化，呼吁女性摆脱从属地位，成为婚姻和家庭生活中平等的主体。同时，这些作品也展现了女性在追求自我的过程中所面临的困境和挣扎。离婚、出走、反抗，成为现代女性挣脱婚姻枷锁、寻求独立人格的重要方式。

女性文学作品不仅反映了婚姻观念的变迁，也描绘了家庭结构和功能的转型。在工业化和城市化的冲击下，大家庭逐渐解体，小家庭成为主流。女性走出家门，投身社会，承担起更多的经济责任和社会角色。这一变化在女性文学中有着充分的体现。女性作家书写了职业女性的生活图景，展现了她们在事业与家庭之间的艰难平衡。与此同时，女性作家也关注到现代家庭功能的异化，批判了物质主义对家庭伦理的侵蚀。她们呼吁重建以爱为基础的亲密关系，营造出温馨友善的家庭氛围。

女性文学还呈现了多元化的家庭形态和婚恋模式。随着社会的开放和包容度的提高，单亲家庭、非婚同居等现象日益常见。女性作家以敏锐的洞察力捕捉到了这些新现象，并给予了充分的关注和思考。她们一方面揭示了这些群体面临的社会偏见和歧视，另一方面肯定了他们在追求幸福、实现自我过程中的勇气和力量。这些作品拓展了人们对家庭和婚姻的认识边界，彰显了女性文学的包容性和进步性。

女性文学对婚姻与家庭的书写，不仅折射出社会变迁的缩影，更蕴含着对人类生存状态的终极关怀。在她们笔下，婚姻不再是简单的结合，而是两个独立个体灵魂的碰撞和交融；家庭不再是封闭的空间，而是人们精神寄托和情感归依的港湾。通过对婚姻与家庭问题的艺术表现，女性文学引领我们反思社会结构和文化观念的变革，推动了两性关系和家庭伦理的重构。

第二节　国内外研究现状综述

一、国内女性文学研究现状

（一）研究范围扩大

改革开放以来，随着女性文学创作主体意识的觉醒和女性意识的深入人心，中国女性文学迎来了一个百花齐放、百家争鸣的新时期。研究者的视野不再局限于现代女性文学，而是将目光投向了古今中外，力图对女性文学进行一个全景式的审视和把握。在研究范围的拓展中，传统女性文学成为一个重要维度，它为我们认识和理解中国女性文学的发展脉络、思想变迁提供了一个不可或缺的参照。

对传统女性文学的考察，有助于发掘那些在男权话语体系下被遮蔽、被边缘化的女性文学，让女性独特的生命体验和情感世界得以彰显。从先秦女诗人到魏晋六朝的才女，从唐代女冠到宋代女词人，再到明清时期的女小说家，传统女性作家以其细腻独特的艺术表现和深沉动人的情感抒发，在中国文学史上留下了浓墨重彩的一笔。对她们的创作进行梳理和研究，不仅能够还原出一个丰富立体的女性文学图景，也能为当下女性文学创作提供启示和借鉴。

将研究视角延伸到传统女性文学，也有利于揭示女性文学与男性文学之间的张力关系，探讨女性是如何在男权文化语境下进行话语表达和身份建构的。传统女性文学虽然不可避免地被打上了时代的烙印，呈现出某些局限性，但其中所蕴含的反抗意识、独立精神，与现代女性意识有着某种隐秘的呼应。通过梳理传统女性文学的发展脉络，可以更加宏观地审视女性主体意识的生成过程，探讨女性话语权的获得之路。这对于理解现代女性文学的发展，无疑具有重要的学理意义。

将传统女性文学纳入研究视野，还可以推动女性文学研究的理论创新和方法拓新。以往的女性文学研究，大多以西方女性主义学理文论为支撑，缺乏对中国本土语境的深入考察。而通过对传统女性文学的系统梳理，可以挖掘蕴藏其中的女性意识、性别话语，为建构具有中国特色的女性文学理论体系提供思路和路径。同时，面对传统女性文学这样一个复杂多元的研究对象，研究者还需要综合运用文本分析、历史考证、文化研究等多种方法，实现研究范式的创新和突破。

（二）学术视角多元化

国内研究者在女性文学研究领域的视角日益多元化，这不仅体现在研究对象的拓展上，更体现在研究方法和理论框架的创新上。传统的女性文学研究多以文本细读为主，注重作品内在意蕴的挖掘和阐释。而随着跨学科研究范式的兴起，研究者开始尝试运用社会学、人类学、心理学等学科的理论和方法，对女性文学进行多维度的解读。

在跨学科研究视角的引领下，女性文学研究的问题意识被不断深化。除了关注作品本身所呈现的女性生存状态和精神世界，研究者更加注重将文学文本置于特定的社会文化语境中进行考察，以此来探讨女性文学与社会性别建构、权力话语、文化心理等因素的复杂互动关系。通过综合运用文学批评、社会性别理论、女性主义理论等多重视角，女性文学研究实现了从文学文本内部到外部语境的多层次立体化阐释，极大地丰富和拓展了研究的深度和广度。

研究者还在借鉴西方女性主义文学理论的基础上，开始探索符合中国语境的本土化理论构建。在充分吸收西方理论精华的同时，研究者立足中国社会文化实际，围绕"女性""他者"、女性历史经验、女性诉求表达等问题展开深入探讨，力图建构具有中国特色的女性文学理论体系。这一理论探索不仅为丰富和发展中国女性主义理论贡献了智慧，也为推动中国女性文学研究的理论自觉和学术独立提供了重要支撑。

多元化的研究视角为女性文学研究注入了新的活力。在各学科理论方法的交叉激荡中，女性文学研究的问题意识不断拓展，研究领域不断延伸，呈现出学科融合、多维互动的崭新局面。通过文学文本与社会文化语境互文共读，女性文学研究不仅深化了对女性生存状态的文学呈现，更揭示出女性文学与社会性别意识、权力机制的复杂勾连，实现了对女性主体性建构过程的立体式阐释。同时，本土化理论探索的不断深入，也为女性文学研究提供了富有创见的理论阐释路径，推动了中国女性主义文学批评的理论建设和话语创新。

（三）研究成果与问题

国内研究者在女性文学研究领域取得了显著成果，对丰富和发展女性文学理论与批评实践作出了重要贡献。他们立足中国文化传统和现实语境，从多元视角切入，深入挖掘了女性文学的独特价值和审美特质。在对古代女性文学的考察中，国内学者注重发掘被主流文学史话语遮蔽的女性作家及其作品，重构女性文学发展谱系，彰显女性文学的主体性和能动性。在对现当代女性文学的研究中，国内研究者紧扣时代脉搏，关注女性生存境遇的变迁，剖析社会文化语境对女性身份的认同和对精神世界的影响，展现了女性文学与时代变革的互动关系。

然而，国内女性文学研究也存在一些不足之处。首先，研究视野有待进一步拓宽。目前国内研究主要集中在中国女性文学上，对域外女性文学，尤其是西方女性文学的关注和借鉴还不够。中西方女性处境和女性意识存在差异，但女性作为人类社会的"另一半"，面临的某些困境和诉求也具有普遍性。加强对域外女性文学的研究，有助于推动中国女性文学研究的理论创新和方法论突破。

其次，研究方法有待进一步创新。国内女性文学研究虽然已经实现了一定程度的学科交叉融合，但总体上仍偏重文本细读和历史考证，对女性主义理论的借鉴和本土化还不够深入，对社会学、心理学等相关学科研究方法的运用也相对薄弱。女性文学研究应进一步拓宽学术视野，在批判继承中西方女性主义理论成果的基础上，结合中国女性的独特处境和需求创新研究范式，提升学科理论内核的厚度和解释力。

再次，研究实践有待进一步深化。目前国内女性文学研究在学术界已经得到了广泛重视，但其学术成果在大众传播领域的影响力还不够。应积极推动高校女性文学课程建设，加强面向公众的女性意识启蒙教育，增强女性文学批评话语的普及性和通俗性，推动女性文学研究走出象牙塔，树立积极正面的社会性别文化。

最后，国内女性文学研究还需加强学术共同体建设。目前国内高校和科研机构针对女性文学的研究力量相对分散，研究者之间的交流互鉴还不够，亟须搭建起相对稳定的学术平台，加强学术对话、资源共享和联合攻关，推动女性文学研究的集群式发展，形成具有国际影响力的学术共同体，为中国女性文学研究在世界文学版图中赢得应有地位贡献一份智慧和力量。

二、国外女性文学研究现状

（一）理论基础与创新

国外在女性文学理论研究方面已经取得了长足的进步，形成了一系列具有开创性和影响力的理论成果。这些理论不仅极大地拓展了女性文学研究的深度和广度，而且为女性文学批评实践提供了重要的方法论基础。

在女性主义文学批评领域，吉尔伯特 (Sandra Gilbert) 和古芭 (Susan Gubar) 合著的《阁楼上的疯女人：十九世纪女性作家与文学想象》奠定了女性主义文学批评的理论基础。该书系统地梳理了十九世纪英美女性作家在创作中的共性特征，如二元对立的思维定式、疯女人意象的象征意义等，揭示了男权文化语境下女性写作的独特性。与此同时，埃莱恩·肖瓦尔特 (Elaine Showalter) 提出的"陌生化" (gynocritics) 理论，强调要摆脱男性视角的束缚，从女性的经验和意识出发，重新审视和阐释女性文学，为女性主义文学批评指明了新的方向。

法国女性主义理论家埃莱娜·西苏 (Hélène Cixous)、露丝·伊利格瑞 (Luce Irigaray) 等人则从后结构主义和精神分析的视角切入，提出了"阴性书写" (écriture féminine) 的概念，主张打破男性话语的逻辑结构和二元对立思维，通过女性特有的非线性、零散化的书写方式，抵抗父权制文化的压制，从而表达女性身心的真实状态。

在黑人女性主义理论方面，贝尔·胡克斯 (Bell Hooks)、奥德蕾·洛德 (Audre Lorde) 等人针对黑人女性的交叉身份展开了深入剖析。她们指出，种族、阶级与性别的多重压迫使黑人女性处于更加边缘化的地位，其生存境遇和心理创伤难以为主流女性主义理论所充分揭示。因此，黑人女性主义理论呼吁关注黑人女性的特殊处境，通过交织理论 (intersectionality) 研究不同社会身份的复杂互动，推动女性主义理论朝着多元化、立体化的方向发展。

（二）研究范式影响

国外女性文学研究范式对于全球女性文学研究的发展产生了深远影响。西方理论在女性文学研究中扮演着至关重要的角色，它们为研究者提供了理解和解读女性文学作品的新视角和新方法。以女性主义文学批评为例，它通过揭示作品中的性别政治、女性形象塑造等，深化了社会对女性主义文学内涵的认识，推动了女性文学研究的理论建构。同时，精神分析、后殖民理论等流派也为女性文学研究注入了新的活力，拓宽了研究视野。

然而西方理论在推动全球女性文学研究发展的同时，也必然存在一定的局限性。首先，这些理论大多建立在西方社会文化语境之上，对于非西方国家的女性文学研究而言，并不能完全适用。不同国家和地区的女性处境、文化传统存在差异，简单套用西方的理论范式，难以全面、准确地把握本土女性文学的独特内涵。其次，部分西方理论过于强调性别视角，忽视了阶层、种族等其他因素对女性生存状况的影响，导致了其研究视野趋势于狭隘。最后，西方女性主义理论内部也存在多元分歧，不同流派之间的观点碰撞，可能会造成研究的失焦和迷失。

在借鉴西方理论成果的同时，全球女性文学研究还需立足本国国情，深入发掘本土女性文学的独特价值，构建起具有自身特色的理论话语体系。通过本土理论与西方理论的对话交流，才能真正实现女性文学研究的全球化发展。同时，女性文学研究也应跳出性别单一视角的桎梏，将女性问题置于更加广阔的社会历史语境中考察，通过深入剖析不同身份、不同地位女性的生存困境，以期获得更加全面、立体的认识。唯有如此，女性文学研究才能真正成为推动社会进步、促进男女平等的重要力量。

（三）比较文学视角

比较文学视角为女性文学研究开辟了新的理论空间和方法路径。在跨国界、跨文化的比较中，女性文学呈现出共性与差异并存的复杂图景。一方面，女性作为人类社会的"第二性"，在世界范围内普遍处于从属和边缘地位，这种共同的生存境遇和心理体验构成了女性文学的同质性基础。在题材选择上，身份认同、两性关系、自我意识觉醒等是各国女性文学关注的核心母题。在艺术表现上，女性作家也表现出相似的细致入微、善于捕捉情感细节的特点。另一方面，不同国家和民族的女性生活在特定的社会文化语境中，其价值观念、行为方式难免被打上时代和民族的烙印。因此，女性文学又呈现出鲜明的地域特色和多元差异。正是在世界女性共同经验与民族女性独特体验之间，女性文学才能构建起独特的美学风貌。

比较文学研究要求研究者跳出本民族文学的视域，用更加开阔的眼光审视不同国家女性文学的异同。在对比阅读中，研究者需要将作品置于其所产生的社会历史语境中，挖掘作品背后的文化土壤，探寻女性生存状态与心理意识的差异根源。同时，研究者还需要运用比较文学的基本方法，如平行研究、影响研究、变异学等，以此来揭示不同国家女性文学在题材、主题、意象、叙事等方面的关联性和差异性。而且唯有立足于宏大的世界女性文学视野，才能客观、全面地认识女性文学的独特价值，推动女性文学研究的理论深化。

国内女性文学研究在比较视野的拓展上还存在短板。一些研究局限于本国语境，缺乏与域外女性文学的深入对话；一些研究虽有比较意识，但还停留在表面化的对比层面，未能深入剖析文化差异对女性写作的影响。因此，未来国内女性文学研究应着力加强比较视野的引入，积极地与国外学界展开交流，在更大的格局中思考本土女性文学的特点与意义。同时，比较研究不应满足于简单的并置式描述，而要进一步探究文化差异的深层根源，揭示女性处境与女性意识的复杂性和多样性。只有不断拓宽研究视野，提升理论深度，女性文学研究才能实现从本土到世界的跨越，为重构人类文明做出独特贡献。

三、国内女性意识研究动态

（一）社会变迁与女性意识演进

近年来，随着社会的快速发展和女性地位的不断提升，女性意识也在悄然发生着变化。传统社会对女性角色有着固有的期待，认为女性应该相夫教子、操持家务，在职场和公共领域中难有一席之地。然而，在现代化进程中，随着教育的普及和就业机会的增加，越来越多的女性走出家庭，投身社会，她们的自我意识和价值追求也随之发生转变。

教育水平的提高使女性获得了更多的知识和技能，为她们参与社会事务、追求自我发展提供了基础。受过良好教育的女性，自身不再满足于传统的家庭角色，而是渴望在更广阔的天地中施展才华、实现抱负。她们开始关注自身权益，追求独立自主，努力打破社会对女性的刻板印象和职业限制。高学历女性群体的崛起，改变了社会对女性能力的评价，促进了女性地位的提升。

社会经济的发展为女性提供了更多的就业机会和发展空间。随着第三产业的兴起和知识经济时代的到来，众多新兴行业和职业为女性敞开了大门。在金融、教育、文化、健康等领域，女性员工的比例不断上升，她们凭借专业能力和敬业精神，赢得了社会的认可和尊重。同时，一批优秀女性进入管理层和决策层，成为行业翘楚和领军人物。她们的成功事迹，不仅为后来者树立了榜样，也促进了社会观念的进步和女性自信心的提升。

现代女性的家庭角色和婚姻观念也发生了显著改变。传统的"男主外、女主内"的家庭分工模式逐渐弱化，夫妻之间的地位更加平等。很多家庭实现了角色的互换和共担，丈夫承担起更多家务和育儿责任，为妻子的事业发展提供支持。同时，适婚年龄的推迟、晚婚晚育现象日益普遍。女性不再把婚姻和生育视为人生的全部，而是希望在事业上有所建树后再考虑组建家庭。这种观念的转变，既是女性独立意识增强的表现，也为她们争取到了更多自我发展的时间和空间。

大众传媒和社会舆论对女性意识的觉醒也功不可没。影视作品、公益广告等大量涌现女性正面形象，展现她们在社会生活中的多元角色和积极贡献。一些有影响力的女性公众人物，通过自身行动倡导两性平等、反对性别歧视，引发全社会对女性问题的关注和讨论。女性杂志、网络社区等为女性发声、交流提供了平台，促进了女性自我意识的表达和认同。在舆论的推动下，一些法律法规和政策措施也相继出台，为女性权益保驾护航，营造了有利于女性发展的社会环境。

随着时代的进步，男女平等已成为社会共识。在追求自身发展、实现人生价值的道路上，女性不应受到性别的束缚和限制。她们可以积极参与社会事务、争取话语权和决策权，这既是女性的权利，也是她们的责任。只有当女性充分认识到自身的价值，树立了独立自主的人格对，社会才能真正实现男女平等、和谐发展。新时代呼唤着更多敢于打破常规、勇于开拓进取的新女性，她们用智慧和力量谱写出了时代的最强音。

（二）学术讨论与实证研究

国内对女性意识的研究采用了多种方法和案例分析，深入探讨了女性意识在社会转型过程中的发展变迁。在研究方法上，研究者综合运用了文献研究、问卷调查、深度访谈等多种途径，力求全面、客观地呈现女性意识的现状。通过梳理已有文献，研究者系统地总结了女性意识研究的理论基础和已有成果，为后续研究奠定了基础。问卷调查则通过收集大样本数据，揭示了女性意识在不同群体、不同地域的分布特点。而深度访谈这一质性研究方法，又能够深入挖掘女性的主体体验和心理感受，补充量化研究的不足。

在研究内容上，国内研究者立足中国社会现实，通过丰富生动的案例分析，展现了女性意识的多维面向。一方面，研究者关注女性在家庭、婚姻、就业等领域的权利意识觉醒，揭示了现代女性追求独立、平等的价值诉求；另一方面，研究者又敏锐地指出，受传统文化和社会规范的影响，一些女性的自主意识尚未完全觉醒，在现实生活中仍面临诸多困境。针对这些问题，研究者深入剖析了制度、文化等因素的复杂影响，提出了推动女性意识进一步发展的对策建议。

（三）研究视角与结果

国内女性意识研究在视角创新和成果应用方面取得了显著进展。随着研究者积极拓展研究视角，突破传统的二元对立思维模式，开始关注女性意识形成与发展的复杂性和多样性。他们从社会性别视角出发，探讨社会文化环境对女性意识的塑造机制，揭示了女性意识的历史演进轨迹和阶段性特征。同时，研究者还借鉴心理学、社会学等学科理论，深入剖析了女性意识的内在结构和心理机制，为促进女性主体意识觉醒、提升女性社会地位提供了理论支撑。

女性意识研究的最新成果在实践中得到了广泛应用。教育工作者根据研究成果，优化教学内容和方式，引导学生树立正确的性别意识和价值观念，为培养新时代女性人才奠定基础。社会工作者运用相关理论，开展性别平等宣传和女性赋权行动，为妇女权益保护、家庭关系和谐做出了积极贡献。此外，各级妇联组织、女性 NGO 也积极吸纳研究成果，创新工作思路和方法，在维护妇女儿童合法权益、促进男女平等、推动社会进步等方面发挥了重要作用。

四、国外女性意识研究概况

（一）文化差异与女性意识研究

在不同文化背景下，女性意识的形成和发展呈现出明显的差异性。这些差异性不仅体现在女性自身的认知和行为方式上，更深刻地反映了不同文化传统、社会结构和价值观念对女性意识的塑造。

东西方文化的差异是影响女性意识的重要因素之一。在传统的东方文化中，女性往往被赋予"贤妻良母"的角色定位，她们的人生价值主要体现在家庭生活和子女教养方面。这种文化传统强调女性的顺从、牺牲和奉献精神，在一定程度上限制了女性自我意识的觉醒。相比之下，西方文化更加强调个人主义和自由平等的价值观，鼓励女性追求自我发展和社会参与。在这种文化氛围下，西方女性意识会表现出更强的独立性和主动性。

不同社会结构和制度环境也在深刻影响着女性意识的形成。在男权社会结构下，女性往往处于从属和被压迫的地位，其思想容易受到父权制文化的影响和限制。而在法律制度逐步完善、性别平等理念日益深入人心的现代社会中，女性获得了更多参与社会生活和决策的机会。这种结构性变迁为女性意识的自由发展提供了条件和可能。

经济发展水平和受教育程度是影响女性意识的又一重要维度。在经济发达地区，女性受教育的机会更多，就业选择更为广泛，经济独立性也相对更高。这些因素无疑是有利于女性自我意识提升的。反之，在经济欠发达且女性受教育程度普遍较低的地区，女性更容易受到传统观念的束缚，其独立自主意识的培养也面临更多挑战。

跨文化交流与全球化是影响当代女性意识发展的新因素。随着文化交流日益频繁，女性意识在不同文化间相互借鉴、融合、碰撞，呈现出更加多元开放的特点。一方面，发达国家中女性主义的传播，推动了全球范围内的女性意识觉醒和权益保障；另一方面，发展中国家女性群体的独特诉求和实践经验，也为女性意识研究提供了新的视角和养分。

（二）女性意识国际对话

女性意识在国际学术交流中的表达和争鸣，体现了女性主义研究的跨文化视角和全球化趋势。随着全球化进程的加速，不同国家和地区的女性研究者越来越多地参与到国际学术对话中，分享着彼此的研究成果和思考。这种跨文化的学术交流，不仅拓宽了女性意识研究的视野，也为不同文化背景下的女性经验提供了比较和借鉴。

在国际学术交流中，来自不同文化背景的女性研究者基于各自的研究视角和方法，对女性意识的内涵、表现形式、影响因素等展开了深入探讨。她们从本土文化出发，揭示女性意识形成和发展的独特轨迹，同时又置于全球语境中审视女性意识的普遍性和特殊性。这种多元文化视角的交织，极大地丰富了女性意识研究的内容和方法。

然而，在国际学术交流中的女性意识表达也存在争鸣和分歧。由于不同国家和地区在政治、经济、文化等方面的差异，女性所处的社会地位和面临的现实处境也各不相同。这导致女性学者对女性意识的理解和诠释存在差异，甚至出现相互对立的观点。例如，西方女性主义者往往强调女性个体的独立自主，主张彻底解构传统的性别角色和权力结构；而发展中国家的女性研究者则更加关注女性与民族解放、阶级斗争的关系，主张在特定的社会文化语境中探讨女性意识的觉醒与实践。

尽管存在分歧，但是在国际学术交流中的女性意识之争恰恰体现了女性主义研究的活力和进步动力。通过这些交流和争鸣，不同文化背景下的女性研究者可以相互启发、相互借鉴，不断深化对女性处境及其意识觉醒的认识，推动女性主义理论和实践的发展。同时，国际学术交流也为不同国家和地区的女性学者搭建了沟通与合作的平台，促进了女性主义运动在全球范围内的联结与互动。

（三）研究动态与理论导向

在当代女性意识研究领域，国外研究者不断探索新的理论视角和研究方法，力图揭示女性意识的内在机制和外在表征。从理论创新的角度看，国外研究者普遍强调跨学科研究视角的重要性。他们意识到，女性意识是一个复杂的心理和社会建构过程，单一学科的理论难以完整阐释其内涵。因此，国外研究者积极借鉴社会学、人类学、心理学等学科的最新理论成果，力图构建多元化的理论分析框架。例如，一些研究者尝试运用社会建构主义理论分析女性意识的形成机制，揭示社会文化语境对女性自我认知的深刻影响；另一些研究者借助心理学中的认知理论，探讨女性在特定情境下的心理反应模式及其意识觉醒过程。这种跨学科的理论整合，极大地拓展了女性意识研究的深度和广度。

从研究方法创新的角度看，国外研究者更加重视实证研究与质性研究的结合。传统的女性意识研究往往侧重文本分析和理论阐发，而当代研究者更加关注女性现实生活状态及其主观体验。他们广泛采用深度访谈、参与式观察、个案研究等质性研究方法，深入女性群体的生活世界，倾听她们的心声，挖掘隐藏在各种日常言行背后的意识结构。同时，国外研究者也十分重视实证数据的分析，他们设计了严谨的问卷调查和实验研究，运用统计学方法分析女性意识的一般规律和个体差异。通过定量研究与定性研究的有机结合，极大提升了女性意识研究的科学性和说服力。

国外研究者还高度重视女性意识研究的应用价值。他们认为，研究的最终目的不仅在于揭示女性意识的奥秘，更在于为女性的自身发展和社会进步提供智力支持。因此，许多研究者积极参与社会实践活动，通过开展女性意识觉醒培训、性别平等宣传等，促进研究成果向现实生活的转化，为女性赋权和性别平等事业贡献智慧。

跨学科理论整合拓宽了研究视角，多元方法运用增强了研究实效，成果转化应用彰显了研究价值。这些创新探索不仅深化了人们对女性意识的认知，也为推动性别平等、实现女性全面发展提供了重要的理论指引和实践路径。我国女性意识研究要想实现更大发展，就必须积极借鉴国外研究的先进经验，然后立足中国实际，不断推进理论创新、方法创新和应用创新，为促进男女平等、推动社会进步贡献更大力量。

五、国内外女性文学与女性意识研究的差异

（一）理论借鉴与本土化实践

随着全球化进程的加速，不同文化间的交流与碰撞日益频繁，女性文学研究也呈现出跨文化、跨学科的发展趋势。在这一背景下，如何在借鉴西方女性主义理论的同时，再结合本国国情和文化特点，走出一条具有本土特色的女性文学研究之路，已经成为国内研究者所面临的重要课题。

中国女性文学研究起步较晚，在理论构建和研究方法上受西方女性主义理论影响较深。20 世纪 80 年代以来，随着西方女性主义文学批评理论的引入，国内研究者开始运用女性主义视角解读本国女性文学作品，揭示其中蕴含的性别意识和女性生存境遇。西蒙娜·德·波伏娃的存在主义女性主义、凯特·米利特的性政治理论、埃莱恩·肖瓦尔特的"陌生化"理论等，为中国女性文学研究提供了重要的理论资源和方法论指导。通过对西方理论的学习和借鉴，国内研究者逐步建立起女性主义文学批评的学科框架，推动了本土女性文学研究的发展。

然而，盲目照搬西方理论，忽视中国女性文学的独特性，容易导致研究脱离本土实际，难以真正解决中国女性面临的现实问题。因此，国内研究者在借鉴西方理论的同时，更加注重理论的本土化实践，力求在中国语境下生成具有民族特色的女性主义话语。她们立足中国历史文化传统和现实国情，深入发掘中国女性的生活经验和精神世界，从而丰富和发展了女性主义理论。以李小江、戴锦华为

代表的中国女性主义学者，在实践中形成了独特的理论视角和话语体系。她们不仅关注性别权力关系，还将阶级、民族等多重因素纳入研究视域；不仅剖析父权制对女性的压迫，还挖掘女性在困境中的反抗与突围。这些本土化的理论探索，增强了中国女性文学研究的针对性和实效性。

中西方女性文学研究的理论融合与差异化发展，是一个动态互动的过程。一方面，国内研究者要以开放包容的态度，吸收西方女性主义理论的精华，用以解释和改造本国的性别现实；另一方面，也要立足中国国情，发展具有本土特色的女性主义理论，回应中国女性的诉求。比如，在探讨女性身体文学时，西方女性主义强调身体的独立性和自主性，而中国女性更加重视身体与家庭、民族的联结；在关注女性的自我实现时，西方女性主义注重个体的权利意识，而中国女性兼顾个人追求与家庭责任的平衡。正是在这种理论对话和交锋中，中西方女性文学研究才能取长补短，实现共同发展。

中国女性文学研究要在借鉴西方女性主义理论的基础上，深化本土化实践，推动理论创新。这不仅需要广大研究者的努力，也离不开整个社会对女性问题的重视和对话。通过理论反思和实践探索，中国女性文学研究必将走出一条融汇中西、继承创新的发展之路，为实现妇女解放和性别平等贡献智慧和力量。只有立足本国实际，与时俱进，才能真正实现女性文学研究的理论自觉和本土品格，推动中国女性主义事业的发展。

（二）学术观点与思想差异

现代女性意识的觉醒与发展离不开女性文学的滋养和推动。东西方女性意识在理论层面存在一定的分歧，但也呈现出共鸣的一面。这种差异与共通，折射出在不同文化语境下女性生存状态和精神追求的异同。

西方女性主义理论强调个体解放和权利诉求，主张彻底消解父权制文化对女性的束缚和压迫。在这一理论指导下，西方女性文学书写展现出鲜明的反抗色彩和自我意识。女性作家大胆揭示女性在父权制度下的困境，表达出对男性中心秩序的不满，呼吁女性觉醒自我、追求独立。与此同时，她们也重新审视和阐释了女性的生理特征、情感体验和精神世界，塑造了一系列独立自主、个性鲜明的女性形象。

相比之下，中国女性意识的觉醒与发展则体现出文化传统的烙印。在儒家"男主外，女主内"的封建伦理束缚下，中国女性长期处于从属和被压抑的地位。五四时期兴起的妇女解放运动，促进了女性自我意识的提升，催生出一批反映妇女苦难、呼吁女性独立自强的优秀作品。新中国成立后，在马克思主义妇女观的指导下，中国女性地位显著提高，参政议政、工作就业等权利不断获得实现。这为当代女性意识注入新的内涵，也在推动女性文学走向更加多元化的表达。

尽管东西方女性意识在个人主义／集体主义、权利诉求／社会责任等方面存在差异，但在反抗父权压迫、彰显女性价值、倡导两性平等方面却有着共同的追求。从西蒙娜·德·波伏娃到贾平凹，从伍尔夫到张洁，无论中外，优秀女性作家都以敏锐的洞察力揭示女性的生存困境，以真挚的情感抒发女性的喜怒哀乐，以独特的艺术表现张扬女性的智慧才华。这些作品构成了女性意识发展的缩影，也成为沟通东西方女性对话的桥梁。

第三节　研究的整体思路与内容

一、研究目标与核心问题

（一）明确研究目标

明确研究目标是女性文学与女性意识研究的首要任务和逻辑起点。只有立足清晰、具体的研究目标，才能为后续的研究工作提供方向指引，确保研究过程始终沿着正确的轨道前行。在女性文学与女性意识这一研究主题下，揭示二者之间的互动关系无疑是最为核心和根本的目标追求。

女性文学作为女性意识的重要载体和表现形式，与女性主体意识的觉醒和发展具有紧密的内在联系。一方面，女性意识的觉醒为女性文学创作注入了崭新的思想动力，推动了女性文学的繁荣发展；另一方面，女性文学又通过形象塑造、情感抒发等方式，深刻影响着女性群体的价值观念、审美情趣乃至人生追求。因此，探究女性文学与女性意识之间的互动机制，既是把握女性文学发展脉络的必由之路，也是理解女性意识演进历程的重要视角。

具体而言，女性文学与女性意识互动关系的研究可以从以下几个层面展开。首先，从历史性的层面考察不同历史时期女性文学创作与女性意识觉醒的互动过程，揭示二者在不同社会语境下的发展轨迹及其内在逻辑。其次，从共时性的层面分析不同文化背景下女性文学与女性意识的差异性表现，探讨社会文化因素对女性文学创作和女性意识建构的影响。最后，从个案研究的层面选取具有代表性的女性文学作品和女性作家，深入剖析其文学创作与主体意识觉醒之间的复杂关联。

要知道，女性文学与女性意识的互动并非简单的线性关系，而是一个复杂的双向建构过程。一方面，女性意识的觉醒程度深刻影响着女性文学创作的思想内容和艺术表现；另一方面，优秀的女性文学作品又能够引领女性意识的发展方向，推动女性群体实现自我认知和价值追求的飞跃。因此，研究女性文学与女性意识的互动，既要关注女性意识对女性文学的影响，更要重视女性文学对女性意识建构的推动作用。

（二）界定核心问题

探寻女性意识在女性文学不同发展阶段中的体现，是深入理解女性文学与女性意识相互作用关系的关键。所以通过梳理和考察女性文学发展的历史脉络，可以发现，女性意识的觉醒和成长是一个渐进的过程，它与女性文学的演进轨迹是紧密相连的。

在女性文学的早期阶段，女性意识还处于萌芽状态。这一时期的女性作家虽然开始尝试以文学创作来表达自我，但其作品往往局限于对传统女性角色和生活经历的描摹，鲜有对女性地位和权益的深入反思。她们的写作更多的是在男性主导的文学传统和社会语境中进行的，其女性意识尚未完全觉醒。然而，这一阶段的女性文学视角和女性生活经验引入，为女性意识的进一步发展奠定了基础。

随着时代的进步和女权运动的兴起，女性文学进入了蓬勃发展的新阶段。这一阶段，越来越多的女性作家开始以更加鲜明、自觉的姿态表达女性意识。她们大胆质疑男权社会对女性的束缚和压迫，呐喊出女性解放和独立的诉求。与此同时，她们也开始挖掘女性独特的生命体验和情感世界，塑造了一系列鲜活生动、个性突出的女性形象。这一时期的女性文学创作展现出了前所未有的张力和生命力，成为女性意识觉醒的重要载体。

进入当代社会，女性意识在女性文学中得到了更加全面和深刻的体现。当代女性作家站在更高的文化视野和理论高度，对女性问题进行了多维度、立体化的审视和表现。她们不仅关注女性在社会生活中面临的种种不平等，也深入探讨女性的自我认知、身份认同等主体性问题。同时，她们还将女性意识与阶级、种族等其他社会议题相结合，展现了女性群体内部的多样性和复杂性。当代女性文学以其丰富的内涵和深刻的洞见，为女性意识的发展提供了新的思想资源和表现空间。

纵观女性文学发展的不同阶段，可以看出女性意识与女性文学之间存在互促共进的关系。一方面，女性意识的觉醒和成长推动了女性文学的繁荣和进步，使其在题材、视角、表现方式等方面不断拓展和深化；另一方面，女性文学又以其独特的艺术魅力和感染力，为女性意识的传播和深化提供了重要平台。二者相互交融、相得益彰，共同构成了女性文学发展的动力和底蕴。

（三）研究问题的提出方式

从历史、文化和社会三个维度提出研究问题，有助于全面、深入地探究女性文学与女性意识之间的复杂关系。历史维度关注女性文学在不同历史时期的发展演变，以及与女性意识觉醒的互动影响。通过纵向梳理女性文学的发展脉络，可以揭示其与女性地位变迁、社会变革之间的内在联系，探讨女性意识在不同历史阶段的特点和表现。从历史维度研究有助于把握女性文学与女性意识之间的动态关系，理解二者相互促进、共同进步的历史逻辑。

文化维度聚焦于女性文学创作与传播中的文化因素，用于探讨不同文化语境下女性意识的异同。通过跨文化比较，可以发现女性意识在不同民族、国家、地区的独特表现形式，分析文化差异对女性文学创作的影响。从文化维度研究有助于拓宽女性意识研究的文化视野，挖掘女性文学中蕴含的多元文化价值，促进不同文化间的交流与对话。同时，文化维度还能揭示女性意识与主流文化之间的张力关系，探讨女性文学在挑战父权文化霸权、构建女性文化身份认同中的重要作用。

社会维度关注女性文学与女性意识在社会结构和社会变迁中的位置与作用。一方面，社会性别结构、社会分工、阶层分化等社会因素正在深刻影响着女性创作和女性意识表达；另一方面，女性文学又以其独特的方式参与社会建构，推动社会变革。从社会维度研究能够揭示女性文学创作背后复杂的社会动因，展现女性意识对社会进步的积极影响。同时，社会维度还可以探讨女性文学与女性运动之间的互动，分析女性意识觉醒对女性群体社会地位的提升作用。

历史、文化和社会三个维度之间也并非是相互隔离，而是相互交织、相互影响的。女性文学与女性意识之间的关系是多维度、立体化的，只有综合运用多个维度，才能全面认识二者之间复杂而微妙的互动。例如，文化因素与社会结构之间存在着深刻的互构关系，二者共同影响着女性创作；而历史变迁又为文化观念和社会形态的嬗变提供了土壤。因此，研究者需要在把握各维度特点的基础上，注重维度间的联系和贯通，以开放包容的视野、严谨缜密的方法，深入探究女性文学与女性意识之间的多元关联。

二、研究范围与界定

（一）历史纵深的范围设定

在探讨女性文学与女性意识互动关系时，广阔的历史纵深是不可或缺的维度。从古至今，从中国到世界，女性文学创作与女性意识觉醒之间始终存在着错综复杂、相互影响的动态关系。对这一关系的考察，需要跨越时空界限，以更加开阔的视野审视女性文学发展的历史全貌。

纵观中国女性文学发展史，不难发现，主流文化传统对女性创作有着深远影响。在封建社会漫长的历史进程中，女性处于从属和被压抑的地位，她们的生活天地也反限于"闺阁"，创作主题也多局限于个人情感抒发。然而，即使式在如此狭隘的创作空间内，女性作家仍然在不懈探索独特的情感表达和美学追求，她们的笔下蕴藏着对性别困境的隐秘抗争，折射出一代又一代知识女性自我意识的生成。从早期的女词人李清照、朱淑真，到晚清的秋瑾、徐自华，再到五四时期的冰心、庐隐、丁玲等，女性文学创作无不展现出与时代思想和社会转型相呼应的"她性"特质，诠释着中国女性是如何从"闺阁"走向社会、从传统走向现代的心路历程。

在以男性为主导的西方文化传统中，女性长期被视为"他者"，处于边缘化的地位。18 世纪的玛丽·沃斯通克拉夫特、19 世纪的乔治·桑、维吉尼亚·伍尔夫等先驱作家以饱含激情的书写，批判男权社会对女性的偏见和歧视，为女性主义的兴起提供了强大的精神动力。而 20 世纪 60 年代的新浪潮女性主义运动，更是直接催生了一批富有政治意识的女权主义文学作品，如凯特·米利特的《性政治》、贝蒂·弗里丹的《女性的奥秘》等，对主流文化进行了强有力的颠覆和解构。这些作品犀利揭示了女性在父权制度下所遭受的种种压迫，为女性觉醒与社会变革注入了思想源泉。

（二）文化与社会的空间广度

文化与社会的空间广度对于考察不同社会文化背景下女性意识的演变具有重要意义。女性意识是特定历史条件下社会文化环境与女性个体思想意识相互作用的产物，因此，研究女性意识的演变离不开对不同文化语境的审视和把握。从横向维度来看，不同民族、国家和地区由于自然环境、历史传统等因素的差异，形成了其独特的社会文化样态，这些差异性在直接影响和塑造着不同民族和国家和地区女性的生存状态和主体意识。例如，在传统的农耕文化中，男耕女织的分工模式限制了女性的社会活动空间，使其难以获得与男性平等的教育和发展机会，女性意识也因此呈现出隐忍、沉默、依附等特点。而在现代工商业文化中，随着女性受教育程度的提高和经济地位的改善，女性意识逐渐呈现出独立、进取、平等的特征。

从纵向维度来看，女性意识的觉醒与社会文化的变迁息息相关。在人类文明的发展进程中，社会形态经历了原始社会、奴隶社会、封建社会和资本主义社会等不同阶段，每个阶段的文化特征都对女性意识产生了深刻影响。例如，在原始社会母系氏族公社阶段，女性掌握着生产资料，享有较高的社会地位，女性意识表现出自信、强势的一面。而在奴隶社会和封建社会，由于生产力的发展和私有制的出现，女性逐渐沦为男性的附属品，其主体意识受到严重压。直至资本主义社会，随着女权运动的兴起和马克思主义妇女解放理论的传播，女性意识才逐渐开始觉醒，开始追求男女平等和独立自主。

考察女性意识演变的文化与社会空间广度，需要综合运用历史学、人类学、社会学等多学科视角，立足于具体的时空坐标，探究不同社会文化语境对女性生存状态和主体意识的塑造机制。只有深入把握处于不同文化背景下女性群体的生活实践和精神世界，才能揭示女性意识演变的一般规律和独特轨迹。这不仅有助于丰富女性意识研究的理论内涵，更能为当代女性自身发展和社会性别平等实践提供有益启示。

在当前全球化时代，交互性与多元性已成为社会文化的基本特征。不同民族文化在相互碰撞、交流中呈现出融合与创新的趋势，由此也为女性意识的发展开辟了新的空间。面对日益开放多元的社会文化环境，女性群体应主动把握机遇，在继承本民族优秀传统文化的基础上，积极吸收和借鉴人类文明的先进成果，以开放包容的心态参与文化交流与对话，在交互中实现女性意识的自我更新与提升。同时，社会各界也应该共同营造有利于女性全面发展的文化氛围，消除性别歧视，为女性意识的自由表达和成长创造条件。唯有如此，女性意识才能在多元文化的互鉴中焕发出新的生机与活力，从而推动社会文化的进步。

三、研究方法的选择与运用

（一）研究方法的合理选择

在深入探讨女性文学与女性意识研究的整体思路与内容时，恰当的选择研究方法是至关重要的一环。这不仅关系到研究的科学性和严谨性，更是直接影响着研究成果的质量和价值。就女性文学与女性意识这一研究主题而言，文本分析与实证研究相结合的综合研究路径无疑是一种理想的选择。

文本分析是女性文学与女性意识研究的基础和前提。作为一种质性研究方法，文本分析着眼于对文学作品的深入解读和系统梳理，力图揭示其中蕴含的女性意识、价值取向及社会文化背景。在具体操作中，研究者需要运用文学批评、符号学、叙事学等理论工具，对作品的主题、人物、情节、语言等要素进行全方位的分析，挖掘其中隐含的性别意识和权力关系。同时，研究者还应将文本置于特定的历史语境中考察，探究作者的创作意图、生平经历对作品的影响，以及作品与同时代社会现实的互动关系。唯有如此，才能真正把握文本的深层意蕴，揭示女性文学创作与女性意识觉醒的内在逻辑。

然而，仅仅依靠文本分析还难以全面、客观地认识女性文学与女性意识的互动关系。为了弥补这一不足，实证研究方法的引入就显得尤为必要。与文本分析不同，实证研究更加注重经验数据的收集和定量分析，力图通过科学、严谨的实证论证来检验研究假设，以获得具有普遍意义的研究结论。在女性文学与女性意识研究中，实证研究的切入点可以多种多样，既可以针对女性作家群体开展问卷调查、深度访谈，了解其创作动机、生活经历与女性意识的关联；也可以对不同时期、不同类型的女性文学作品进行内容分析，考察其在女性形象塑造、女性地位反应等方面的异同；还可以通过追踪研究、实验研究等方式，探究女性文学阅读对于女性意识养成的影响机制。这些实证研究不仅能够为文本分析提供必要的支撑和佐证，更能够帮助研究者发现新的研究问题，拓展研究的深度和广度。

在女性文学与女性意识研究的实践中，许多研究者已经开始有意识地将文本分析与实证研究相结合，力求实现研究方法的优势互补和多元整合。一方面，他们重视文学文本的细读和批评，对于作品中所反映的女性生存境遇、价值诉求进行深入剖析；另一方面，他们又积极采用问卷调查、深度访谈、实验研究等实证手段，对前述分析得出的观点和假设进行检验和修正。这种定性与定量相结合、理论与实证相促进的研究范式，不仅大大提升了研究成果的说服力和科学性，也为女性文学研究领域的方法论创新提供了宝贵的经验和启示。

（二）方法的具体应用

在女性文学与女性意识研究中，结合女性学、文学批评和社会学理论进行跨学科的方法应用具有重要意义。这种多维度的研究视角有助于全面揭示女性文学创作与女性意识觉醒之间的内在关联，深化对女性主体性建构的理解。

女性学理论为女性文学研究提供了重要的理论支撑和方法论指导。女性学关注女性的生活经验、价值观念和社会地位，主要探讨性别不平等的根源及其改变途径。将女性学理论引入文学研究，便意味着要以性别视角重新审视文学创作和文学史，挖掘其中蕴含的性别意识和权力关系。这一方法有助于揭示女性文学的独特性和先锋性，彰显女性作家在文学史上的重要地位。同时，女性学理论也为解读女性文学文本提供了新的切入点，如身体写作、女性欲望等议题的研究，都极大地丰富了女性文学的阐释空间。

文学批评理论的运用则为女性文学研究提供了重要的文本分析工具。文学批评关注文本的语言、修辞、叙事等形式特征，主要探讨作品的意义生成机制和美学价值。运用文学批评理论分析女性文学作品，可以揭示其独特的叙事视角、语言风格和美学追求，深化对女性文学的认识。同时，文学批评理论也为研究女性文学流派和创作谱系提供了重要依据，有助于厘清女性文学发展脉络，把握其在不同时期的演变规律。

社会学理论的引入则为女性文学研究提供了更加宏观的视角。社会学关注社会结构、文化规范对个人行为的影响，主要探讨文学与社会的互动关系。运用社会学理论分析女性文学，可以揭示不同社会文化语境下女性写作的特点，揭示女性意识觉醒的社会根源。这一视角有助于将女性文学置于更为广阔的社会历史背景中考察，深化对女性生存状况和精神世界的理解。同时，社会学理论也为研究女性文学接受和传播提供了重要启示，有助于分析女性文学对社会文化变迁的影响。

四、数据分析与案例研究

（一）定性与定量数据的分析

在对女性文学与女性意识关系进行研究时，数据分析是一个不可或缺的重要环节。通过科学、系统的数据分析，研究者能够从宏观和微观两个层面，深入揭示女性文学创作与女性意识觉醒之间的内在联系。具体而言，定性与定量研究方法的综合运用，能够为这一复杂议题的探讨提供坚实的理论支撑与实证基础。

从定性研究的角度看，内容分析法是一种行之有效的策略。研究者可以通过系统梳理不同时期、不同文化语境下的女性文学作品，提炼出其中蕴含的女性意识特质。例如，对 20 世纪初期中国女性文学进行分析，能够发现"新女性"形象的崛起，这种现象折射出女性摆脱传统束缚、追求独立自主的时代诉求。又如，对西方女性主义文学的考察，能够揭示女性作家是如何通过创作批判父权文化，彰显女性主体意识的。这些定性分析不仅能够勾勒出女性意识发展的历史脉络，更能揭示女性文学与女性解放之间的辩证关系。

定量研究方法如统计学分析，能够为定性研究提供必要的数据支撑。通过对海量文本进行计量分析，研究者能够客观地呈现不同时期女性文学在题材、主题、人物塑造等方面的变迁趋势。譬如，对 20 世纪后半叶西方女性文学的统计分析显示，以揭示女性困境、批判男权中心为主题的作品明显增多，女性意识觉醒已然成为这一时期女性文学创作的主流。又如，对新时期以来中国女性文学的数据进行梳理表明，展现女性生存状态、呼唤女性主体精神的创作日益增多，折射出女性作家对身份认同、自我价值的深切关注。这些量化分析，能够用严谨的数据说话，验证定性研究中提出的观点和判断。

需要指出的是，定性与定量研究方法在女性文学与女性意识关系研究中并非是相互对立，而是相辅相成、互为补充的。唯有将二者有机结合，才能真正实现研究视角和研究路径的多元化，构建起一个关于女性文学与女性意识的立体认知图景。一方面，内容分析法提供的文本解读视角，能够为统计学分析提供必要的理论预设和分析框架；另一方面，数据挖掘得出的客观事实，又能成为内容分析法得出结论的有力佐证。定性与定量的交叉迭代、循环往复，能够不断推动研究的深入，使女性文学中蕴藏的女性意识图景更加清晰与完整。

（二）案例研究的深入探讨

通过选取具有代表性的作品和真实案例进行剖析，研究者能够更加生动、具体地认识到女性文学创作和女性意识觉醒的历史进程、现实状况和未来走向。在案例选择上，应该兼顾不同时期、不同国家、不同文化背景下的女性文学作品，以展现女性文学发展的连续性和多样性。同时，也要注重案例的典型性和说服力，选取那些在女性意识觉醒、女性地位提升等方面产生过重大影响的经典之作。

通过对这些经典案例的深入剖析，能够发现女性文学创作与女性意识觉醒之间的内在联系。女性作家往往基于自身的生活经历和情感体验进行创作，其作品大多折射出作为女性在特定时代背景下的生存状态和精神追求。例如，英国女作家弗吉尼亚·伍尔夫的代表作《一间自己的屋子》，生动地反映了 20 世纪初期女性渴望摆脱传统性别桎梏、获得独立人格和创作自由的强烈愿望。又如，中国当代女作家张洁的小说《方舟》，她以一位女性知识分子的人生经历为主线，深刻揭示了中国女性在社会转型期所面临的困境与挣扎。这些案例无不彰显了女性文学与女性生存现实的密切关联。

优秀的女性文学作品本身就是唤醒女性意识、推动女性解放的重要力量。许多脍炙人口的女性文学经典，如《简·爱》《娜拉》等，都塑造了一系列敢于反抗传统、勇于追求自我的女性形象，为现实中的女性提供了宝贵的精神资源和行动指引。这些作品犹如一座座明灯，照亮了女性意识觉醒的漫漫长路。通过对经典案例的分析，能够充分认识到女性文学的思想价值和社会意义。

通过对经典案例的深度剖析，厘清女性文学创作与女性意识觉醒的内在联系，彰显女性文学的独特价值，把握女性文学发展的历史逻辑，研究者就能够构建起系统、立体的女性文学与女性意识发展图景。在此基础上，再结合理论分析、数据统计等多元化研究手段，这必将推动女性文学研究不断走向深入，为女性意识的进一步觉醒和女性地位的全面提升贡献智慧和力量。

五、研究成果的呈现形式

（一）研究成果呈现的类型

在深入探讨女性文学与女性意识研究成果的呈现形式之前，有必要厘清成果呈现的基本类型。通常而言，女性文学与女性意识研究的成果可以归纳为三种基本形式：理论构建、实证分析与案例评述。这三种形式各有侧重，但又相辅相成，它们共同构筑起女性文学与女性意识研究成果的完整体系。

理论构建是女性文学与女性意识研究成果呈现的重要形式之一。通过系统梳理已有研究基础，探索女性文学创作与女性意识觉醒的内在规律，研究者可以构建起新颖而深刻的理论框架，并为后续研究提供思路和方法。一个成熟的理论框架不仅能够阐释女性文学与女性意识之间的复杂关联，还能对相关现象做出预测和引导，推动研究向纵深发展。因此，在女性文学与女性意识研究中，高质量的理论构建成果往往具有奠基性和开创性的意义，它们为学科发展指明了方向，提供了源源不断的动力。

实证分析是女性文学与女性意识研究成果呈现的另一重要形式。运用扎实的文献基础和科学的分析方法，研究者可以深入考察在女性文学作品中所蕴含的女性意识，揭示其在不同时期、不同文化语境下的演变轨迹。通过实证分析，研究者不仅能够验证理论框架的适用性和解释力，更能发掘新的研究问题，丰富学科的知识储备。同时，严谨、缜密的实证分析本身就是一种难能可贵的学术训练，它能够提升研究者的学术素养，为学科发展培养高水平人才。

案例评述则是女性文学与女性意识研究成果呈现的重要补充。通过对经典作品、重要作家的深度解读，研究者可以生动而具体地展现女性文学的独特魅力，揭示女性意识觉醒的曲折历程。优秀的案例评述不仅能够提升研究成果的可读性和吸引力，更能为理论构建和实证分析提供鲜活素材，加深读者对相关问题的理解和认识。此外，案例评述还是传播女性文学、弘扬女性意识的重要渠道，它能够唤起更多读者的兴趣和共鸣，扩大女性文学与女性意识研究的社会影响力。

（二）研究成果的表现形式

在女性文学与女性意识研究领域，研究成果的表现形式可以多种多样，但主要集中在学术论文、专著和教学案例三个方面。这三种表现形式各有侧重，但都以严谨的学术态度、深入的理论分析和鲜活的案例阐释为共同特点，力求全面、准确地反映女性文学的发展脉络和女性意识的觉醒历程，从而为相关研究提供重要参考和借鉴。

学术论文是女性文学与女性意识研究成果的重要载体。研究者通过学术论文深入探讨女性文学创作和女性意识觉醒的内在逻辑，揭示二者相互影响、彼此塑造的复杂机制。优秀的学术论文往往能够提出新颖的研究视角，运用跨学科的理论方法，对相关问题进行系统梳理和独到阐释，引领研究方向，拓展研究领域。同时，学术论文还十分注重实证性和可操作性，可以从丰富的文学文本和历史资料中汲取养分，使论证更具说服力和针对性。

专著则以其篇幅长、容量大的优势，为女性文学与女性意识研究提供了更为广阔的舞台。通过专著，研究者可以对某一时期、某一流派或某位作家的创作进行全景式的考察和多维度的剖析，深入挖掘女性文学蕴含的丰富意蕴和思想内涵。同时，专著编写过程中积累的海量文献资料，也为后续研究夯实了基础。在行文中，优秀的女性文学与女性意识研究专著既能坚持问题意识，又能兼顾史料梳理，能够做到论从史出、以小见大，充分展现研究主题的理论价值和现实意义。

教学案例作为一种新颖的研究成果表现形式，近年来也逐渐受到学界重视。研究者将女性文学与女性意识研究的最新成果转化为生动鲜活的教学案例，用以指导教学实践，提升教学效果。优秀的教学案例能够紧密结合教学对象的认知特点和接受习惯，将晦涩难懂的理论知识转化为通俗易懂的案例分析，激发学生的阅读兴趣和探究欲望。同时，教学案例还注重融入思辨训练和实践操作环节，引导学生运用所学知识分析现实问题，提升运用理论反思实践的能力。从更深层次来看，将女性文学的与女性意识研究转化为教学案例，也有助于促进高校人文素质教育，培养学生的性别平等意识和批判性思维。

第四节　研究路径

一、文献资料的收集与整理

（一）定义研究范围与文献资料的选取标准

定义研究范围和文献资料的选取标准是女性文学与女性意识研究的重要前提和基础。只有科学、合理地界定研究对象，精准、全面地筛选文献材料，才能为后续研究奠定坚实的理论和实践基础。

研究范围的确定需要考虑研究主题的内涵外延、时间跨度，以及地域分布等多重因素。就女性文学与女性意识这一主题而言，其研究对象可以涵盖不同时期、不同国家和地区的女性作家及其创作，以及与之相关的社会文化语境。研究者需要根据研究目的和研究问题，对研究对象进行适度的限定和界定。例如，如果研究重点在于探讨 20 世纪中国女性文学的发展脉络及其反映的女性意识变迁，那么研究对象就可以限定为 20 世纪的中国女性作家及其代表作品。而如果研究视角是比较不同国家和地区女性文学的异同，研究对象的选择需要兼顾地域的多样性和代表性。总之，研究范围的圈定需要在全面性和针对性之间寻求平衡，既要保证研究对象的广度，又要突出研究主题的聚焦。

文献资料的选取标准同样需要契合研究主题和研究目的。首先，选取的文献资料应当与研究对象密切相关，要能够为研究问题的解答提供直接支撑。其次，文献资料的类型应当多样化，既要包括一手的原始文献，如女性作家的作品、日记、书信等，也要包括二手的研究文献，如学术论文、专著、评论等。再次，文献资料的权威性和可靠性需要经过严格审核，尤其是在运用网络资源时，更需要鉴别信息的真实性和准确性。最后，文献资料的时间跨度应当与研究对象相匹配，选材应力求全面系统，要兼顾经典文献和前沿成果。

在实际的研究过程中，研究范围和文献资料的选取往往是一个动态调整的过程。研究者需要在研究的不断深入中审视既定的边界，根据新的发现和认识对研究对象进行补充和调整。同时，文献资料的收集也应当贯穿研究的全过程，要及时吸收新出现的重要文献，丰富完善研究的理论视野。只有拥有开放、审慎的研究态度，灵活、务实的研究方法，才能使研究范围更加科学合理，文献资料更加充实丰富。

（二）文献检索技巧与管理方法

面对海量的文献资料，研究者需要掌握科学、高效的检索技巧，才能快速获取所需信息。在制定检索策略时，研究者应根据研究主题确定关键词，灵活运用布尔逻辑符号、位置算符等，提高检索的精准度。同时，研究者还应充分利用各种文献数据库的高级检索功能，如主题词表、引文索引等，发掘更多相关文献。

从而获取文献只是第一步，如何对文献进行科学管理和深度利用才更为关键。文献管理软件如 EndNote、NoteExpress 等，能够帮助研究者对文献进行分类整理、标引注释，并自动生成参考文献。通过使用文献管理软件，研究者可以建立个人的文献资料库，随时调阅所需文献，大大提高研究效率。此外，通过对相关文献进行细读和批判性思考，研究者还可以梳理出学科发展脉络，发现研究问题，激发新的研究灵感。

对于女性文学与女性意识这一研究领域，文献资料的选取尤为重要。研究者需要广泛涉猎女性文学作品，深入体悟其中蕴含的女性意识和精神追求；同时，还应关注女性主义理论、社会性别研究等相关学科的前沿动态，拓宽研究视野。通过对不同时代、不同文化语境下的女性文学进行比较分析，研究者能够揭示女性意识的发展演变，探寻女性主体性建构的多元路径。

在文献资料管理过程中，研究者还需注重学术规范和研究伦理。文献引用要准确规范，杜绝学术不端行为。同时，研究者应该尊重他人的研究成果，合理使用文献资料，避免侵犯他人的知识产权。要明白，唯有恪守学术道德，研究者才能真正推动学科发展，为人类知识积累贡献力量。

在面对收集到的文献资料时，只有运用科学的检索方法，建立个人文献资料库，并对文献进行深度解读和创新性思考，才能真正驾驭海量的文献资源，并从中发现有价值的研究问题，推动研究不断向前发展。在新时代背景下，女性意识研究领域亟须一批视野开阔、素养深厚的研究者，而扎实的文献功底也正是研究者的立身之本。

（三）文献资料的综合分析

文献资料的综合分析是女性文学与女性意识研究的基础环节，对于深入把握研究主题、提炼研究思路具有重要意义。在海量的文献资料中准确识别和提取有价值的信息，需要研究者具备敏锐的洞察力和扎实的理论功底。主要分为三点。

第一梳理文献脉络。研究者应立足研究主题，系统梳理相关文献的发展脉络，把握学术界对相关问题的研究历程和最新进展。通过总结前人研究成果，研究者能够在宏观层面上勾勒出女性文学与女性意识研究的基本图景，并为后续研究奠定基础。同时，梳理文献脉络也有助于发现研究的薄弱环节和尚待开拓的空间，为选题提供启示。

第二，比较分析。在面对不同观点和立场的文献资料时，研究者须秉持客观中立的态度，以审慎的眼光分析其异同。通过比较分析，可以厘清不同学者在研究视角、研究方法、研究结论等方面的差异，进而思考形成差异的深层原因。这一过程不仅能帮助研究者拓宽思路、启发灵感，更能促使其反思自身的研究立场和方法，从而不断推进研究的深化。

第三，融合创新。文献资料的真正价值不仅在于为研究提供素材，更在于为创新提供源泉。研究者应在充分消化吸收已有研究成果的基础上，力求从全新的视角切入研究主题，提出独到的见解。这需要研究者跳出既有的理论框架，突破自身的学科藩篱，将不同领域的知识融会贯通。唯有如此，才能真正实现女性文学与女性意识研究的创新发展，为学术界贡献原创性的成果。

在综合分析过程中，研究者还需注重挖掘文献资料的学术和现实价值。一方面，文献资料能够为研究假设的提出和佐证提供有力支撑，帮助研究者构建严密的理论体系。另一方面，对经典文献的深入解读，能够为当下女性文学创作和女性意识觉醒提供有益启示，彰显研究的现实意义。因此，综合分析绝非简单的资料堆砌，而是要求研究者在博览群书中抽丝剥茧，在融会贯通中推陈出新。

二、实地调查与案例分析

（一）实地调查的设计与准备

实地调查能够帮助研究者获取第一手资料，帮助其深入了解女性生活的现实状况，洞察女性意识的形成和发展过程。为了确保实地调查的有效性和科学性，研究者需要在调查设计和准备阶段投入大量心力。

首先，研究者应根据研究目的和内容，明确调查的对象、地点、方式等关键要素。例如，如果研究主题是农村女性的生存现状和意识觉醒，那么调查对象就应该选择有代表性的农村地区和女性群体。调查方式可以包括入户访谈、焦点小组讨论等，以多角度、全方位地收集资料。明确这些要素有助于研究者合理配置时间、精力和资源，用来提高调查的针对性和有效性。

其次，研究者应制定周密的调查方案。一份优秀的调查方案需要包括调查的时间安排、人员分工、访谈提纲、记录方式等详细内容。通过预先的设计，研究者能够有条不紊地开展工作，减少失误和遗漏。同时，调查方案也是整个研究的重要组成部分，因为这体现了研究者的学术思路和专业素养。

再次，研究者应做好调查的各项准备工作。其中最关键的是建立良好的田野关系。研究者需要提前与调查地的相关部门和人员进行沟通，说明调查目的，征得他们的支持和配合。在调查过程中，研究者应尊重当地的风俗习惯，平等地对待每一位参与者，通过真诚、友善的态度赢得他们的信任。此外，调查所需的设备、资料、生活用品等也应提前准备妥当，以免耽误工作。

最后，研究者还应对调查过程中可能遇到的问题和困难有所预判，提前制定应对预案。例如，部分女性可能出于隐私考虑不愿意接受访谈，研究者就需要耐心沟通，解释调查的意义，或调整访谈方式，化解她们的顾虑。又如在偏远山区进行调查时，研究者可能面临交通不便、通信中断等突发状况，这就需要未雨绸缪，做好后勤保障。

（二）案例选取与分析方法

在女性文学与女性意识研究中，案例选取与分析方法至关重要。案例是研究的基本单元，是连接理论与实践的桥梁。科学、合理的案例选择能够有效支撑研究主题，为论证提供充分依据。同时，恰当的分析方法则是深入剖析案例内涵、提炼理论精髓的关键。因此，研究者需要高度重视案例选取与分析方法，以期实现研究目的。

案例选取应遵循典型性、多样性和可及性原则。首先，选取的案例应具有典型意义，要能够代表某一类型女性文学创作或女性意识表达的基本特征。这种典型性使得个案研究能够引申出带有普遍意义的结论。其次，案例选择应兼顾多样性，要涵盖不同时期、不同地域、不同文体的作品，以展现女性文学和女性意识的丰富内涵与多元面貌。最后，案例的可及性也不容忽视。研究者需要综合考虑文本的可获得性、相关资料的完备程度等因素，以确保案例研究的可行性。

在案例分析方面，文本细读和历史语境考察缺一不可。文本细读要求研究者全面把握作品的主题思想、人物形象、叙事策略等内在要素，剖析其所蕴含的女性意识和价值追求。这种解读不能仅停留在表层，而是应深入作品的字里行间，揭示其言外之意。与此同时，将案例置于历史语境中考量能够厘清作品与时代的互动关系。一方面，社会历史条件塑造了作家的现实处境和精神图景，进而影响其创作；另一方面，文学作品又对社会现实产生反作用，推动女性地位的变迁。唯有将二者结合起来，才能准确把握案例的深层内涵。

多元理论视角的运用也是案例分析的重要方法。女性主义文学批评、心理分析、后殖民理论等不同流派，为解读女性文学和女性意识提供了独特的理论工具。研究者应根据案例的特点，灵活选择合适的理论视角，全方位、多层次地剖析文本。同时，对不同理论的批判性吸收也不可或缺。研究者需要辩证地看待各种理论流派，既要借鉴其合理内核，又要扬弃其局限之处，让研究理论在实践中得到丰富和发展理论。

跨学科的研究视野也有助于拓展案例分析的深度和广度。女性文学和女性意识的形成与发展，深受社会、文化、经济等因素的影响。因此，研究者不能将视野局限于文学领域，而应主动吸收社会学、人类学、历史学等相关学科的研究成果。跨学科视野能够为案例分析提供更加宽阔的背景，助力对作品意蕴的把握和阐发。

（三）结合案例进行理论联系

案例分析是探究女性文学与女性意识的重要途径，它通过对具体作品的深入解读，揭示了女性写作的独特视角和丰富内涵。然而，案例分析并非简单地罗列作品内容，而是要在细致考察的基础上，挖掘作品背后的社会文化语境，探寻女性意识的生成逻辑和发展脉络。只有将案例置于宏观的理论框架下审视，才能真正读懂女性文学的意蕴所在。

在进行案例分析时，首先需要明确理论视角。女性主义文学批评为研究者提供了诸多富有洞见的理论范式，如吉诺瓦提出的"阅读女性"概念，主张从女性的独特经验出发解读文本；肖瓦尔特提出的"陌生化"策略，强调挖掘女性文学中另类视角的价值。这些理论都为案例分析提供了重要的方法论指导，有助于研究者突破传统文学批评的局限，发现女性文学的独特魅力。

案例分析要注重将文本置于社会语境中考察。女性书写从来不是孤立的个体行为，而是深深嵌入于特定历史文化情境之中的。只有厘清作品所处的时代背景、社会现实，才能准确把握女性意识的生成逻辑。以张爱玲小说的创作为例，她笔下那些身处乱世的女性形象，既折射了战争年代女性的生存困境，也呈现出女性主体意识觉醒的曲折历程。透过作品的细部描写洞悉时代困境，正是案例分析的意义所在。

案例分析要善于发掘文本细节。女性意识往往隐藏在看似平常的细节书写中，需要研究者以敏锐的洞察力去捕捉、挖掘。如在安妮宝贝的散文中，女性意识往往寄寓于对日常生活的描摹中。那些细腻入微的情感刻画，那些对平凡事物的独特感受，无不彰显出现代女性的复杂心绪和精神诉求。唯有深入细部，才能触及女性文学的灵魂。

案例分析要注重反思和对话。分析案例不是目的，是为了深化对女性意识的认知，拓展女性文学研究的视野。通过对个案的深入解读，研究者要进一步思考：这些案例对于丰富女性主义文学理论有何启示？它们与同类文本相比又有何异同？如何借由个案分析推进女性文学研究的进程？唯有在持续的反思和对话中，案例分析才能真正实现其理论价值。

三、数据分析与模型建立

（一）数据分析的必要性与意义

在女性文学与女性意识研究中，数据分析发挥着不可或缺的作用。它不仅有助于研究者客观、全面地认识研究对象，揭示其内在规律和发展趋势，更能为理论构建和实践应用提供坚实的实证基础。

从知识生产的角度来看，数据分析能够帮助研究者厘清女性文学创作与女性意识觉醒之间的复杂关系。通过对大量文本数据进行统计、归纳和比对，研究者能够发现处在不同时期、不同流派的女性作家在题材选择、叙事策略、人物塑造等方面的异同，进而探究其背后所反映的女性意识的演变轨迹。同时，数据分析还能揭示女性文学接受史上读者反映的变迁，为研究女性意识的社会影响提供重要参照。这些发现不仅能够丰富研究者对女性文学和女性意识的认识，更能推动相关理论的创新与发展。

从现实应用的角度来看，数据分析是推动女性文学与女性意识研究成果转化的重要途径。通过数据挖掘和可视化呈现，研究者能够直观、生动地展示研究发现，提高其传播效力和社会影响力。譬如，运用数据分析技术绘制女性作家创作主题的演变图谱，能够帮助大众理解女性意识觉醒的历史进程；而对女性阅读图景的数字化呈现，能为文学创作和出版提供有益启示。总之，数据分析为女性文学研究搭建起连通学界与业界、理论与实践的桥梁，并为其贡献智慧和释放活力提供了宝贵契机。

数据分析还能为女性意识教育的开展提供重要指引。教育工作者可以运用数据分析技术，准确判断学生群体的女性意识现状，识别影响因素，开具"教学处方"。例如，通过分析学生的阅读数据，教师能够发现性别差异对阅读兴趣和阅读习惯的影响，进而有的放矢地开展阅读指导。又如，运用数据模型探究不同教学干预措施的成效，能够帮助教师优化教学策略，持续提升教学质量。可以说，数据分析为女性意识教育插上了腾飞的翅膀，使其能够在精准施教领域上越飞越高。

在运用数据分析方法时，研究者也需要保持审慎的态度。数据分析虽然能够提供宝贵的洞见，但其结论的可靠性取决于数据样本的代表性和数据处理的科学性。因此，研究者应注重数据的标准化采集与多元化获取，提高样本的覆盖面和均衡性。同时，面对海量而纷杂的数据，研究者还须依托扎实的学科理论，甄别数据价值，剔除数据噪声，在定性分析与定量分析的辩证统一中提升研究质量。

（二）数据分析方法的选取与应用

数据分析在女性文学与女性意识研究中发挥着重要作用。通过科学的数据分析方法，研究者能够更加全面、深入地把握女性文学创作的特点和女性意识觉醒的轨迹。

数据分析有助于揭示女性文学发展的宏观趋势。研究者可以通过对不同时期、不同地域、不同文体的女性文学作品进行定量分析，描绘出女性文学发展的整体图景，从而发现其中的规律性和阶段性特征。例如，对 20 世纪中国女性小说的数据分析表明，随着时代的推移，女性小说家群体逐渐壮大，创作题材日益多元，女性意识不断觉醒，这些客观数据直观反映了女性文学发展的历史进程。

数据分析还能帮助研究者深入剖析女性意识觉醒的内在机制。通过对女性文学作品中的人物形象、情节结构、语言风格等要素进行定量研究，可以揭示不同时期女性意识觉醒的特点和动因。以英国著名女性主义文学批评家埃莱恩·肖瓦尔特为例，她运用数据分析方法对英美女性文学进行研究，提出了"女性文学的双声部结构"理论。通过分析不同年代女性作家作品的语言特征、叙事视角等，肖瓦尔特发现，在男权文化的压制下，女性作家往往采取迂回隐晦的书写策略，作品呈现出表层服从、深层抗争的双重结构。这一理论深刻揭示了女性意识觉醒的复杂性和隐蔽性，为女性主义文学批评提供了新的视角。

（三）构建理论模型的实践步骤

构建理论模型是推进女性文学与女性意识研究的重要步骤。在这一过程中，研究者需要在前期调研的基础上，遵循一定的理论构建程序，逐步形一个成具有解释力和预测力的概念框架。这个框架不仅有助于揭示女性文学创作和女性意识形成的内在规律，也能为后续研究提供清晰的思路和方向。

理论模型构建的首要任务是明确核心概念。女性文学与女性意识研究涉及诸多术语和范畴，如女性主义、女性文学、性别意识等。研究者需要在文献综述的基础上，参考学界已有定义，结合研究对象的特点，提炼出准确、严谨的核心概念。这是理论模型得以建立的基石。只有对概念内涵清晰界定有了，后续的命题和推理才能确保逻辑的一致性。

在核心概念基础上，研究者要提出具有前瞻性和洞察力的理论假设。这需要研究者审慎观察研究对象，透过现象看本质，在众多影响因素中识别出关键变量。理论假设应建立在扎实的学理基础和充分的实证依据之上，而非研究者的主观臆断。合理的理论假设不仅能够回应已有文献，填补研究空白，更能引领学术探索的新方向。

理论假设提出后，需要对其进行严密的逻辑论证。研究者要运用演绎、归纳等方法，论证假设成立的必要性和充分性。在推理过程中，要注意前提和结论的一致性，论证环节的严密性，杜绝逻辑谬误。同时，要善于综合运用跨学科理论视角，在交叉融合中找到支撑论点的新证据、新逻辑。只有经过缜密且清晰的推理，理论假设才能上升为理论命题。

理论模型的构建还需要回到经验事实加以检验。研究者要将理论命题置于具体语境中，选取典型案例，考察其解释力和预测力。理论模型只有在实践检验中，才能不断地得到修正与完善，并最终成为一套成熟的学术范式。这种理论与实践的对话，需要研究者具备开放、审慎的态度，虚心接受经验事实的反馈，并据此丰富理论内容。

理论模型的构建还应注重学理逻辑的系统性。研究者需要将核心概念、理论命题有机串联，搭建起环环相扣的理论框架。这一框架应当具有宏观视野和整体意识，使其既能阐释局部问题，又能揭示内在规律。同时，要注意挖掘理论创新点，在继承中发展，在借鉴中超越，力求理论品格的独特性。

女性文学与女性意识研究需要通过理论模型的构建，形成系统、科学的学术话语。这一过程要遵循概念界定、假设提出、逻辑论证、经验检验的基本步骤，要力求理论的严谨性、系统性、创新性。唯有如此，才能真正把握女性文学创作和女性意识生成的内在机制，推动相关研究不断走向深入。

四、学术交流与研讨

（一）学术交流的途径与技巧

学术交流为研究者提供了分享知识、碰撞思想、启迪智慧的平台。对那些致力于女性文学与女性意识研究的研究者而言，积极参与学术交流活动更是不可或缺的。通过与同行切磋交流，不仅能够拓宽研究视野、深化问题认识，还能找到志同道合的伙伴，携手推进学科发展。

从交流途径来看，学术会议无疑是最为重要和常见的形式。各类女性文学与女性意识研究的专题研讨会、学术年会等，为研究者提供了面对面交流的机会。在会议现场，研究者可以分享最新研究成果，探讨学科前沿问题，开展学术争鸣。这种直接、高效的互动有助于及时把握研究动向，深入了解同行观点，从而为自身研究提供新的思路和启发。除了参与会议，研究者还可以通过学术期刊、网络平台等渠道开展交流，通过发表论文、综述等学术文章，能够向同行展示研究成果并引发讨论。选择合适的刊物，用扎实的论证、精彩的表达吸引读者，才能产生良好的学术影响力。近年来，各种学术社交媒体、在线研讨平台不断涌现，打破了时空限制，拓宽了交流渠道。研究者研究可以随时随地分享观点、讨论问题，加强学术联系。

无论采取何种交流途径，研究者都应掌握一定的交流技巧，以提高交流实效。首先，要准确把握交流主题，紧扣研究问题，避免泛泛而谈、偏离主旨。在会议发言、论文写作时，要有明确的问题意识和清晰的逻辑结构，论据充分、观点鲜明，以吸引听众或读者的兴趣。其次，要注重表达方式，力求言简意赅、深入浅出。过于晦涩的学术语言可能引起理解困难，而通俗易懂的阐释更容易引起共鸣。同时，在交流过程中要虚心听取他人意见，开放包容、平等互惠，以此来促进思想交流和观点碰撞。此外，还应善于利用多种手段增强交流效果，如运用案例、数据、图表等形象化呈现研究内容，使复杂的理论问题更加直观、易于理解。

（二）学术研讨的准备与执行

学术研讨是女性文学与女性意识研究过程中不可或缺的重要环节。它为研究者提供了交流思想、碰撞观点的平台，有助于拓宽研究视野，深化研究内容。然而，要充分发挥学术研讨的作用，仍需研究者在研讨准备和执行阶段付出努力。

在研讨准备阶段，研究者应该针对研讨主题进行充分的文献梳理和案例分析。通过广泛阅读相关文献，研究者能够全面了解研究现状，把握学术前沿动态，为研讨奠定扎实的理论基础。同时，研究者还应深入挖掘研究主题的现实意义，选取具有典型性和代表性的案例进行分析。这不仅能够增强研讨内容的说服力，也有助于引发更加深入的思考和讨论。除了知识储备，研究者在研讨准备阶段还需要注重表达方式的设计。生动形象的语言、恰当的论证方法、合理的时间分配都是研讨成功的关键因素。通过精心设计研讨的表达方式，研究者能够更有效地传达自己的观点，引导听众进行深入思考。

在研讨执行阶段，研究者应以开放、平等的心态参与到讨论中来。学术研讨的目的不是简单地发表观点，而是通过不同观点的交锋，推动认识的深化和视野的拓展。因此，研究者既要善于倾听他人观点，又要敢于表达自己的看法。在讨论过程中，研究者应该注重论据的合理性和逻辑性，要以理服人而非以势压人。同时，面对质疑和反驳，研究者也要虚心接纳，耐心解释。唯有在平等交流、互相尊重的氛围中，学术研讨才能真正实现"百家争鸣"的理想状态。此外，研究者在研讨中还应注重与其他学科的联系。女性文学与女性意识研究是一个多学科交叉的领域，涉及文学、社会学、心理学等多个学科门类。跨学科的视角能够为研究提供更加丰富的理论资源和方法论工具，帮助研究者突破单一学科的局限，实现知识的融会贯通。因此，研究者在学术研讨中应主动寻求跨学科的对话，以开放的姿态汲取不同学科的养分，推动研究的创新发展。

（三）学术研讨与研究成果的反哺

学术交流与研讨是女性文学与女性意识研究不可或缺的重要环节。它不仅是研究者分享成果、碰撞思想的平台，更是推动该领域持续深化、创新发展的重要动力。通过参与学术交流活动，研究者可以及时了解本领域的最新进展和前沿动态，拓宽研究视野，汲取他人的宝贵经验。同时，将自己的研究成果呈现在同行面前，也有助于检验研究的科学性、严谨性，获得中肯的意见和建议。

学术研讨会、专题论坛等活动为研究者搭建起了直接对话、深度交流的桥梁。在这里，研究者可以围绕特定议题展开讨论，分享各自的研究心得，共同探讨存在的问题和可能的解决之道。这种面对面的思想碰撞往往能够产生出创新的灵感和突破性的进展。例如，在一次聚焦女性生存状态的学术研讨会上，几位研究者从不同视角切入，分别探讨了女性在家庭、职场、社会中的角色定位问题。通过激烈而富有建设性的辩论，大家在女性自我认知、社会支持网络构建等方面取得了新的共识，为后续研究指明了方向。

学术交流和研讨还有助于打破学科藩篱，促进跨界融合，为研究注入新的活力。女性文学与女性意识研究本身就是一个高度综合的领域，涉及文学、社会学、心理学、历史学等多个学科。通过与其他学科的研究者开展交流对话，可以实现多学科视角和方法的融通，拓展研究的广度和深度。比如，在一次跨学科的学术沙龙上，文学研究者和社会学者围绕女性创作与社会性别意识展开讨论，双方从各自的专业视角进行了精彩的论述。文学研究者重点分析了女性作家的创作特点和文本内涵，而社会学者则从社会结构和文化语境的角度阐释了其创作动因。两个视角的有机结合，使得双方对于女性文学创作的理解变得更加全面和深刻。

学术交流与研讨还是培养后备人才、传承学术薪火的重要途径。通过参与学术交流，青年研究者可以得到前辈的悉心指导和帮助，快速成长为学术骨干力量。而在研讨过程中，不同学术阶段的研究者可以平等交流、互相启发，共同推进学术事业的发展。一些研究机构和高校还会专门组织青年研究者论坛、博士生学术研讨会等活动，搭建起让青年研究者施展才华、迸发智慧的舞台。

学术交流与研讨既是研究成果的展示平台，也是思想交锋的理想场域。通过积极参与学术交流，研究者可以开阔眼界、更新知识、启发思路，不断推动研究的深化和创新。同时，学术交流也为学科融合、人才培养提供了沃土，为女性文学与女性意识研究的可持续发展提供了强大动力。在新时代背景下，进一步加强学术交流，创新研讨形式，必将有力促进该领域的繁荣发展，推动女性文学研究不断迈上新台阶。

第一章　女性文学与女性意识概述

第一节　女性文学的基本概述

一、女性文学的内涵

（一）定义与分类

女性文学作为一种独特的文学形式，其内涵丰富而多元。从广义上讲，女性文学可以被理解为由女性创作、以女性为叙事主体、反映女性生活经历和情感世界的文学作品。这一概念涵盖了诗歌、小说、散文、戏剧等多种文体，体现出女性文学的包容性和多样性。狭义的女性文学则专指由女性作家创作的、具有鲜明女性意识和女性视角的文学作品。这类作品以女性的生活体验为创作源泉，以女性的价值追求为精神内核，力图通过细腻入微的笔触展现女性的内心世界，表达女性的情感诉求，反映女性在社会中的地位和处境。

无论是广义的女性文学还是狭义的女性文学，其内在特质都离不开对女性生存状态的关切和对女性主体性的彰显。在漫长的历史长河中，女性常常处于被压抑、被边缘化的地位，缺乏独立的人格和自由表达的权利。女性文学正是为了突破这种禁锢，为女性发声，展现女性的独特魅力而生。通过描绘女性的喜怒哀乐、欢笑泪水，女性文学塑造了一系列鲜活生动的女性形象，再现了女性的生存困境和精神追求，表达了女性对自由、平等、尊严的向往和渴望。

从内容上看，女性文学涉及女性生活的方方面面。婚姻家庭、情感纠葛是女性文学永恒的主题。许多女性作家笔下的作品真实刻画了女性在婚恋过程中的喜怒哀乐，揭示了传统婚姻制度对女性的种种束缚，表达了女性对美满婚姻和幸福生活的向往。同时，随着女性意识的觉醒和社会地位的提升，越来越多的女性作家开始关注女性在社会中的角色定位，思考自我价值的实现。她们笔下的女性形象不再局限于家庭角色，而是走向更为广阔的社会舞台，成为独立自主的个体。这些作品展现了女性在追求自我、实现价值过程中的艰辛历程，彰显了女性力量。

从表现形式上看，女性文学也呈现出独特的艺术风貌。不同于男性作家侧重宏大叙事和理性分析，女性作家更擅长运用细腻的笔触和优美的语言，都能够将情感体验融入作品的字里行间。她们笔下的文字或清丽婉约，或激越澎湃，将女性的喜怒哀乐表现得淋漓尽致。同时，女性作家还善于运用意识流、象征、隐喻等现代表现手法，通过跳跃的时空、斑驳的记忆、错综的心理，多角度、多侧面地展现女性的内心世界，营造出迷离恍惚、意蕴悠长的艺术效果。这些独特的表现方式使得女性文学在整个文学领域独树一帜，彰显出别样的审美魅力。

随着时代的发展和社会的进步，女性文学呈现出多元化的发展趋势。一方面，女性作家的创作视野不断拓宽，触及更加广泛的社会问题和人性命题，使女性文学不再局限于女性自身，而是与整个人类社会的发展紧密相连；另一方面，女性文学在不同国家和民族中呈现出不同的文化特色，印度、非洲、拉美等国家和地区的女性文学不断发展，展现出别具一格的异域风情。这些新的文学现象极大地丰富了女性文学的内涵，促进了女性文学的繁荣发展。

（二）特色与表达方式

女性文学作为一种独特的文学形式，其艺术特色和表达方式体现了女性作家独特的生活体验、情感世界和价值观念。从题材选择上看，女性文学常常聚焦于女性的生活经历、情感挣扎和自我觉醒。在男权社会的背景下，女性作家善于捕捉女性细腻的内心活动，描绘女性在家庭、婚姻、爱情等方面的困境与挣扎。她们笔下的女性形象鲜活生动，展现出女性的多元面貌和复杂性。这种对女性生活的深度挖掘，使女性文学具有强烈的现实关怀和人文情怀。

在艺术表现手法上，女性文学也呈现出鲜明的特色。女性作家常常采用意识流、心理描写等手法，细腻入微地展现女性内心的纠结与挣扎。她们善于运用象征、隐喻等修辞手法，将女性的情感体验和生命感悟巧妙地融入了文学作品中。同时，女性文学的语言风格也别具一格，充满了柔美、细腻的特质。这种独特的语言风格不仅增强了作品的审美魅力，也成为女性作家表达自我、抒发情感的重要载体。

从叙事视角来看，女性文学常常采用女性视角，以女性的眼光审视世界、解读人生。这种女性视角不仅为文学创作注入了新的活力，也为读者提供了一个全新的审美角度。通过女性视角，读者能够更加深入地理解女性的生存境遇、情感需求和价值诉求，从而加深对女性群体的认知和理解。对女性视角的运用，使女性文学具有了独特的价值取向和人文关怀。

女性文学还以其真诚、坦率的情感抒发而备受赞誉。女性作家敢于直面自我，勇于表达内心的真实感受。她们笔下的情感往往真挚而动人，触及人心灵的最深处。无论是对爱情的憧憬、对婚姻的反思，还是对自我的探寻，女性文学都以其真诚的情感表达打动着读者的心灵。这种真情实感的抒发，使女性文学具有了强大的感染力和穿透力。

无论是题材选择、艺术手法，还是叙事视角、情感抒发，女性文学都呈现出鲜明的个性和魅力。这些特色不仅丰富了文学创作的内涵，也为读者提供了全新的审美体验和精神启迪。女性文学以其细腻、真诚、独特的艺术魅力，在文学史上占据了一席之地。深入探究女性文学的艺术特色和表达方式，对于研究者理解女性文学的内涵，把握女性文学的发展脉络，具有重要的理论和实践意义。

（三）社会影响与文学作用

女性文学作为一种独特的文学形式，在社会发展和文学演进中都发挥着不可替代的作用。从社会影响的角度来看，女性文学为女性发声，揭示女性所面临的困境和挣扎，唤起了社会对女性问题的关注。许多优秀的女性文学作品，如《百年孤独》《飞禽走兽》等，通过生动的故事和鲜明的人物刻画，将女性在传统社会中的苦难境遇、内心挣扎和追求自由的渴望淋漓尽致地展现出来。这些作品不仅引发了广泛的社会讨论，也推动了女性地位的提升和性别平等理念的传播。可以说，女性文学是女性主义运动的重要组成部分，对于推动社会进步、实现性别平等具有重要意义。

从文学创作的角度来看，女性文学极大地丰富了文学的表现形式和审美内涵。女性作家以细腻独特的视角、敏锐洞察的目光审视世界，捕捉生活中常常被忽视的细节，能够表达出男性作家难以描写的情感体验。她们笔下的人物形象鲜明生动，情感真挚动人，文字优美动人。诸如张爱玲、三毛等女性作家，其作品以独特的女性视角、细腻的情感刻画、优美的语言风格，为中国现当代文学增添了别样的色彩。同时，女性文学对主流文学创作也产生了积极影响，促使男性作家反思自身的局限，更多地关注女性内心世界和情感需求，推动了文学创作的多元化发展。

女性文学还在传承和创新女性文化传统方面发挥着重要作用。在漫长的历史中，女性文化传统经常被边缘化和遮蔽。而女性文学则成为传承和弘扬女性文化的重要载体。许多女作家立足女性独特的生活经验和审美情趣，在继承传统的基础上进行了创新性的表达，塑造了一系列鲜活生动、个性鲜明的女性形象，折射出女性在不同时代的精神风貌。如谢晋瑛的《青梅竹马》、铁凝的《大浴女》等，通过细腻入微的笔触，真实再现了中国女性的生存状态和情感世界，展现了中国女性独特的人格魅力，为中华女性形象的塑造提供了成功范例。

二、女性文学的发展历程与阶段特征

（一）历史脉络

女性文学的发展历程可追溯到人类文明的起源。从古代的诗歌、故事到现代的小说、戏剧，女性作家都在文学创作中留下了自己独特的声音和足迹。在漫长的历史长河中，女性文学经历了从边缘到中心、从附属到独立的演变过程，呈现出不同时期的阶段性特征。

在古代社会，女性文学创作受到严格的社会规范和伦理道德的束缚。女性作家要么将自己隐藏在男性笔名之后，要么将将创作局限于私密的日记、书信等体裁。尽管如此，仍有一些杰出的女性作家挣脱桎梏，以其非凡的才华和勇气在文学史上留下了浓墨重彩的一笔。如古希腊的萨福 (Sappho) 以其充满激情和女性意识的抒情诗歌，成为女性文学的先驱者之一。

随着社会的进步和妇女地位的提升，女性文学在近现代迎来了蓬勃发展的黄金时期。19 世纪的欧洲，以简·奥斯汀、勃朗特姐妹、乔治·艾略特等为代表的一批女性作家崛起，她们笔下的作品不仅展现了女性的生活境遇和情感世界，更蕴含着对男权社会的批判和反思。与此同时，美国的 Emily Dickinson 以其富有哲理和想象力的诗歌，为女性文学注入了新的活力。

20 世纪是女性文学快速发展和多元繁荣的时期。随着女性主义的兴起，女性作家开始以更加大胆和自觉的姿态表达自我，探索女性的身份认同和社会地位。在这一时期，涌现出了诸如弗吉尼亚·伍尔芙、西蒙娜·德·波伏娃等一批具有开创性的女性主义作家。她们的作品以独特的叙事视角和大胆的表现手法，深刻揭示了女性的生存困境和精神困局，推动了女性意识的觉醒。

进入 21 世纪，女性文学呈现出更加多元化、全球化的发展态势。来自不同国家、不同文化背景的女性作家正在创作出风格迥异、内涵丰富的优秀作品。她们不仅书写着女性自身的生命体验，也关注着社会现实中的种种问题，以敏锐的洞察力和犀利的笔锋参与公共议题的讨论。同时，女性文学也开始突破性别界限，在更广阔的人性层面上展开对人类生存状况的思考和表达。

（二）阶段性变化

女性文学在不同历史时期呈现出鲜明的阶段性特征，这种变化受到社会文化背景、女性意识觉醒程度，以及主流文学等多重因素的影响。中国古代女性文学创作受到封建礼教和男权意识的严重束缚，女性作家的数量相对有限，作品内容也多局限于闺阁情怀、儿女情长等私人化题材。尽管如此，仍有蔡文姬、李清照等杰出女性以其才华和勇气，在文学创作中表达自我情感，展现女性的精神世界，为女性文学的发展奠定了重要基础。

随着近现代社会的变革和女性意识的觉醒，女性文学逐渐摆脱传统桎梏，呈现出崭新的发展面貌。五四运动以来，冰心、丁玲等一批进步女性作家登上文坛，她们的作品反映了知识女性对个性解放、人格独立的强烈诉求，开启了女性文学"自我"书写的先河。20世纪三四十年代，女性文学创作出现爆发式增长，涌现出大量以反映妇女解放、社会变革为主题的优秀作品。张爱玲、苏青、萧红等女性作家以其细腻独特的艺术表现力和深刻敏锐的洞察力，在世俗化题材和女性内心世界的描摹上达到了新的高度。

新中国成立后，在"妇女能顶半边天"的口号鼓舞下，女性文学创作出现空前繁荣地景象。一大批描写妇女解放、歌颂新中国建设的作品问世，如梁斌的《红旗谱》、海飞的《东方》等，这些作品生动地展现了新时期妇女在社会主义革命和建设中的积极作用。同时，女作家也开始探索更加多元的题材和表现手法，力图通过文学来反映妇女生活的方方面面。改革开放以来，随着社会转型和价值观念的变迁，女性文学出现多元化发展趋势。王安忆、铁凝、陈染等一批实力派女性作家脱颖而出，她们的创作视角更加开阔，题材更加丰富，在继承传统的基础上大胆创新，表现出鲜明的时代特色和女性意识。她们或以冷峻犀利的笔触剖析人性、反思历史，或以细腻动人的情感抒写都市女性的爱情困惑与生存困境，在审美探索和艺术表现上都达到了新的高度。

作为一种文学类型，不同历史时期的社会变革、价值观念更迭、女性地位的提升都在其中留下了深深的烙印。从最初的托物言志、缠绵悱恻，到后来的反思批判、激越昂扬，再到当代的百花齐放、多元并呈，女性文学生动记录了中国女性从"幽闺"走向社会、从"沉默"走向发声的心路历程。可以说，女性意识的每一次觉醒，都伴随着女性文学表现力的提升和审美品格的升华。在新时代背景下，女性文学必将承担起更加重要的使命，以更加丰富的面貌、更加深刻的内涵为人类文明发展贡献独特的力量。

（三）现代转型

现代社会的发展为女性文学的创作提供了广阔的空间和丰富的养料。随着女性地位的提升和女性意识的觉醒，越来越多的女性作家开始以独特的视角和敏锐的洞察力，探索女性生存状态，表达女性情感体验，反映女性生命历程。她们的创作不仅展现了女性世界的多样性和复杂性，也为女性文学注入了新的生机和活力。

从题材选择来看，现代女性文学呈现出多元化的特点。女性作家不再局限于传统的家庭、婚恋、情感等领域，而是将目光投向更为广阔的社会空间和人生境遇。她们关注女性在职场、政治、教育等领域的发展与困境，探讨女性自我认同、自我实现的问题，反映女性在现代化进程中的喜怒哀乐。同时，一些女性作家还将笔触延伸到战争、移民、环保等全人类共同面临的问题，展现了女性参与社会建设、担当时代责任的精神风貌。这种题材选择的多样化，既拓展了女性文学的表现空间，也彰显了女性作家的社会关怀和人文情怀。

从艺术表现来看，现代女性文学也呈现出多样化的特点。女性作家在继承现实主义、浪漫主义等传统创作方法的同时，也积极吸收现代主义、后现代主义的艺术表现手法，力求以新颖独特的方式表达女性经验和女性心声。一些女性作家善于运用意识流、荒诞、魔幻等手法，深入女性内心世界，揭示女性复杂的心理状态和情感困境；另一些女性作家则通过对日常生活的细致描摹，以平实质朴的笔触展现女性的生存图景和情感历程。不同流派、不同风格的交织与碰撞，使得现代女性文学呈现出了前所未有的多元艺术景观。

从价值取向来看，现代女性文学体现出鲜明的时代性和批判性。女性作家立足当下，深入思考影响和制约女性发展的社会问题，对传统观念和现实困境进行批判和反思。她们以犀利的笔锋揭示性别歧视、家庭压迫、职场困境等问题，表达出女性对自由、平等、尊严的向往和追求。同时，她们也积极探索女性自我成长、自我救赎的道路，展现女性在逆境中不屈不挠、顽强拼搏的精神风貌。这种积极向上、蓬勃向前的价值取向，昭示着女性意识的觉醒和女性力量的崛起。

三、女性文学作品的风格与主题分析

（一）风格识别

女性文学作品展现出多元化的风格特征，这与女性作家独特的生活体验和情感世界密切相关。从创作题材来看，女性文学作品更关注女性生存状态，对女性情感、婚姻家庭、社会地位等问题有着敏锐的洞察。在情感表达上，女性作家善于捕捉细腻、微妙的情绪变化，作品充满柔和、委婉的抒情色彩。同时，女性作品也不乏犀利尖锐的批判意识，勇于揭示社会不平等，探讨女性困境。在语言风格上，女性作家善用意象、隐喻等手法，营造出一种含蓄蕴藉的言语美。细腻灵动的笔触，轻盈曼妙的文字，成为女性作品的亮丽标识。叙事结构方面，女性作品或采用碎片化的叙述，或运用意识流、倒叙等多样化的手法，呈现女性意识的多维性和复杂性。这些叙事策略打破了传统叙事模式，体现了女性写作的创新精神。

从审美趣味看，女性作品更加注重情感、心理层面的体现，对生活细节有着敏锐的捕捉力。她们善于发掘日常生活中的诗意，擅长使用优美、节奏感强的语言，营造意境美和韵律美。同时，女性特有柔美、细腻的审美情趣，也使其作品呈现出与男性作家不同的艺术魅力。

（二）主题演化

女性文学主题是随着时代发展而不断演变的，这反映了女性生存状态和精神诉求的变化轨迹。早期女性文学大多关注女性在家庭和社会中的从属地位，表达对男权压迫的控诉和对自我价值的追寻。代表作品如曹雪芹的《红楼梦》，通过建构大观园这一理想女性世界，探讨了女性的生存困境和精神困惑。

随着女性意识的觉醒和社会地位的提升，20世纪初期的女性文学开始关注女性个体的成长历程和情感体验。以丁玲、冰心等为代表的女性作家笔下的女性形象，展现了挣脱传统束缚、追求独立自主的进步意识。她们对女性内心世界的细腻刻画，拓展了女性文学的表现空间。

20世纪中后期，女性文学进一步聚焦在女性的自我认知和社会参与上。在张洁、铁凝等作家的作品中，女性不再是被动的客体，而是掌控自我命运的主体。她们以更加开放、理性的视角审视女性生存状态，表达了女性对平等权利的诉求和对多元价值的追寻。

进入21世纪，女性文学呈现出更加多元化的主题谱系。一方面，文学创作继续关注女性的自我成长和情感体验，以更加细腻、深刻的笔触展现女性的心路历程。另一方面，许多作品开始将目光投向社会变革中女性的角色与担当，思考女性在公共领域的参与和发展问题。同时，跨国写作、跨文化写作也成为女性文学的新趋向，体现了女性对身份认同与归属的多元思考。

女性主义文学批评的兴起，为女性文学主题的嬗变提供了新的理论视角。女性主义者提出了诸如"他者""女性书写"等概念，揭示了女性文学创作中的独特性与差异性。在女性主义视角下，许多作家开始有意识地解构男权话语，书写女性身体和欲望，彰显女性主体意识，为女性文学注入了新的生命力。

（三）代表性作品解读

在女性文学作品中常常能够感受到一种独特的艺术魅力和精神气质。这种魅力和气质源自女性作家对生活的敏锐洞察，对人性的深刻理解，以及对美好事物的执着追求。她们用细腻的笔触、独特的视角和真挚的情感，为读者呈现出一个丰富多彩、富有诗意的女性世界。

张爱玲的小说是中国现代文学史上不可多得的经典。她笔下的人物形象鲜明，情感复杂，既有传统女性的温柔敦厚，又有现代女性的独立自主。在《金锁记》中，张爱玲以极富诗意和画面感的语言，刻画了曹七巧的悲剧命运。在曹七巧身上集中体现了旧式女性的种种弊端：缺乏独立人格，欠缺判断力，一味迎合男性。她的不幸遭遇成为封建礼教对女性桎梏的强烈控诉。而在《红玫瑰与白玫瑰》中，张爱玲塑造了一个追求自我、敢于叛逆的现代女性形象王佩珍，她不愿意做男人附庸，勇敢地选择了自己的人生之路。她身上体现了新时代女性的独立意识和反抗精神。

苏青的散文亦是女性文学的瑰宝。她的文字清丽隽永，充满诗情画意，抒发了知识女性的喜怒哀乐和心路历程。在《春之祭》中，苏青以春天的美景为线索，娓娓道来女性的生命体验。她笔下的女性形象温婉而坚韧，在时代的风雨中依然能够保持着对美好生活的向往和追求。苏青善于从女性独特的审美视角出发，发掘生活中的点点滴滴，进而升华为精神的境界。她的散文给人以强烈的美的感受，具有极高的艺术价值。

当代女性作家迟子建的小说则开拓了女性文学的新境界。她笔下的东北世界粗犷豪放，人物性格鲜明突出。在《额尔古纳河右岸》中，迟子建塑造了一群原生态的乡村女性，她们朴实善良，对生活充满热情。同时，迟子建也敏锐地捕捉到女性在婚姻家庭中的失落和彷徨，在质朴的语言背后，蕴藏着强烈的冲突张力。迟子建的小说为女性文学注入了新的活力，体现了当代女性的生存状态和精神追求。

四、女性文学在文学史上的地位与影响

（一）地位确立

女性文学在文学史上的地位经历了一个从逐步确立到不断演变的过程。早期的文学创作以男性视角为主导，女性的声音长期处于边缘化的地位。然而，随着社会的进步和女性意识的觉醒，越来越多的女性作家开始用笔触描绘自己的生活体验和情感世界，为女性文学的发展注入了新的活力。

19 世纪以来，欧洲和北美涌现出一批杰出的女性作家，如简·奥斯汀、勃朗特姐妹、艾米莉·狄金森等。她们的作品以细腻入微的笔法、独特的女性视角，揭示了女性在家庭和社会中的处境，表达了女性的情感需求和精神诉求。这些作品不仅展现了女性的创作才华，也为女性文学的地位提升奠定了重要基础。

20 世纪初，弗吉尼亚·伍尔夫发表了著名演讲《一间自己的屋子》，系统阐述了女性写作的重要性和女性文学的独特价值。她指出，女性需要一个独立的空间来进行创作，而女性文学的意义在于表达女性的生活体验和精神世界。伍尔夫的思想为女性主义文学批评奠定了理论基础，推动了女性文学研究的兴起。

20 世纪中后期，女性主义浪潮的兴起进一步推动了女性文学的发展。西蒙娜·德·波伏娃的《第二性》揭示了女性在男权社会中的从属地位，她号召女性摆脱男性的束缚，追求独立自主的人格。受到女性主义的影响，一大批女性作家开始以更加大胆、激进的笔触书写女性的生命经验，表达女性的愤怒、反抗和诉求。她们的作品打破了男性话语的霸权，为女性赢得了更多的文学话语权。

进入 21 世纪，女性文学呈现出多元化的发展态势。一方面，女性作家的创作视野不断拓宽，涉及社会、政治、历史、科技等多个领域；另一方面，女性作家更加关注女性的心理体验和情感世界，通过细腻的笔触展现女性的复杂内心。

与此同时，女性文学批评日益深入，女性文学研究成为文学研究的重要分支，女性作家的文学地位得到了普遍认可。

（二）影响力分析

女性文学对后世文学创作和批评产生了深远而多方面的影响。从创作主题来看，女性文学开拓了诸多在传统男性话语体系中被忽视或边缘化的领域，如女性的情感体验、身体意识、家庭关系等。这些主题的引入极大地拓展了文学表现的广度和深度，并为后世文学创作提供了丰富的素材和灵感来源。女性作家以独特的视角和敏锐的洞察力，揭示了女性生存状态的复杂性和多样性，展现了女性在社会变迁中的心路历程和精神追求。这种对女性生命体验的深度挖掘，不仅丰富了文学创作的内容，也为文学批评提供了新的理论视角和分析路径。

从创作方式来看，女性文学在语言风格、叙事策略等方面都进行了诸多探索和创新。女性作家善于运用细腻柔和的语言，去捕捉情感体验的微妙变化；她们注重在日常生活的细节中发掘诗意和哲理，注重通过对内心世界的剖析来反映社会现实。这些独特的表现方式对后世文学创作产生了重要影响，使文学语言更加丰富多元，叙事方式更加灵活多变。女性文学的抒情性、感性化特点也为文学批评提供了新的审美取向和评判标准。

从文化意义来看，女性文学的发展壮大本身就是一场对男权话语霸权的挑战。女性作家通过笔尖书写自己的生命体验和情感历程，表达了女性的诉求和理想，展现了女性的主体意识和价值追求。这种女性自我意识的觉醒，既推动了女性解放运动的发展，也为后世的文学创作注入了批判性和进步性的力量。在女性文学的影响下，越来越多的作家开始关注女性命运，反思性别不平等问题，文学创作和批评由此呈现出更加多元、包容、进步的特征。

女性文学不仅开拓了文学表现的新领域、新方式，提供了新的理论视角和批评路径，更在思想内涵上实现了女性主体意识的崛起，推动了文学创作和批评的多元化发展。正是在女性文学的滋养下，后世文学呈现出更加丰富、多元、进步的特征，不断书写着性别平等、人性解放的崭新篇章。女性文学的影响既是一种文学形态的革新，更是一场思想观念的变革。它昭示着女性力量和价值的彰显，也预示着人类文明的进步方向。

（三）跨界交流

女性文学与其他文学门类之间存在着丰富而多元的交流与互动。女性文学从男性主导的文学传统中汲取养分，吸收其优秀的表现手法和创作经验，用以丰富自身的艺术表现力。许多女性作家在创作初期都曾受到男性作家的影响，如苏青年轻时酷爱徐志摩的诗歌，冰心早期小说也借鉴了郁达夫的表现手法。她们在传统的文学基础上，注入女性特有的审美情趣和生活感悟，逐步形成了自己独特的艺术风格。

女性文学也以其独特的视角和表达方式，影响和改变着整个文学发展的走向。女性作家敏锐地捕捉到在男性文学中被忽略的细节和情感，以细腻的笔触展现出不同的人生百态。她们对家庭、婚姻、爱情等私人领域的关注，拓宽了文学表现的疆域，为文学注入了新的活力。同时，女性文学蕴含的独特美学价值和人文情怀，也促进了整个文学审美向度的拓展。张爱玲小说中对人性的探究、三毛散文里对生命的礼赞，都为当代文学提供了宝贵的精神资源。

女性文学还通过与其他文学样式的融合，焕发出新的艺术生命力。女性作家善于吸收戏剧、电影、音乐等艺术形式的表现元素，将其融入文学创作之中。例如，萧红早期的小说受到电影蒙太奇手法的影响，形成了跳跃、流动的叙事风格；谭恩美的小说则巧妙地融合了中西方叙事传统，展现了独特的文化交织景观。这些跨界的艺术实践，为女性文学注入了新鲜的创造力，也为不同文学样式之间的对话搭建了桥梁。

女性文学既从传统文学中汲取营养，又以独特的视角影响着文学创作的走向；既立足自身经验，又勇于跨越艺术边界，实现多元表达。这种开放、包容的交互模式，使女性文学始终保持旺盛的生命力，并且在与其他文学形式的良性互动中不断推陈出新，为文学发展谱写出绚丽多姿的篇章。

五、女性文学与社会文化背景的关联

（一）社会背景的反映

女性文学作为社会变迁的重要见证，其创作内容和风格总是与所处时代的社会背景密不可分。通过解读作品中对社会现实的再现，可以更加深入、立体地认识特定历史阶段女性的生存状态和精神世界。女性文学对社会背景的映射，体现在对女性生活境遇、心理状态及自我意识的细致刻画上。

在传统的男权社会中，女性往往处于从属和被压迫的地位。她们的生活空间被局限在家庭之中，缺乏接受教育和参与社会活动的机会。这种不平等的社会现实，在早期女性文学作品中有着真实而深刻的反映。女性作家通过对女性悲惨命运的描述，揭示了封建礼教和男权意识对女性的桎梏与伤害，表达了对女性解放的呼唤。例如，清代小说《红楼梦》通过对贾宝玉、林黛玉等人悲欢离合的描述，展现了封建社会下女性的生存困境和精神苦痛。

随着社会的进步和女性意识的觉醒，现代女性文学开始关注女性自我意识的成长和对人格独立的追求。面对传统观念的束缚和现代社会的挑战，女性开始反思自己的生存处境，努力探寻独立自主的人生道路。例如，冰心的小说《超人》通过对女教师追求爱情与事业的刻画，表达了现代女性对摆脱传统桎梏、实现自我价值的渴望。这些作品反映了现代社会女性地位的变迁，以及女性意识从蒙昧到觉醒的发展历程。

新时期以来，随着社会的多元发展和女性角色的转变，女性文学也呈现出更加丰富多样的面貌。一方面，女性作家继续以敏锐的洞察力揭示女性在职场、婚恋、家庭等领域面临的困境和挑战，反映当代社会的女性生存图景。同时，她们也积极书写女性自我成长的历程，展现女性在追求独立、平等、自由时所迸发的勇气与力量。另一方面，新时期女性文学更加关注女性群体的多元化，不断涌现出能够反映不同阶层、不同群体女性生活的优秀作品。这些作品通过挖掘女性生活的丰富性和复杂性，打破了刻板印象，呈现了当代女性的多元面貌。

女性文学对社会背景的深刻反映，引发了人们对女性问题的广泛关注和思考。通过解读不同时代的女性文学作品，可以看到社会变革对女性命运的深刻影响，认识到女性解放事业的发展脉络。同时，女性文学也开始让人们反思社会结构中存在的性别不平等，推动社会观念的进步和制度的完善。在这个意义上，女性文学不仅是社会现实的映照，更是推动社会进步的重要力量。

（二）文学与文化的互动

女性文学与社会文化背景之间存在着错综复杂、相互影响的互动关系。社会文化背景深刻地影响和塑造着女性文学的发展轨迹。不同时代的社会现实、文化传统等因素，都会或隐或显地渗透到女性文学创作中，使其呈现出鲜明的时代烙印。例如，在封建男权社会，女性地位低下，缺乏话语权，女性文学创作往往局限于闺阁情愫、家庭伦理等私密领域，难以触及社会问题。而在现代社会，随着女性意识觉醒和女权运动的兴起，女性文学日益关注女性自我、社会地位、性别平等议题，呈现出鲜明的反抗色彩和强烈的时代感。

女性文学也在不断影响和改变着社会文化环境。优秀的女性文学作品，总能以其独特的女性视角和敏锐的洞察力，揭示社会的弊端，抨击性别歧视，为女性发声，并引发社会的广泛关注和思考。这些作品犹如一面镜子，照见了女性的生存状况和内心世界，唤起了社会对女性问题的重视，推动了女性地位的提升和性别平等的实现。同时，女性文学还以其细腻深刻的情感表达和独特的艺术魅力，丰富了文学创作的内涵和形式，为文学史留下了宝贵的财富，对社会文化的发展产生了深远影响。

女性文学与社会文化背景之间的互动，还体现在二者相互借鉴、相互促进的关系上。一方面，女性文学创作需要借鉴和吸收社会文化的营养，从传统文化中汲取智慧，从现实生活中获取灵感，从而不断拓展创作视野，丰富作品内涵；另一方面，社会文化的发展也需要女性文学的推动和引领。女性文学以其独特的审美追求和人文关怀，引领着社会文化潮流，推动着社会思想的进步，为建设性别平等、和谐包容的社会文化环境贡献着自己的一份力量。

第二节　女性意识的基本概述

一、女性意识的内涵

（一）女性意识定义与核心要素分析

女性意识是女性自我觉醒和价值追求的集中体现，是女性对自身存在和发展的深刻认知。女性意识的内涵丰富而深刻，包含了女性对自我价值的肯定、对社会地位的诉求、对人格尊严的捍卫等多个维度。从社会性别视角来看，女性意识是女性摆脱传统性别角色束缚，获得主体性的重要标志。它意味着女性不再甘于作为男性的附庸和从属，而是要成为独立自主的个体，要拥有平等的权利和机会。从心理学视角来看，女性意识是女性自我概念的核心组成部分。一个具有强烈女性意识的女性，往往对自我有着清晰而积极的认知，对自身的能力和价值也充满自信，勇于追求自我实现。

女性意识的形成是一个复杂的社会文化过程。一方面，它根植于女性自身的生活体验和情感需求。女性在现实生活中所遭受的种种不平等待遇，如教育机会的剥夺、就业歧视、家庭暴力等，都会激发其对现有性别秩序的质疑和反抗，从而萌发改变现状的意识和决心。另一方面，女性意识又不可避免地受到其所处时代的社会文化环境的影响。如 19 世纪欧美妇女解放运动和 20 世纪 60 年代兴起的女权主义，都为女性意识的觉醒和成长提供了重要的思想养料。

女性意识的核心要素可以概括为性别平等观念、独立自主意识和自我实现追求。性别平等观念是女性意识的基石，它要求在政治、经济、文化、家庭等各个领域消除性别歧视，赋予女性与男性同等的权利和机会。没有性别平等，女性就难以获得独立的人格和地位。独立自主意识则强调女性作为独立个体的价值和尊严，主张女性应成为自己命运的主宰，而不是依附男性或苟且为传统角色。追求自我实现是女性意识的升华，它鼓励女性突破性别局限，在广阔的人生舞台上展现自我，实现人生价值。

（二）女性意识与性别身份认知

女性意识与性别身份认知是一个相辅相成、密不可分的关系。女性意识的觉醒和成长深刻影响着女性对自我性别身份的认知和建构。随着女性主体意识的增强，女性开始反思和质疑传统社会赋予她们的性别角色和定位，进而主动探索和确立自己的性别认同。她们不再甘于被动地接受外界强加的性别期望，而是努力成为自己人生的主宰者，依据内心的真实感受来塑造自身独特的性别形象。女性意识的提升，使得女性在性别身份认知上呈现出更加多元、立体、进步的特点。

性别身份认知的形成反过来也推动着女性意识的发展和深化。性别身份不仅指向生理层面的差异，更包含了社会建构的内涵。个体对性别身份的认同，很大程度上源自其所处社会的文化语境中的性别观念和价值取向。当女性开始反思性别不平等现象，挑战传统的性别成见，进而确立起平等、独立的性别认知时，其女性意识必然会得到极大的升华。性别身份认知就犹如一面镜子，它映照出女性觉醒的程度和女性意识发展的深度。二者相互激荡、彼此促进，共同见证了女性从"自在"到"自觉"的蜕变历程。

在文学创作领域，女性意识与性别身份认知的关系同样值得关注。许多女性作家正是凭借敏锐的性别意识，才在作品中塑造了鲜明的女性形象，表达了女性的心声和诉求。她们笔下的女性角色，无论是叛逆传统的新女性，还是困顿于现实桎梏的传统女性，都饱含着对性别身份的思索和探寻。文学作品既是女性意识的展现平台，也是引领社会性别认知变革的重要阵地，其中诸多经典作品对于挖掘女性生命体验、重塑性别话语体系功不可没。

二、女性意识的形成与发展

（一）社会文化背景下女性意识的孕育

从古至今，社会文化背景对女性意识的形成和发展都起着至关重要的作用。在不同的历史时期，女性的地位、角色和权利都深受当时主流文化价值观的影响。中国传统文化中的"三从四德""男尊女卑"等观念曾长期束缚着女性的思想，限制了她们对自我价值的认知和追求。在封建社会，女性往往被视为男性的附属品，缺乏独立的人格和主体意识。这种不平等的性别文化氛围压抑了女性意识的觉醒，使得许多女性甘于屈从男权社会的安排，缺乏对自身权益的关注和维护。

然而，随着社会的进步和文明的发展，女性地位逐渐提升，女性意识也随之觉醒。尤其是在现代社会，随着教育的普及和女性受教育程度的提高，越来越多的女性开始反思自己的处境，质疑传统文化对女性的束缚和歧视。她们通过阅读、学习、交流等方式，逐步形成了自己独特的人生观和价值观，开始追求自我实现和发展。与此同时，社会文化环境的变迁也为女性意识的成长提供了肥沃的土壤。随着工业化、城市化进程的加快，大量女性走出家庭，参与社会生产和公共事务，在经济独立的基础上实现了人格独立，极大地促进了女性自我意识的提升。

女性主义的兴起更是女性意识觉醒的重要催化剂。20世纪初以来，女性主义者通过各种方式宣传性别平等理念，呼吁女性争取自身权益，反对男权社会对女性的歧视和压迫。在女性主义思想的影响下，越来越多的女性开始反思自身处境，质疑父权制文化的合理性，并追求独立自主的人生。女性主义文学作品更是直接反映了这种女性意识的觉醒，塑造了一批敢于打破传统桎梏、追求自我解放的女性形象，成为启迪和鼓舞当代女性的精神源泉。

（二）现代社会变迁对女性意识的塑造

现代社会的变迁深刻影响着女性意识的形成与发展。随着工业化、城市化进程的加快，大量女性走出家庭，积极参与社会生产和公共事务，经济地位和社会地位不断提高。这一变化极大地冲击了传统的男尊女卑观念，为女性意识的觉醒创造了条件。与此同时，教育的普及和女性受教育水平的提高，使她们获得了更多接受新思想、新观念的机会，她们能够批判地审视传统的性别角色定位，意识到自身的独立价值和平等权利。

改革开放以来，我国社会经济的快速发展，为女性提供了更加广阔的发展空间。越来越多的女性进入各行各业，在政治、经济、文化、教育等领域展现出优秀才能，成为推动社会进步的重要力量。女性自尊、自信、自立、自强的意识不断增强，不再甘于附属和从属的地位，而是积极追求独立人格和主体价值的实现。"妇女能顶半边天"也不再只是一句口号，而是在社会实践中得到了充分体现。

信息技术的发展和全球化浪潮的冲击，也为女性意识的成长提供了新的土壤。互联网打破了信息传播的时空限制，女性可以更加便捷地获取知识，拓宽视野，了解世界各地女性的生存状况和奋斗历程，这极大地激发了她们的认同感和使命感。各种女性权益组织也应运而生，通过开展宣传教育、维权活动等，不断推动女性意识的觉醒和女性地位的提升。

尽管女性意识已经取得了长足发展，但在现实生活中，仍然存在着诸多性别不平等和歧视现象。职场的"玻璃天花板"、家庭的"隐性劳动"、针对女性的暴力等问题，都在述说着一件事，实现真正的男女平等还任重道远。女性要在已有成果的基础上继续前行，在个人发展和社会参与中实现自身价值，推动整个社会的文明进步。

三、女性意识的表现形式

（一）文学作品中的女性意识表达

女性意识在文学作品中的表达形式是多样化的，它不仅体现在题材内容上，更深刻地体现在思想观念、叙事视角和艺术手法等方面。从题材内容来看，许多女性作家善于捕捉女性生活的细节和情感体验，她们笔下的女性形象鲜明生动，饱含着对女性命运的关注与思考。例如，张爱玲的小说以独特的女性视角展现了时代变迁中女性的生存困境，铁凝的作品则聚焦于现代女性的精神世界和情感挣扎。这些作品不仅反映了女性的生活现实，也表达了女性作家对女性地位和权益的关切。

从思想观念上看，许多优秀的女性文学作品蕴含着鲜明的女性意识和价值诉求。它们勇于挑战传统的男权话语，质疑以男性为中心的价值观念，表达了女性对自我价值的肯定和对社会地位的追求。例如，西蒙娜·德·波伏娃的《第二性》是女性主义文学的奠基之作，它深刻揭示了女性在男权社会中的从属地位，呼吁女性觉醒自我意识，争取独立和解放。类似地，弗吉尼亚·伍尔夫的《一间自己的屋子》也鲜明地表达了女性渴望精神独立和创作自由的愿望。

在叙事视角和艺术手法上，女性意识也有独特的表现。许多女性作家善于运用细腻的笔触和独特的叙事视角，深入刻画女性人物的内心世界。她们笔下的细节描写传神入微，对女性情感体验的把握也更加真切细腻。同时，一些女性作家还大胆尝试新的叙事方式和艺术表现手法，力图突破男性话语的束缚，彰显女性的主体意识。例如，玛丽·雪莱的小说《弗兰肯斯坦》采用了嵌套式的叙事结构，将女性话语与男性话语置于同等地位，体现了女性对话语权的诉求。

女性意识在文学创作中的表现还体现在对女性生存困境的揭示和批判上。许多女性作家敏锐地觉察到社会性别不平等对女性生存状态的影响，她们笔下的女性形象往往身陷困境，备受压抑。但同时，她们又展现了女性反抗命运、追求独立的勇气和决心。

女性意识不仅体现在对女性生活现实的细致刻画上，更深层的体现是在思想内涵、叙事视角和艺术表现等方面。这些作品鲜明地展现了女性的主体意识和价值诉求，彰显了女性的生命力和创造力，为认识和理解女性提供了宝贵的文学样本。深入解读女性文学中的女性意识，对于促进社会性别平等，推动女性文学的发展都具有重要意义。在新时代背景下，女性文学必将焕发出更加绚丽的光彩，为建构美好的性别关系贡献智慧和力量。

（二）日常生活中的女性意识展现

女性意识不仅体现在文学创作中，更深刻影响着女性在日常生活中的方方面面。随着社会的进步和女性地位的提升，女性意识已经渗透到工作、家庭、人际交往等各个领域，成为现代女性不可或缺的精神内核。

在职场中，越来越多的女性开始追求事业的发展，不再甘愿做男性的附庸。她们积极参与各行各业的竞争，以优异的业绩和卓越的才能证明自己的价值。这种独立自主、敢于拼搏的精神，正是女性意识觉醒的重要表现。与此同时，女性也更加重视对自身权益的维护，勇敢抗争职场中的性别歧视，为实现真正的男女平等而不懈努力。

在家庭生活中，女性意识的觉醒带来了女性观念和行为模式的重大变革。现代女性不再甘于做"贤妻良母"，而是积极寻求自我实现。她们不仅要承担照顾家庭的责任，还要在工作和生活中追求个人的全面发展。夫妻之间的关系也由"男主外、女主内"的传统模式，逐渐演变为平等互助、共同分担的新型伴侣关系。女性开始主动参与家庭决策，争取话语权，成为家庭生活的重要主导者。

在人际交往和社会活动中，女性意识的影响同样不容忽视。当代女性更加注重自身形象和社交能力的塑造，积极参与各种文化、公益等活动，展现自己的风采。她们不再满足于"男性凝视"下的被动地位，而是主动地塑造自我，追求独特的人格魅力。在交往中，女性意识使女性更加重视自尊、自爱，摒弃盲从、依附的心理，建立起平等、互利的人际关系。

四、女性意识对文学创作的影响

（一）女性意识对文学题材与内容的影响

女性意识的觉醒对文学创作产生了深远而多方面的影响。它不仅拓宽了文学创作的题材范围，丰富了文学作品的内容，更重要的是改变了文学创作的视角和立场，塑造了鲜明独特的女性话语方式。

从题材选择上看，女性意识的觉醒使女性真实的生活体验、情感世界和心理状态成为文学关注的重点。在男性主导的传统文学中，女性形象往往带有浓重的刻板印象，她们要么是温顺贤惠的贤妻良母，要么是妖艳魅惑的红颜祸水，鲜有机会表达自己内心真实的声音。而伴随着女性意识的觉醒，越来越多的女性作家开始从女性视角出发，书写女性的喜怒哀乐、梦想追求，展现女性独特的人生经历和精神世界。从张爱玲笔下现代都市女性的爱恨情仇，到铁凝作品中知识女性的理想与困惑，无不折射出女性对自我价值的追寻和对传统性别角色的突破。

女性意识还改变了文学作品的叙事视角和言说方式。在男性作家的笔下，女性形象的塑造往往带有浓重的男性意识的烙印。她们或是男性欲望的投射，或是男性苦闷的寄托，很少能够作为独立的个体表达自我心声。而当女性真正成为书写的主体时，文学话语权发生了重大转移。女性作家开始用女性特有的敏锐和细腻揭示女性的内心世界，以女性的眼光审视男权社会的种种问题。她们打破了男性话语一统天下的格局，以充满张力的女性话语方式表达女性的诉求。王安忆的作品以变幻多姿的叙述策略展现女性意识的流变，林白的小说则以女性特有的丰沛情感挑战男性理性话语的权威，体现了女性话语对男性话语霸权的突破和解构。

女性意识的觉醒不仅为文学创作提供了新的题材和视角，更是塑造了新的审美标准和价值尺度。在男性审美主导的传统文学中，女性形象往往被物化和符号化，她们的美往往建立在男性凝视和欲望之上。随着女性意识的觉醒，女性审美开始对男性审美形成挑战和突破。女性作家开始从女性立场出发，用饱含女性生命体验的语言塑造更加立体、更加真实的女性形象。她们不再把女性美局限于青春靓丽的外表，而是从女性的独特性格、生活态度、精神追求等方面挖掘女性之美的多元内涵。从苏青塑造的敢爱敢恨的青春女性，到严歌苓笔下执着追求的知识女性，莫不蕴含着女性主义审美对传统男性审美的颠覆与超越。

（二）女性意识对文学表达方式的塑造

女性意识的觉醒和发展深刻影响了文学创作的表达方式和叙述技巧。女性意识推动了文学叙事视角的转变。在以男性作家占主导地位的传统文学中，女性形象往往被塑造成是在男性凝视下的客体，缺乏主体意识和独立人格。而随着女性意识的觉醒，越来越多的女性作家开始以女性视角审视世界，书写女性的生命体验和情感历程。她们打破了男性中心的叙事模式，以女性独特的感受方式和价值判断重构文学文本，展现了女性的主体地位和丰富内心。这种叙事视角的转变不仅拓展了文学表现的维度，也为读者提供了全新的审美体验和思考角度。

女性意识带来了文学语言的革新。在男性话语霸权下，文学语言往往充斥着男性气质的理性、抽象和宏大叙事。女性作家则以细腻敏锐的洞察力和丰沛的情感表达，创造出富于女性特质的语言风格。她们善于捕捉生活中微小而真实的细节，以平实、朴素而又充满诗意的语言抒发内心情感，塑造鲜活生动的人物形象。这种充满女性气息的语言打破了文学语言的程式化和刻板印象，为文学创作注入了新的活力。同时，女性作家还大胆尝试实验性的语言形式，如意识流、梦呓式独白等，挖掘语言的多重可能，拓展了文学表现的边界。

女性意识改变了文学主题的内涵。在男性主导的传统文学中，女性的生活经验和情感世界往往被忽略或边缘化。女性作家则将笔触深入女性日常生活的方方面面，以敏锐的洞察力和真挚的情感书写出女性的喜怒哀乐、梦想困惑。她们关注女性在家庭、婚姻、职场等不同领域的生存状态，剖析女性身份认同的焦虑和困惑，表达女性对自由、独立、平等的向往和追求。这些充满女性生命力的主题拓宽了文学创作的视野，使文学更加贴近女性的真实生活，也为读者提供了丰富的情感共鸣和思想启迪。

女性意识催生了新的文学类型。女性作家打破了传统文学类型的界限，创造出了能够体现女性经验和审美特质的新型文体。如女性自传体小说、女性成长小说、女性心理小说等，这些文学类型以女性视角切入，细腻描绘了女性的心路历程和成长轨迹，展现女性在时代变迁中的独特境遇。此外，女性作家还积极尝试诗歌、散文等抒情性文体，抒发女性的情感世界和审美感受。这些富于女性特色的新文体形式丰富了文学创作的表现手法，开拓了文学发展的新领域。

五、女性意识在当代社会的意义

（一）女性意识在性别平等中的作用

女性意识的觉醒是推动现代社会性别平等的重要力量。在传统社会中，女性长期处于从属地位，她们的价值观念、行为方式、社会角色都受到父权制文化的制约和规训。然而，随着工业革命的兴起和女性运动的发展，越来越多的女性开始反思自身的处境，质疑不平等的性别秩序，努力争取独立自主的人格和权利。这种觉醒的女性意识犹如一股强大的洪流，冲击着旧有的性别藩篱，推动着社会结构和文化观念的变革。

女性意识的觉醒首先表现在对自我价值的认识和追求上。传统社会将女性视为男性的附属品，她们的人生意义和价值都建立在婚姻与家庭之上。而女性意识觉醒后，女性开始将自己视为独立的个体，她们拥有追求自我发展、实现人生理想的权利。她们不再满足于做贤妻良母，而是努力通过接受教育、参与社会生活来提升自身地位，实现自我价值。许多女性勇敢地走出家庭，投身于社会变革和女权运动，用行动捍卫女性的尊严和权益。这种自我意识的觉醒极大地解放了女性的思想，为她们参与社会生活、创造历史提供了精神动力。

女性意识的觉醒还体现在对性别不平等的批判和反抗上。在男权社会中，女性长期遭受着政治、经济、文化等方面的歧视和排斥。教育资源、就业机会、社会地位等都呈现出显著的性别差异，严重限制了女性的发展空间。觉醒的女性意识使女性看清了这种不平等的本质，认识到性别歧视是一种社会建构而非自然规律。于是，她们开始通过各种方式抗议性别歧视，呼吁男女平等。从参政权到同工同酬，从民法典到反家暴法，无不凝结着女性意识觉醒后的不懈努力。性别平权观念的普及、性别友好政策的出台，都彰显了女性意识在消除性别歧视、推动性别平等方面的重要作用。

女性意识的觉醒还推动了社会文化观念的革新。在男权文化的长期浸染下，社会普遍存在重男轻女、将女性物化等落后观念。这些观念不仅影响了女性的生存状态，也扭曲了社会的价值评判标准。在女性意识觉醒后，女性开始以批判的眼光审视传统文化，反思其中的性别偏见，创造新的文化话语和行为方式。她们通过文学、艺术、媒体等方式塑造新的女性形象，重构女性的主体地位，倡导男女平等、独立自主的社会新风。在女性意识的推动下，社会文化观念逐渐实现了从"男尊女卑"到"男女平等"的转变，人们对女性角色和价值的认识日益全面和理性。

女性意识的觉醒是一个漫长而曲折的过程，它需要广大女性的自我反思和社会共识的形成。尽管当前社会在性别平等方面取得了长足进步，但传统的性别观念和结构性障碍依然存在，女性在现实生活中仍面临着诸多不平等和歧视。这就要求社会继续加强性别平等教育，提升全社会的性别意识，为女性意识的进一步觉醒创造良好环境。同时，女性自身也要不断增强自我意识，提升综合素质，在社会生活的各个领域积极进取、拼搏奋斗，用实际行动推动性别平等的实现。

（二）女性意识与当代女性发展的关系

女性意识的觉醒和发展对当代女性的个人成长与社会地位提升产生了深远影响。随着时代的进步和社会的发展，越来越多的女性开始意识到自身的价值和潜力，她们不再甘于传统的性别角色限制，而是在积极追求自我实现和社会认可。这种女性意识的觉醒，不仅推动了女性个体的全面发展，也为促进性别平等、构建和谐社会注入了强大动力。

从个人发展层面来看，女性意识的提升赋予了女性更多的自主权和选择权。在教育领域，越来越多的女性获得了接受高等教育的机会，她们凭借自身的才智和努力，在各个学科领域取得了骄人的成绩。这不仅拓宽了女性的知识视野，提升了她们的综合素质，更为她们未来的职业发展奠定了坚实基础。在职业领域，女性意识的觉醒使得越来越多的女性突破了传统的职业束缚，进入到以往由男性主导的领域，如科学研究、工程技术、商业管理等。她们以出色的工作表现和卓越的领导才能，证明了女性与男性一样，都有能力在各行各业发挥重要作用，为社会发展贡献自己的力量。

从社会地位层面来看，女性意识的提升推动了女性社会地位的显著提高。在政治领域，女性积极参与到国家和社会事务的管理与决策中，她们的声音和诉求得到了越来越多的重视和回应。在许多国家，女性参政比例在不断提高，一些杰出的女性政治家更是担任了重要的领导职务，如国家元首、政府首脑等。这一方面彰显了女性的政治才能和领导力，另一方面也为推动性别平等、制定有利于女性发展的公共政策创造了有利条件。在经济领域，女性创业者和企业家的崛起，不仅为经济发展注入了新的活力，也极大地提升了女性的经济地位和社会影响力。越来越多的女性凭借自己的智慧和努力，在商界取得了巨大成功，成了行业的佼佼者和领军人物。

女性意识的觉醒还引领了社会文化观念的变革，促进了更加平等、包容的社会环境的形成。在大众传媒领域，女性形象呈现出更加多元、立体的特征，不再局限于传统的刻板印象和单一化描述。女性议题受到了前所未有的关注，女性自身的声音也被更多地听到和尊重。在日常生活中，人们对女性角色和贡献的认识不断深化，男女平等、相互尊重的理念正逐渐成为社会共识。这些变化无疑为女性的发展营造了更加友好、包容的社会氛围，使女性能够更加自信地追求自我价值的实现。

第二章 中国当代女性文学与女性意识

第一节 中国女性小说中女性意识的嬗变

一、中国女性小说中传统女性意识的积淀

（一）表现方式与叙事特色

在中国女性小说中，传统女性意识经历了长期积淀，并深刻影响着女性角色在家庭与社会中的定位。这种传统女性意识主要表现为三个方面：第一，女性角色往往被置于从属地位，她们的价值取决于自身与男性的关系，如贤妻良母、三从四德等观念；第二，女性的生存空间被局限在家庭领域，她们的人生意义主要体现在相夫教子、操持家务等方面；第三，对女性内心世界的刻画相对单薄，更多的是以男性视角来塑造女性形象，缺乏对女性独特心理体验的深入探讨。

这种传统女性意识在中国女性小说中有着鲜明的表现。从叙事方式来看，许多作品对女性命运的描摹采用了宿命论的笔法，强调女性难以摆脱的悲剧宿命，突出了女性在封建社会中所处的弱势地位。同时，作品常常以家庭伦理关系为主线，聚焦于女性在复杂的家庭关系网络中的挣扎与困境，反映出传统女性意识对女性生存状态的制约。在人物塑造方面，传统女性小说塑造了众多楚楚可怜、逆来顺受的女性形象，她们往往缺乏独立人格，更多地是成为男权意识的附庸和牺牲品。这些女性形象承载着深刻的社会文化内涵，集中体现了传统文化对女性的束缚和规训。

然而，随着时代的发展，中国女性作家开始以更加开放、觉醒的姿态审视女性生存状态，对传统女性意识进行反思和解构。她们笔下的女性形象日益丰满，展现出了独特的精神风貌和价值诉求。这些作品不仅深刻揭示了传统女性意识的弊端，也为女性觉醒和解放指明了方向。她们以敏锐的洞察力捕捉女性内心世界的微妙变化，以细腻的笔触刻画女性的情感体验和心路历程，展现了女性在追求自我、突破束缚过程中的勇气与智慧。

中国女性小说中女性意识的嬗变，既反映了中国社会文化的发展变迁，也昭示了女性自我意识的觉醒历程。通过对传统女性意识的批判性反思，中国女性作家为女性文学开辟了新的道路，为女性的彻底解放提供了强大的精神动力。她们笔下的女性角色不再是男权社会的附庸，而是具有独立人格和精神追求的个体，她们积极探寻自我，勇于打破桎梏，展现出了巨大的生命力量。这种女性意识的变革，标志着中国女性已经从传统的物化地位中挣脱出来，开始真正成为自己命运的主宰者。

（二）经典小说中的女性形象

在中国女性文学发展历程中，文学作品对女性形象的塑造演变与时代背景密不可分。从五四时期到新时期，从现代到当代，不同时期的经典小说中女性形象各具特色，折射出女性意识的变迁和社会地位的提升。

新中国成立后，在"男女平等"的社会背景下，塑造了一大批投身革命、建设社会主义的新型女性。如周立波《山乡巨变》中的金大嫂，积极参与土地改革，成为新中国妇女解放的代表形象。这类女性形象展现了妇女群众投身革命的热情和对社会主义的坚定信念。

"文革"时期，文学创作受到严格限制，女性形象趋于单一化。如样板戏《红灯记》中的李铁梅，就是标准的革命形象，充满了英雄主义色彩。这一时期的女性形象虽然高大全，但缺乏个性特征和生活气息。

新时期以来，随着改革开放的深入推进，女性意识进一步觉醒，呈现出多元化发展趋势。张洁、王安忆等女性作家笔下涌现出一批追求自我、坚持个性的现代女性形象。如《爱，是不能忘记的》中的方方，面对情感困境，勇敢选择离婚，追求精神独立和人格尊严。这类女性形象体现了现代女性争取个人权益、追求自我发展的意识觉醒。

进入 21 世纪以来，女性意识日益成熟，呈现出更加丰富、立体的面貌。当代女性小说中不仅有独立自主的知识女性，也有处于人生困境中挣扎求索的普通女性。如毕飞宇《玉米》中的杨洁，她在城乡二元结构的夹缝中艰难生存，展现了底层女性的生存困境和精神困顿。这类女性形象揭示了在社会转型期女性所面临的种种问题，呼吁社会关注女性生存状态。

（三）传统文化对女性意识的影响

在中国传统文化中，道德伦理规范对女性角色的界定和行为模式产生了深远影响。传统女性形象往往以"三从四德"为典范，强调女性应该服从父亲、丈夫和儿子，并具备妇德、妇言、妇容、妇功四种美德。这种价值观念塑造了一系列的经典女性形象，如花木兰、穆桂英、王昭君等，她们虽然在行为上表现出超越常规的一面，但其内在仍然遵循着传统伦理道德的要求。

在传统文化语境下，女性的家庭角色被视为天经地义。"女主内，男主外"的观念根深蒂固，女性被期望专注于家庭事务，相夫教子，侍奉公婆。这种角色定位限制了女性的社会参与，也束缚了她们的个性发展。在家庭伦理中，女性往往处于从属地位。在父权制家庭结构中，女性必须绝对服从父亲和丈夫的权威。即便是母亲这一角色，也需要以儿子为重，甚至会出现溺爱儿子、虐待儿媳的现象。

同时，传统文化也对女性的行为方式提出了严格要求。一方面，贞洁观念尤为突出，女性一旦失身便会受到道德谴责。"从一而终"被视为女性的美德，寡妇改嫁往往遭到非议。另一方面，传统观念认为女性应该谦逊柔顺，三从四德中的"妇言"即要求女性言语温柔、不易争辩。这导致女性在家庭中往往难以表达自我诉求，只能默默忍受委屈。

传统文化对女性的影响是复杂多元的。尽管总体上是强调女性附属地位的，但也不乏褒扬女性才智和品德的篇章。"女中豪杰""巾帼英雄"等称号，反映出传统文化对女性非凡才能的肯定。历史上不乏才华横溢、气宇轩昂的杰出女性，如李清照、朱淑真等。她们在遵从传统伦理的同时，以卓越的文学成就证明了女性同样具有非凡的智慧和创造力。

二、中国女性小说中现代女性意识的觉醒与解构

（一）新文化运动对女性意识的影响

新文化运动作为 20 世纪初中国思想文化领域的一场深刻变革，对中国女性意识的觉醒产生了重大影响。在新文化运动的背景下，女性意识经历了从传统到现代的转变，女性开始反思自身地位，追求独立自主，塑造全新的社会角色。

新文化运动倡导民主与科学，批判封建思想，为女性意识的觉醒创造了思想土壤。"五四"时期，一批进步知识分子开始关注妇女问题，呼吁妇女解放。他们通过演讲、著作、报刊等方式，宣传男女平等、婚姻自由等进步思想，唤起了女性的自我意识。在新文化运动的影响下，女性开始反思自身的社会地位，质疑"三从四德"等传统观念的合理性，萌生独立意识和自主精神。

新文化运动促进了女性开始接受新式教育，为其提供了自我发展的机会。随着女子学校的创办和女性接受高等教育机会的增多，一批知识女性开始登上历史舞台。她们不仅掌握了现代科学文化知识，也树立了独立自主的人格。这些新女性以自己的言行践行着女性解放的理想，成为新文化运动中的重要力量。她们的身影出现在课堂、报刊、社团等各个领域，展现了女性在公共生活中的才能和风采。

新文化运动中女性作家群体的崛起，以文学创作反映女性生存状态，表达女性诉求，推动了女性意识的成长。冰心、庐隐、凌叔华等女性作家笔下的女性形象，展现了新时代女性追求独立、挣脱束缚的精神风貌。她们对女性生活进行了细致入微的刻画，表达了女性内心的挣扎与困惑、渴望与追求，引发了社会对女性问题的关注和讨论。女性作家的创作实践丰富了新文化运动的内涵，将女性意识的觉醒引向深入。

新文化运动中女性组织的出现，为女性自我教育、自我解放提供了实践平台。中国女学生联谊会、女界振兴会等女性团体纷纷成立，她们通过举办讲座、出版刊物、组织活动等方式，宣传女权思想，倡导女性自强。这些女性组织的活动增强了女性的联系与互助，促进了女性群体意识的形成，推动女性意识从启蒙走向成熟。

（二）女性思想启蒙与自觉独立

随着中国社会的发展和时代的进步，女性意识在现代女性小说创作中得到了空前的觉醒和蓬勃发展。这种觉醒不仅体现在对女性生存困境和心理状态的深入剖析上，更体现在对女性独立人格和价值追求的积极建构上。通过塑造一系列个性鲜明、自我意识强烈的女性形象，现代女性作家抒发了女性的情感需求，展现了女性的智慧才干，彰显了女性的生命力量。

在"五四"新文化运动的洗礼下，女性意识在冰心、丁玲等女性作家笔下实现了由蒙昧到觉醒的突破。她们通过描写女性的悲惨遭遇和内心苦闷，揭示了旧礼教对女性的禁锢和宰制，唤起了社会对女性解放的关注。同时，她们也着力表现新时代女性追求独立、争取自由的精神风貌，塑造了一批敢于反抗、勇于挑战传统桎梏的女性形象。这些形象既有家庭和婚姻不幸的受害者，也有冲破牢笼、追寻自我的探索者，展现了女性意识从被动到主动、从压抑到张扬的转变过程。

在新中国成立后的历史语境下，女性主义在当代女性作家的创作实践中实现了进一步的发展和深化。她们更加自觉地运用女性视角来审视和解构男权话语，更加勇敢地表达女性在社会变革中追求自我价值的愿望。如王安忆、铁凝等人笔下的女性，她们不再满足于做温良贤淑的贤妻良母，而是勇敢地走出家庭，投身社会，在与传统观念的对抗中展现其独特的人格魅力。她们对爱情的渴望、对事业的追求、对尊严的捍卫，共同谱写了新时期女性意识觉醒的华彩乐章。

进入 21 世纪以来，当代女性小说对女性意识的建构也呈现出更加丰富和开放的特点。女性作家更加注重女性内心世界的细腻描摹，对女性情感经验和生命感悟都进行了细致入微的呈现。她们塑造的女性或柔弱或坚强或平凡或杰出，展现了当代女性生存的复杂性和多面性。同时，她们也更加关注女性在现代化进程中面临的身份焦虑、情感困惑等问题，对女性意识的局限性和困境进行了深刻反思。这种反思一方面凸显了女性意识觉醒的曲折性，另一方面也预示了女性意识建构的未来走向。

（三）对传统女性角色认知的改变

20 世纪初期，随着女性意识的逐步觉醒，中国女性小说创作呈现出一种新的气象。传统的女性形象和女性意识在现代文学中开始被解构和重塑，女性作家开始以更加敏锐的洞察力和更为深刻的笔触，探索和书写女性生存状态、精神世界以及内心情感。

在新文化运动的影响下，女性意识逐渐成为现代女性小说创作的重要主题。女性作家开始反思传统文化和社会制度对女性的桎梏，质疑男权中心主义价值观念对女性主体性的压抑。她们通过对女性生活细节的刻画，揭示出传统伦理道德观念对女性生存和发展的深层次影响。同时，她们也积极探寻女性自我意识觉醒的途径，塑造了一批追求独立、坚持自我的新女性形象。

在对传统女性意识解构的同时，现代女性小说也致力于重构女性主体意识。许多女性作家开始正视女性的情感需求和精神诉求，对女性的爱情观、婚姻观进行了深刻反思。她们不再把爱情和婚姻视为女性生存的唯一归宿，而是把它们作为女性追求独立人格和实现自我价值的重要途径。在她们笔下，涌现出许多敢于打破传统桎梏、勇于追求自由的女性形象，她们以自己的行动展现出现代女性意识觉醒的力量。

现代女性小说创作在艺术表现上也发生了显著变化。女性作家打破了传统叙事模式和语言风格的束缚，在小说创作中注入了更多女性特有的细腻情感和独特视角。她们善于捕捉女性生活的点点滴滴，以精细入微的笔触展现女性内心世界的丰富性和复杂性。同时，她们也更加关注女性群体的命运，通过对个体生活经历的描摹来反映社会变迁对女性生存状态的影响。

三、中国女性小说中当代女性意识的建构与边界

（一）社会变迁下女性角色的演变

随着中国社会经济的快速发展和政治体制的不断变革，女性在社会中的地位和角色也发生了深刻变化。一方面，社会现代化进程为女性提供了更多平等发展的机会，女性受教育程度不断提高，并且越来越多地走上工作岗位，在各行各业发挥着重要作用。另一方面，市场经济体制的建立和完善，也为女性创业就业开辟了广阔空间，涌现出一大批优秀女性企业家和管理者。她们不仅为经济发展作出了突出贡献，更成为新时代女性自立自强的典范。

在享受发展机遇的同时，当代女性也面临着诸多挑战。在职场竞争日益激烈的背景下，女性往往需要付出更多努力才能获得与男性同等的发展机会和职业地位。母亲和职业女性的双重角色，也给女性带来了更大的压力和挑战。如何在家庭和事业之间实现平衡，成为摆在众多职业女性面前的一大难题。此外，部分传统观念和社会偏见的存在，也在一定程度上制约着女性的职业发展。所以打破这些观念束缚，营造良好的社会环境，是推动女性事业进一步发展的重要前提。

在这样的时代背景下，当代女性小说创作开始更多地关注和反映女性在社会

巨变中的生存状态和情感体验。职业女性成为许多作品着墨的重点，她们在职场打拼的艰辛历程，在家庭角色和自我发展之间的挣扎，都得到了深刻而细腻的刻画。同时，针对女性发展中面临的种种不平等，一些作品也发出了强烈的批判之声，勇敢地对社会不合理现象进行揭露和反思，彰显了鲜明的女性意识和现实关怀。这些作品以女性独特的视角审视社会，展现了当代女性的精神风貌，在引发读者共鸣的同时，也推动着社会观念的进步和女性地位的提升。

（二）新世纪女性自我意识的拓展与界限

21世纪以来，随着中国社会经济的快速发展和女性地位的不断提升，女性自我意识呈现出崭新的发展态势。女性在家庭、职场、社会等多个领域的角色日益多元化，她们不再满足于传统的家庭主妇定位，而是积极追求个人价值的实现。越来越多的女性投身职场，在各行各业中展现自己的才华和能力，成为推动社会进步的重要力量。与此同时，女性也更加重视自身的独立性和主体性，追求平等、自由的人格尊严。她们勇于打破传统的性别藩篱，在家庭关系中争取平等地位，在社会事务中积极发声，彰显了新时代女性的独立人格和责任担当。

21世纪的女性自我意识还体现在对自身权益的关注和维护上。在法律层面，一系列保护女性权益的法律法规相继出台，为女性平等发展提供了制度保障。《中华人民共和国妇女权益保障法》《中华人民共和国反家庭暴力法》等法律的实施，使女性在家庭、职场等领域的合法权益得到更加有力的保护。与此同时，全社会对女性议题的关注度也在显著提升。媒体、舆论、学界等各界围绕女性发展、性别平等展开了广泛而深入的讨论，唤起了社会各界对女性权益的重视，营造了有利于女性发展的社会氛围。在此背景下，女性自我保护意识显著增强，她们更加懂得运用法律武器维护自身权益，对侵犯女性权益的行为予以坚决抵制和回击。

21世纪以来中国女性自我意识的发展，既是时代发展的必然要求，也是女性群体自身觉醒和奋斗的结果。在新的历史条件下，女性自我意识必将沿着平等、独立、自强的方向继续发展，成为推动社会文明进步的重要力量。作为半数人类，女性应该以更加开放、包容、理性的心态，积极投身到社会发展的洪流中，在实现自身全面发展的同时，为构建一个更加平等、更加美好的世界贡献智慧和力量。只有女性真正成为自己命运的主宰，发挥出应有的主体作用，中国特色社会主义的伟大事业才能实现全面协调可持续发展，人类文明的历史才能翻开更加灿烂辉煌的崭新篇章。

四、中国女性小说中女性意识嬗变的原因与影响因素

（一）社会环境变化的作用

改革开放以来，中国社会发生了翻天覆地的变化，这些变化深刻影响着女性的生活和意识。从物质生活水平的提高到思想观念的更新，从就业机会的增加到社会地位的提升，中国女性正在经历一场前所未有的觉醒和蜕变。

经济的快速发展为女性提供了更多的就业机会和经济独立的可能。改革开放初期，大量劳动密集型产业如纺织、服装、电子加工等在中国兴起，为广大女性，尤其是农村女性提供了走出家门、参与社会劳动的机会。她们通过自己的劳动获得收入，逐步摆脱了对男性的经济依赖，开始掌控自己的人生。随着教育事业的发展，越来越多的女性接受高等教育，掌握了专业技能，在各行各业崭露头角。她们不再甘于做"贤妻良母"，而是要在事业上有所作为，实现自我价值。

社会观念的变迁为女性意识的觉醒创造了条件。传统的男尊女卑思想逐渐被平等理念所取代，女性开始反思自身的地位和权利。1995 年，联合国第四次世界妇女大会在北京召开，会上提出"男女平等""提高妇女地位"等口号，极大地鼓舞了中国女性争取权益的信心和决心。随后，中国政府颁布实施了一系列保护妇女权益的法律法规，为女性平等参与经济建设和社会事务提供了制度保障。在法律和社会共识的推动下，女性开始走上了追求独立、争取平等的道路。

社会分工的细化为女性施展才华提供了广阔天地。随着社会的进步和经济的

发展，许多传统的"男性职业"出现了女性的身影。女性不再局限于家庭和某些特定行业，而是凭借自身能力在各领域大展拳脚。在政治舞台上，女性领导人的比例不断上升；在商界，女性企业家日益增多；在科学、教育、文化、卫生等领域，女性专业人才辈出。她们以优异的成绩证明，女性完全有能力在社会的各个方面发挥与男性同等的作用。

全球化浪潮加速了女性意识的更新。改革开放使中国走向世界，也让世界走进中国。互联网的普及、跨国交流的频繁，让中国女性有机会了解发达国家女性的生活状态和思想观念。她们看到，在许多国家，女性享有与男性平等的地位，可以自由选择人生道路，这种差异引发了她们的思考和觉醒。一些女权思想和女性主义理论也随之传入中国，为中国女性的解放事业注入了新的活力。在新思想的影响下，越来越多的女性开始反思身边的性别不平等现象，质疑传统的性别角色定位，力图通过自己的努力改变女性的处境。

（二）文学与艺术领域的互动

文学作为一种语言艺术，通过文字描绘女性形象、表达女性心声，能够深刻影响读者对女性地位和价值的认知。同时，绘画、雕塑、音乐、舞蹈等其他艺术形式也以其独特的方式呈现女性形象，传递女性意识。不同艺术门类之间的交流融合，能够形成合力，更加全面、立体地展现女性的内心世界和社会处境，引发受众对女性议题的关注和思考。

具体而言，文学与绘画的结合能够创造出震撼人心的女性形象。文学作品中对女性外貌、气质、神态的细腻描写，能够为画家提供丰富的创作灵感。同样的，绘画作品对女性形体、服饰、情态的生动刻画，也能为文学创作提供形象化的参照。如中国古代的"闺秀画""仕女图"，既是文人笔下对闺阁女性的视觉再现，也蕴含着文人雅士的女性观念。再如"五四"时期，文学家与画家合作创作了大量以女性为主角的小说和连环画，配合宣传女性解放、婚恋自由等进步思想，对女性意识的觉醒产生了积极影响。

文学与戏剧、影视的融合，能够将女性命运搬上舞台和银幕，引发更广泛的社会共鸣。众多经典文学作品被改编成戏剧和影视作品，使原本局限于纸面的女性形象变得更为鲜活、立体，触及更多受众。如曹禺的话剧《雷雨》、张爱玲的小说《倾城之恋》，分别被搬上舞台和银幕后，女主角繁漪、白流苏的悲欢离合在更大范围引发讨论，激发了社会各界对女性生存状态、情感困境的关注。同时，优秀的女性题材影视作品也能对文学创作产生反哺。如谢晋导演的电影《芙蓉镇》成功塑造了天仙、胡玉音等个性鲜明的女性形象，引领了 20 世纪 80 年代女性文学创作的现实主义潮流。

文学与音乐的跨界合作，能够以声音的力量唱响女性心声。古今中外，诗歌与音乐的结合创造了大量的女性题材作品。在中国古典诗词中，白居易的《琵琶行》、柳永的《雨霖铃》等名篇，年分别以琵琶女和青楼女子为主角，用委婉凄美的曲调表达女性的苦闷和哀怨。在当代流行音乐中，一批优秀的女性创作人将亲身经历和感悟写进歌词，谱成动人心弦的旋律，鼓舞了无数追求独立自主的新时代女性。文学赋予音乐以深刻的内涵，音乐则让文学的意蕴通过旋律传播，二者相辅相成，加深了受众对女性生存体验的理解。

文学与舞蹈的交织，能够通过肢体语言塑造丰富的女性形象。中国古典舞剧《丽人行》以杜甫诗为蓝本，通过舞者优美的舞姿和细腻的表情，展现了盛唐时期歌舞艺人的风采和内心世界。现代舞剧《青衣》则以张爱玲笔下的人物为原型，用极富张力的肢体动作表达现代女性的挣扎与困惑。舞剧编导在创作中借鉴了文学作品的意象和情感内涵，为抽象的舞蹈动作赋予具体的人物内核，使女性的灵魂在舞台上熠熠生辉。同时，舞蹈艺术所展现的女性之美，如婀娜多姿的体态、曼妙多情的神韵等，也能为文学创作提供新的灵感和表现维度。

文学作为语言的艺术，与其他艺术形式相比，对女性意识的塑造和传播具有更为独特优势。文字能够细致入微地刻画女性的内心活动，表达女性在情感、心理、精神层面的崛起。同时，篇幅较长的小说、散文等文学样式，能够在跨度较大的时空中展现女性群体的发展变迁，揭示女性解放的艰难历程。此外，文学作品易于传播，能够通过报刊、书籍、互联网等载体触达广大受众，在更大范围内唤起女性觉醒。因此，文学无疑是塑造女性意识的中流砥柱。

五、中国女性小说中女性意识嬗变对女性文学的影响

（一）主题与风格的变革

中国女性小说中女性意识的嬗变对女性文学的主题和风格产生了深远影响。从 20 世纪初到 21 世纪，随着时代的变迁和社会的进步，女性意识也在不断觉醒和成长，女性文学也呈现出多样化的面貌。传统女性意识塑造了温良贤淑、任劳任怨的女性形象，她们在家庭和社会中处于从属地位，缺乏独立人格和自主意识。这一时期的女性小说多以男性视角切入，描绘了女性的悲惨命运和悲剧形象，哀其不幸、怒其不争，蕴含了启蒙主义和人道主义色彩。

20 世纪 20 年代的新文化运动是中国女性意识觉醒的转折点。受西方女权主义的影响，一批进步女性知识分子开始关注女性的社会地位和权益，探讨两性平等、婚姻自由等问题。女性小说开始以女性视角审视自我，表达对传统礼教的反抗，展现追求独立和解放的渴望。"问题小说"成为这一时期女性小说的代表，它们大胆揭示女性在婚姻、家庭、社会中遭受的种种不平等，批判封建礼教对女性的桎梏，倡导女性独立自强，具有鲜明的女权主义色彩。

新中国成立后，妇女解放运动深入发展。越来越多的女性走出家庭，投身社会主义建设。这一时期的女性小说塑造了一批新女性形象，她们热爱劳动，追求进步，在社会主义革命和建设中发挥着重要作用。这类小说语言朴实生动，结构单一明快，突出反映了妇女群众、工农群众的生活，具有鲜明的时代特色。改革开放以来，女性意识进一步觉醒。女性教育水平显著提高，越来越多女性进入各行各业，在政治、经济、文化等领域展现出非凡才能。女性小说开始关注女性的

内心世界和精神追求，以更加细腻、感性的笔触刻画女性的情感体验、灵魂困惑乃至生存困境。新写实主义、先锋派等文学流派对女性小说产生了重要影响，作品题材广泛，形式多样，思想深刻，艺术性和审美性大为提升。

进入 21 世纪，女性意识日益彰显自主性、多元性特点。一方面，女性在社会生活中的主体地位日益凸显，女性话语权不断提升；另一方面，全球化浪潮带来的机遇和挑战，使当代女性处境更加复杂。新世纪女性小说紧扣时代脉搏，以更加开放、多元的视角反映女性群体的生存状态和精神图景。无论是都市白领、打工妹、下岗女工，还是农村留守妇女，她们的喜怒哀乐、梦想挫折都得到了淋漓尽致的表现。作品题材触及职场、婚恋、家庭、情欲等诸多领域，叙事视角新颖独特，艺术手法灵活多样，对人性的刻画入木三分，彰显了女性文学的勃勃生机。

（二）推动国际传播与影响

中国女性文学走向国际化是女性意识变迁在文学领域的重要体现。随着改革开放的深入和全球化进程的加快，中国女性的社会地位不断提升，自我意识日益增强。这种意识的觉醒不仅反映在现实生活中，也深刻影响了文学创作。越来越多的女性作家以敏锐的洞察力和独特的女性视角，书写着自己的生命体验和情感世界，塑造了一系列鲜活生动的女性形象，展现了中国女性的精神风貌。

这些优秀的女性文学作品不仅在国内引起广泛关注，也开始走向世界文学舞台。她们以独特的艺术魅力吸引了海外读者，展示了中国女性的生存状态和内心世界，引发了跨文化的共鸣与对话。通过文学翻译和国际交流，中国女性文学逐渐被纳入世界文学的版图，成为中国文化走出去的重要组成部分。

中国女性意识的觉醒为女性文学注入了新的活力。女性作家以更加开放、包容的心态看待自我与世界的关系，以更加细腻、深刻的笔触描绘女性的喜怒哀乐。她们不再满足于传统的女性角色定位，而是在积极探索女性独立自主的人生道路。在她们的笔下，女性不再是男性的附属品，而是拥有独立人格和价值追求的个体。这种女性意识的觉醒不仅丰富了中国女性文学的内涵，也为世界女性文学的发展提供了新的视角和可能性。

中国女性文学的国际化传播有助于促进中外文化交流与对话。通过文学作品，外国读者能够更加全面、立体地了解中国女性的生活状态和精神世界，助力消除文化隔阂和偏见。同时，中国女性作家也能够借鉴吸收外国女性文学的优秀成果，拓宽创作视野，提升艺术水准。这种跨文化的交流与对话不仅有利于中国女性文学的发展，也为构建人类命运共同体贡献了智慧和力量。

中国女性作家以更加开放、自信的姿态走向世界，用独特的女性视角和艺术魅力展现中国女性的精神风貌，促进了中外文化的交流与对话。在新时代背景下，进一步推动中国女性文学的国际化传播，对于提升中国文化软实力，增进中外人民的相互理解与信任具有重要意义。这不仅是中国女性文学发展的必然要求，也是构建人类命运共同体的应有之义。

第二节　中国当代女性文学女性意识的表现特征

一、围城意识

（一）围城意识的形成背景

女性意识是在特定社会文化背景下形成和发展起来的，它深受社会结构、文化传统及家庭环境的影响。在中国，女性长期处于男权社会的从属地位，其价值取向和行为方式一直受到严格的规范和约束。传统观念认为"女主内，男主外"，将女性局限在家庭角色之中，忽视了她们的个体价值和社会贡献。这种不平等的性别观念体现在家庭生活的方方面面，使女性在家庭中的地位低下，缺乏独立自主的空间。

随着现代化进程的推进，工业化、城市化水平不断提高，大批妇女走出家庭参与社会生产，传统的性别分工模式逐渐瓦解。然而，根深蒂固的男尊女卑观念并未得到根本改变，现代社会中依然存在着对女性的歧视和偏见。职场中的"玻璃天花板"现象，家庭中的家务劳动不平等分配，都反映出女性在社会地位和家庭角色上的困境。面对这种困境，越来越多的女性开始觉醒，开始主动反思自身处境，寻求突破传统束缚，实现自我价值。

与社会结构性因素相比，家庭因素对女性意识的形成具有更为直接和深刻的影响。在家庭教养过程中，父母的性别观念和行为模式会潜移默化地影响着女性对自我角色的认知。如果家庭成员持有传统的性别刻板印象，压抑女性的个性发展，将其视为"附属品"，势必会扼杀女性的主体意识。相反，如果家庭能够给予女性平等的成长环境，尊重其独立人格，鼓励其追求自我价值实现，那无疑有利于培养女性的自尊自信和独立意识。

良好的家庭氛围和亲密关系，能够为女性意识的自由生长提供温床。缺乏理解、充满冲突的家庭，容易使女性陷入自我怀疑，丧失自信和尊严。而民主平等、相互支持的家庭，将会成为女性的坚强后盾，为其提供宝贵的情感支持和精神慰藉，帮助其直面困境、坚定前行。历史上也不乏这样的例子，正是在这种开明家庭的熏陶和鼓励下，一代代女性才能突破樊篱，成长为独立自主的新女性。

（二）围城意识下的生活困境

在当代中国，女性意识的觉醒和发展为女性文学创作开辟了新的视野。然而，传统婚姻观念与现代价值观的冲突，也为女性带来了新的困境和挣扎。这一矛盾在当代女性文学中深刻而细腻的表现。

传统婚姻观念强调女性应以家庭为中心，遵从男性的主导地位。在这种观念下，女性往往被视为男性的附属品，缺乏独立的人格和追求。而随着社会的进步和女性意识的觉醒，越来越多的女性开始质疑这种不平等的婚姻关系，渴望获得独立自主的人生。然而，传统观念的束缚和现实生活的压力，又让她们难以完全摆脱婚姻的羁绊。于是，女性在婚姻中的困境和挣扎，便成为当代女性文学关注的重要主题。

张洁的《无字》以女性的视角，细腻地刻画了一个传统女性在婚姻中的挣扎历程。小说中的女主人公原本是一个传统的贤妻良母，一心守候家庭。然而，丈夫的背叛让她深感婚姻的脆弱和虚伪。她开始反思自己的人生，渴望摆脱婚姻的束缚，获得真正的自我。但现实的重压和内心的恐惧，又让她难以迈出决定性的一步。这种挣扎和困境，正是无数当代女性的缩影。

陈染的《私人生活》则从另一个角度展现了女性在婚姻中的困境。小说中的女主人公是一个事业有成的知识女性。然而，丈夫传统的男性主义思想，让她在婚姻中备受压抑。丈夫对她精神和肉体施加的双重折磨，几乎摧毁了她的人格尊严。这种经历，让她深刻意识到了作为女性在婚姻中的弱势地位。同时，她也开始反思女性如何在婚姻和事业之间寻求平衡，如何在追求自我价值的同时保持人格独立。

（三）围城意识对女性文学的影响

围城意识在塑造女性文学中的角色与主题方面发挥着关键作用。这一意识的形成源于女性长期以来在社会和家庭中所处的从属地位，他们受到传统观念和现实困境的双重束缚，内心充满了挣扎与彷徨。在女性文学中，女性作家敏锐地捕捉到了这种围城意识，并将其融入物塑造和情节设置之中，形成了独特的艺术表现。

具体而言，围城意识使女性文学中的人物形象更加丰满立体。她们既不是单纯的受害者，也不是完全的反抗者，而是在困境中不断挣扎、寻找出路的复杂个体。这种矛盾与张力赋予了人物鲜明的个性特征,增强了她们的吸引力与感染力。

读者可以透过她们的遭遇与心路历程，感受到现实生活中女性所面临的困境与压力，引发更多的思考与共鸣。

围城意识也为女性文学的主题拓展提供了广阔空间。女性作家可以从多个角度切入，探讨女性在婚姻、家庭、职场等领域遭遇的种种问题，揭示社会结构和文化传统对女性身心发展的深刻影响。这些主题不仅反映了女性的特殊处境，也折射出整个社会的矛盾与问题，具有强烈的现实针对性和批判意味。通过对围城意识的艺术表现，女性文学实现了对现实的深度介入和积极影响。

围城意识的引入还推动了女性文学表现形式的创新。为了更好地再现女性内心世界的复杂性和微妙性，女性作家大胆尝试了意识流、心理描写等现代文学手法，突破了传统叙事模式的局限，创造出更加灵活多变的艺术形式。这种形式上的革新与围城意识的内在要求相契合，使女性文学在审美上达到了新的高度。

二、自审意识

（一）自审意识的社会心理根源

自审意识即女性对自己言行的严格审视和克制，其根源在于长期以来社会文化对女性角色和行为的规训。在传统的男权社会中，女性往往被视为男性的附属，她们的价值主要体现在如何更好地服务于男性和家庭。这种价值观念内化为一种无形的约束力，使女性自觉地按照社会所期待的那样去塑造和规范自己，形成了自我审视和自我压抑的心理状态。

从心理学角度来看，自审意识的形成与女性的性别角色社会化密切相关。在成长过程中，女性往往被灌输温顺、贤惠、善解人意等"女性化"的品质，她们习得了对自我言行的严格要求和克制。同时，女性自审意识的产生还与内疚情结有关。在男权文化的影响下，女性容易将生活中的困境和不如意归咎于自身的不够完美，从而对自己产生内疚感，加剧了自我审视和自我压抑的倾向。

女性自审意识的形成还受到社会评判和非议的影响。在传统社会中，女性的言行举止往往受到更多的关注和评判，稍有不慎就可能招致非议和指责。在这种氛围下，女性不得不时刻警惕自己的一言一行，以免触犯社会的道德规范和行为准则。长此以往，自我审视和自我压抑会逐渐内化为女性的一种无意识心理，成为其人格特质的一部分。

自审意识对女性的身心发展产生了深远影响。一方面，过度的自我审视和压抑会导致女性丧失自我，难以形成独立的人格；另一方面，长期处于被动和压抑状态也容易引发女性的焦虑、抑郁等心理问题。因此，女性要想实现真正的解放和发展，就必须突破自审意识的桎梏，建立起自信、独立、自主的人格。这需要女性提高对自我的认识和接纳，勇于打破传统的性别角色定型，追求自我价值的实现。

（二）自审意识在女性文学中的体现

自我审视意识不仅塑造了鲜活而立体的女性形象，更折射出女性在社会中的生存困境和精神困惑。通过对女性文学作品的细读和分析，可以清晰地辨识出这一意识的多重表现和内在机制。

从心理学的视角来看，自审意识的产生根于女性长期以来在社会中所处的从属地位和边缘化处境。在男权思想主导的语境下，女性往往被视为男性的附庸和客体化存在，缺乏独立的主体性。这种不平等的社会地位和偏见，导致女性产生了强烈的自卑感和自我怀疑倾向。她们时刻以男性的标准来审视和评判自己，急于在男性的注视下证明自身的价值。正如西蒙娜·德·波伏娃在《第二性》中指出的，女人"不是生而为女人，而是变成女人的"，在成为女人的过程中，女性不得不内化男权社会强加于身的性别期待和行为规范，从而形成了自我审视和自我压抑的心理。

这种内化的自审意识，在当代女性文学作品中得到了淋漓尽致的展现。张洁的《无字》通过女主人公陆子亚的心理刻画，生动再现了知识女性在男权主导的学术圈中备受歧视和打压的困境。面对导师和同行的质疑，陆子亚时刻感到自己的学术能力和人格品质都在遭受拷问，由此陷入了严重的自我怀疑之中。

同样，王安忆的《长恨歌》聚焦于特殊历史时期知识女性的自我审视与救赎。"文革"期间，女主人公王琦瑶饱受政治迫害，丧失了作为知识分子的尊严，也失去了作为女性的自我认同。在全面否定自我的过程中，王琦瑶陷入了漫长而痛苦的自我拷问："我是谁？一个人究竟如何面对自己的人生？"是自我放逐，还是自我救赎？王安忆以王琦瑶反复的梦境暗喻其挣扎的内心，又以时空的变换和跨度映照出知识女性寻求自我的艰难历程。最终，王琦瑶在潜意识的碰撞和大时代的撞击中重新确立起自我，也实现了女性主体性的建构。小说深刻揭示了，自审意识既是女性困境的表征，也蕴含着自我超越与救赎的希望。

探究自审意识的来龙去脉，对于如何深入认识女性的生存境遇和精神世界具有重要启示意义。一方面，这一意识的普遍存在表明，女性在现实社会中仍面临着诸多不平等和偏见，尤其是职场歧视和成见依然根深蒂固。另一方面，自审意识的反思和觉醒，又预示着女性自我意识的萌发与确立。只有直面束缚自己的社会性别藩篱，勇于打破内心的桎梏，女性才能最终实现自身的解放和发展。在这种意义上，自审意识又为女性主义文学创作开启了广阔的问题域，唤起女性共同反思生存困境，寻求突破和改变的出路。

无论是陆子亚还是王琦瑶，她们身上所体现的自审意识都是一面镜子，映照出时代的烙印和女性的挣扎，也折射出女性主义意识的觉醒。在对个体处境的反思中，女性逐渐确立起独立的人格，开始以平等和自信的姿态看待和改造世界。正是在这种自我怀疑与自我确证的反复中，女性实现了对主体性的确立和对生命意义的升华。从这个角度来看，自审意识对于推进女性自我发展和社会性别平等，具有不可低估的积极意义。

自审意识作为影响和制约女性发展的重要心理因素，在中国当代女性文学中得到了充分的展现和深入的反思。通过解读自审意识在文学作品中的表现，人们得以洞察女性所面临的社会困境、心理矛盾和自我认同危机。同时，自审意识的觉醒与超越，又预示着女性摆脱性别偏见束缚、实现自我发展的希望。在这个意义上，自审意识既是女性生存状态的真实写照，也是引领女性走向解放的重要路标。对这一意识的深入剖析，对于推进女性文学创作和社会性别平等，都具有重要的理论意义和现实价值。

（三）自审意识与女性解放的关系

在漫长的历史发展中，女性一直处于社会的边缘地位，她们的价值观念、行为方式乃至生存状态都受到男权社会的制约和规训。这种外部压力往往会内化为女性的自我认知，从而形成一种自我审视、自我压抑的心理机制。正是在这种自审意识的作用下，女性难以突破传统角色的桎梏，难以实现真正意义上的解放。

女性要实现自我解放，必须首先突破内心的樊笼，唤醒自我意识，重建自我认知。这就要求女性勇于质疑传统观念对自身的规定，勇于挑战既有社会结构对女性生存的限制。只有当女性真正意识到自己作为独立个体的价值，真正认识到自己拥有生而平等的尊严，才能摆脱自审意识的束缚，实现主体性的确立。在这个过程中，女性文学起到了重要的启蒙作用。众多女性作家通过描写女性的生存困境和心理挣扎，揭示了在父权制度下对女性的压迫，唤醒了女性的自我意识，鼓舞了女性争取解放的勇气。

然而，摆脱自审意识的羁绊并非易事。由于长期的文化积淀和社会塑造，女性往往还是习惯于以男性的标准来审视和要求自己。即便在现代社会，许多女性仍然难以确立独立的人格，仍然倾向通过婚姻、家庭来寻求自我价值的实现。这种内化的自审机制使女性的自我解放之路充满曲折和困难。因此，女性要真正实现解放，不仅需要唤醒自我意识，挣脱外部桎梏，更需要直面内心深处的自审意识，反思和解构由此产生的心理压抑与人格依附。只有在双重解放的基础上，女性才能真正成为自己的人，实现自身的全面发展。

三、性别意识

（一）性别意识的文化构建

性别意识的形成与发展是一个动态的社会文化构建过程。在不同的历史时期和文化语境下，社会对男女角色的期待和规范存在显著差异。这些差异深刻影响着女性对自身性别角色的认知和定位。传统社会中，性别角色分工明确，"男主外，女主内"的观念根深蒂固。在这种文化背景下，女性的性别意识往往局限于家庭和私人领域，她们被教导要恪守妇德，以相夫教子为天职。这种狭隘的性别角色定位束缚了女性的自我发展，限制了她们在社会中的参与和贡献。

然而随着社会的进步和观念的更新，性别平等逐渐成为共识。女性开始走出家庭，投身社会，在各行各业中展现自己的才华。但是，根深蒂固的传统性别观念并没有完全消失，女性在追求自我发展的过程中会仍然面临诸多障碍和偏见。例如，职场中的"玻璃天花板"现象，即女性在职业发展中面临无形的阻碍和歧视，难以晋升到高级管理层。又如，社会对女性外表和年龄的苛刻要求，使许多优秀的女性面临"年龄歧视"和"颜值焦虑"的困扰。这些现象反映出，传统性别观念对女性性别意识的影响依然根深蒂固。

女性要突破性别桎梏，实现自我发展，就必须建构一个独立自主的性别意识。这需要女性勇于质疑和反思传统性别角色定位，重新审视自己的价值和潜力。通过自我教育和互相启发，女性可以逐步摆脱社会文化对性别角色的限定，树立平等、独立、自主的性别意识。同时，社会各界也应该为女性创造更加公平、包容的发展环境，消除性别歧视，为女性提供更多的机会和支持。只有在社会文化和个体意识的双重努力下，女性才能真正突破性别藩篱，实现自我价值。

在当代女性文学创作中，新时期以来涌现出一批优秀的女性作家，她们以敏锐的洞察力和深刻的笔触，生动地刻画了新时代女性的性别意识觉醒历程。例如，王安忆的代表作《长恨歌》通过女主人公王琦瑶的人生经历，展现了新中国成立后女性解放的曲折历程。王琦瑶勇敢地追求自我，挣脱传统性别角色的束缚，但同时也深陷于社会转型期的困惑和彷徨之中。又如，残雪笔下的女性形象，往往怀着对生命的困惑和对自我的追寻，在世俗与理想之间挣扎。她们或反抗或妥协，或清醒或困顿，展现了现代女性复杂多变的性别意识。

（二）性别意识与女性角色塑造

性别意识作为一种文化构建，深刻影响着文学创作。在当代女性作家的笔下，性别意识不仅体现为对女性生存境遇的敏锐洞察，更成为塑造鲜活生动的女性形象、表达女性独特体验的重要路径。她们立足女性视角，以细腻入微的笔触描绘女性的内心世界，展现女性在社会中的处境与挣扎，反映了女性主体意识的觉醒与成长。

当代女性作家对性别身份有着清晰的认知，她们意识到自己与男性作家在生活经历、情感体验等方面存在着显著差异。正是基于这种差异，女性作家能够从女性独特的视角切入，以更加贴近女性生活实际的方式表现女性形象。她们笔下的女性不再是男性想象中的符号化存在，而是有血有肉、鲜活生动的个体。这些女性形象承载着作家对女性命运的思索，折射出女性在现实生活中所面临的种种困境。她们或是在传统观念的桎梏下挣扎，或是在现代社会的变革中彷徨，无不彰显了女性在追求自我价值过程中所遭遇的阻力。

当代女性作家还善于运用细腻的笔法，深入刻画女性内心世界的微妙变化。她们对女性情感体验有着敏锐的洞察力，能够准确捕捉女性在面对人生重大抉择时的复杂心理。通过对女性心理活动的细致描摹，女性作家女性揭示了在重重束缚下女性主体意识逐渐觉醒的过程。她们笔下的女性形象不再是被动的客体，而是开始主动探寻自我价值、追求独立自主的生活。这种对女性成长历程的书写，鲜明地体现出性别意识对女性文学创作的深刻影响。

性别意识还使当代女性作家更加关注女性的生存境遇，推动着她们在作品中展现女性所面临的社会问题。她们敏锐地意识到，女性在现实生活中往往处于弱势地位，往往面临着诸多不平等对待。因此，许多女性作家笔下的女性形象，都会承载着作家对女性困境的批判与反思。她们通过对女性生活困境的揭示，唤起社会对女性问题的关注，推动性别平等观念的传播，为女性权益的伸张发出呐喊。

（三）性别意识在推动性别平等中的作用

性别意识作为一种社会建构，深刻影响着人们对性别角色的认知和行为。在推动性别平等的进程中，性别意识发挥着重要作用。它不仅能够唤醒人们对性别不平等现象的关注，更能够引导社会采取切实行动，消除性别歧视，促进男女平等。

性别意识的觉醒是实现性别平等的基础。长期以来，受传统文化和社会习俗的影响，人们对男女角色存在着根深蒂固的定型化认识。"男主外，女主内"的观念使女性长期处于从属地位，她们的能力和价值难以得到社会的充分认可。性别意识的提升有助于打破这些陈旧观念的束缚，使人们意识到性别不应成为限制个人发展的因素。当人们开始反思性别不平等的根源，并质疑男女二元对立的逻辑时，性别平等的理念才能真正深入人心。

性别意识的培育还能促使社会制定和实施有利于性别平等的政策和措施。在性别意识觉醒的推动下，越来越多的国家制定了旨在消除性别歧视、保障女性权益的法律法规。如在政治参与方面，许多国家通过设立女性配额制，提高女性在决策机构中的比例，确保她们的声音能够被听到。在教育领域，一些国家采取特殊措施，降低女童的辍学率，并鼓励女性接受高等教育，为她们创造更多发展机会。这些举措的出台和落实，离不开社会性别意识的进步。

在具体的社会实践中，性别意识为女性赋权，使其成为推动性别平等的重要力量。当女性意识到自身所面临的不平等处境，并开始为争取权益而行动时，性别平等事业就有了坚实的群众基础。在世界各地，都曾涌现出众多致力于推动性别平等的女性组织和个人。她们通过宣传教育、社会倡导等方式，提升公众对性别议题的认识和重视。同时，她们积极参与决策过程，推动制定有利于女性发展的政策，为实现实质性的性别平等而不懈努力。

性别意识还促进了社会性别角色的重塑。随着性别平等理念的深入人心，人们开始反思和挑战传统的性别分工模式。越来越多的男性意识到，他们也可以承担照料家庭、抚育子女的责任。而女性也不再局限于家庭领域，而是走上社会舞台，在各行各业展现自己的才华。性别角色的转变不仅有利于女性的全面发展，也为男性的全面发展创造了条件。它促进了家庭关系的和谐，为构建平等、互利的社会性别关系奠定了基础。

四、孤独意识

（一）孤独意识及其在女性文学中的起源

在现代社会的快节奏生活中，女性往往面临着巨大的压力和孤独感。她们在工作、家庭、社交等多个方面扮演着不同的角色，肩负着沉重的责任。然而，在忙碌的日程安排和复杂的人际关系中，女性常常感到被孤立和疏离。这种孤独感不仅源于外部环境的变化，也与女性自身的心理状态密切相关。

随着社会的发展和女性地位的提升，越来越多的女性走出家庭，投身职场。她们在工作中展现出优秀的能力和独立的人格魅力，赢得了社会的认可和尊重。但与此同时，工作上的竞争压力和不确定性也给女性带来了巨大的心理负担。她们需要在短时间内处理大量的任务，面对复杂的人际关系和办公室政治，这无疑加剧了她们的焦虑和孤独感。

家庭生活的变化也是导致女性孤独感增强的重要因素。传统的大家庭结构逐渐被小家庭取代，女性在家庭中的角色和地位发生了显著变化。她们不仅要承担起照顾家人、料理家务的重任，还要在子女教育、家庭关系维护等方面投入大量精力。然而，繁重的家庭责任和日常琐事常常使女性感到身心俱疲，缺乏自我空间和时间。尤其对于那些全职主妇而言，长期局限在家庭环境中，缺乏社交活动和交流机会，更容易产生孤独感和无力感。

现代社会的人际关系也变得越来越疏离和功利。人们更加注重自我，追求个人利益和发展，对他人的关心和支持逐渐减少。这种人际关系的冷漠和疏离，让女性在面对困境和压力时难以获得理解和支持，进一步加剧了她们的孤独感。尤其对于那些远离家乡、独自在异地生活的女性而言，缺乏亲友的陪伴和帮助，孤独感更加强烈。

女性孤独感的兴起不仅反映了现代社会的某些问题，也折射出女性自身的心理困境。面对复杂多变的外部环境，女性往往难以找到宣泄情绪、倾诉心事的出口。她们习惯于隐藏自己的脆弱和不安，强撑着坚强的外表，却在内心深处饱受煎熬。这种压抑和封闭的心理状态，无疑是加剧了女性的孤独感，影响了她们的身心健康。

（二）孤独意识在当代女性文学中的表达

孤独意识在当代女性文学中的表达，折射出女性作家对自我处境的深刻反思和对人性困境的敏锐洞察。在快速变迁的社会中，女性面临着多重角色的挑战和身份认同的困惑。传统的家庭责任与现代的个人追求之间的矛盾，让许多女性陷入了无法调和的困境。在这种背景下，孤独意识成为女性作家笔下的重要主题，她们通过细腻入微的心理描写和象征隐喻的艺术手法，揭示了现代女性内心深处的孤独感和疏离感。

张爱玲的作品以其独特的孤独意识见长。在《金锁记》中，女主人公曹七巧的一生都笼罩在孤独的阴影之下。她在父权制家庭中备受压抑，婚后又遭受丈夫的冷落和背叛，内心极度孤独而又无处诉说。张爱玲以冷峻的笔触刻画了曹七巧的孤独形象，揭示了在传统社会中女性的悲剧命运。同样，在《色，戒》中，女主人公王佳芝虽然表面上过着体面的生活，内心却充满了孤独和空虚。她在复杂的政治环境和人性博弈中迷失了自我，最终走向了悲剧的结局。张爱玲对人性的洞察和对女性命运的关注，使她笔下的孤独意识呈现出一种特殊的力量。

当代女性作家笔下的孤独意识，还体现在对自我的探索和对身份的追问上。林白的《一个人的战争》通过一位女性知识分子的生活经历和内心独白，展现了现代女性在社会变革中遭遇的身份困惑和精神困境。小说中的女主人公在工作、爱情、婚姻等方面都遭受了挫折，内心充满了孤独和彷徨。林白以诗化的语言和意识流的手法，表现了女性在追寻自我的过程中所经历的孤独和挣扎。与此同时，王安忆的《长恨歌》也以独特的视角呈现了女性的孤独意识。小说中的女主人公王琦瑶身处动荡的时代，在革命和爱情的双重压力下备受煎熬，内心极度孤独而又无处诉说。王安忆以极其细腻的笔触刻画了王琦瑶的内心世界，展现了女性在追求自我解放的过程中所面临的困境。

当代女性作家还通过对日常生活的描写，揭示了女性在平凡生活中所遭遇的孤独困境。迟子建的《额尔古纳河右岸》以东北小城为背景，通过一群普通女性的生活片段，展现了她们内心的孤独和困惑。小说中的女性人物虽然身处熙熙攘攘的都市，内心却充满了孤独和迷茫。迟子建以朴实无华的语言，真实地再现了当代女性的生活状态和精神困境，引发了读者的共鸣。

（三）孤独意识与女性自我塑造的关联

孤独意识是现代人普遍存在的一种心理状态，它源于个体在社会中的疏离感和无力感。在当代女性文学中，孤独意识成为一个重要的母题，女性作家敏锐地捕捉到了这种情绪，并将其作为探索女性生存状态和内心世界的切入点。她们笔下的女性形象，无不承载着深沉的孤独，在现实与理想的撕裂中挣扎，在自我与他者的对峙中彷徨。这种孤独不仅是一种个人情绪，更是女性在时代变迁中集体处境的投射。

孤独意识的产生，与女性在现代社会中的角色转变密不可分。随着社会的发展和女性意识的觉醒，越来越多的女性走出家庭，投身社会，开始独立自主地追求自己的人生价值。然而，这一过程并非一帆风顺。传统的性别角色定位和社会期待，依然对女性形成了无形的桎梏。在职场、家庭等不同领域，女性时常感到无所适从，难以找到真正的归属感。这种角色认同的困境，加剧了女性的孤独感。她们在主流话语之外，在个人追求与社会责任之间，不断拷问自我的存在意义。

当代女性文学对孤独意识的书写，揭示了女性在现代社会中的复杂处境。在这些作品中，我们看到了女性在爱情、婚姻、家庭等方面的困顿。她们渴望爱情，却无法在男权社会中获得真正的平等和尊重；她们背负婚姻的枷锁，在家庭责任与个人理想之间挣扎；她们面对母亲这一角色，在延续与反叛的悖论中彷徨。这些困境造就了女性内心深处深深的孤独。她们无法与伴侣真正沟通，无法在家庭中寻到慰藉，也无法完全摆脱母亲的影响。孤独成为她们生命中挥之不去的主题。

女性作家也在孤独中探寻突破的可能。她们笔下的女性形象，往往最终选择勇敢地直面孤独，在孤独中重新审视自我，寻找内心的力量。她们不再将孤独视为负担，而是将其转化为一种自我觉醒的契机。在孤独中，女性开始反思自己的处境，质疑既有的性别秩序，重新定义自己的人生坐标。她们意识到，孤独并非源于外在的束缚，而是源于内心的迷失。只有直面内心，才能真正突破孤独的樊篱。在这种意义上，孤独成为女性自我成长的助推器，引领她们走向更加坦荡、自信的人生。

五、逃离意识

（一）逃离意识的社会根源与个人动因

逃离意识是中国当代女性文学中女性意识的重要表现。它源于女性在现实生活中面临的种种束缚和困境，反映了她们对自由、独立、解放的强烈渴望。这种逃离意识的产生有着深刻的社会根源和个人动因。

从社会层面来看，传统的父权制文化和男权中心主义思想长期主导着中国社会，将女性置于从属和被压迫的地位。在这样的社会环境中，女性个体的价值和尊严往往得不到应有的认可和尊重。她们被期望扮演贤妻良母的传统角色，承担起繁重的家务劳动和育儿责任，个人的发展空间和自我实现的机会受到极大限制。同时，现代社会的激烈竞争和快速变迁也给女性带来了巨大压力。职场上的"玻璃天花板"效应、家庭与事业的难以平衡等现实困境，使许多女性感到身心俱疲、无路可逃。

从个人层面来看，女性逃离意识的产生还与其自身的成长经历和性格特点密切相关。一些女性在成长过程中可能经历过严苛管教、情感忽视乃至家暴虐待，这些创伤性经历导致她们缺乏安全感和归属感，对人际关系产生恐惧和逃避心理。还有一些女性天性敏感、追求独立，难以接受现实生活的种种束缚和妥协，由此萌发逃离的念头。此外，随着社会的进步和女性意识的觉醒，越来越多的女性开始反思自己的生存状态，质疑传统的性别角色定位，产生了改变现状、追求自我的强烈愿望。

在中国当代女性文学中，逃离意识的表现形式丰富多样。一些作品会直接描写女性冲破樊笼、勇敢追求自由的叛逆行为，如弃家出走、漂泊流浪等；另一些作品则侧重刻画女性内心的逃离冲动和挣扎，表现她们在现实禁锢下的精神困顿和对美好生活的向往。不论是行为上的突围，还是心理上的放逐，无不彰显了女性摆脱束缚、追求独立自主的强烈意愿。同时，女性作家也敏锐地意识到，单纯的外在逃离无法从根本上解决问题，女性要想获得真正的解放，还需要勇于直面自我，在精神层面实现超越和突破。因此，许多优秀作品在描写女性逃离现实桎梏的同时，也深入探讨了她们的内心世界，展现了女性自我意识的觉醒历程。

（二）逃离意识在女性文学作品中的运用与展现

在中国当代女性文学作品中，逃离意识会以多种方式得到呈现，反映了女性对于突破传统角色束缚、追求自我解放的强烈渴望。这种逃离意识既表现在女性人物对现实处境的不满和反抗，也体现在她们对美好生活的向往和追求。

许多当代女性文学作品塑造了一系列不甘沉沦、勇于挣扎的女性形象。她们或是逃离令人窒息的家庭，寻求独立自主的生活；或是突破传统观念的桎梏，追寻自我价值的实现。如张洁的《无字》中，女主人公冯婉喻为了摆脱男权社会的压迫，毅然决然地离开丈夫，开始了一段自我放逐的旅程。在这个过程中，她重新审视自己的生活，寻找存在的意义。又如王安忆的《长恨歌》，女主人公王琦瑶不堪忍受家庭和社会的重重束缚，远走他乡，开启了一段艰难而勇敢的逃亡。这些鲜活的文学形象折射出当代女性对自由与尊严的执着追求。

许多女性文学作品也以象征隐喻的方式展现了逃离意识。女性作家常常借助大自然的意象，如蓝天、大海、高山等，来寄托女性摆脱桎梏、追求解放的理想和愿景。如迟子建的《额尔古纳河右岸》，以辽阔壮美的额尔古纳河风光为背景，讲述了一个原始而纯粹的爱情故事。女主人公微微身上散发出一种独特魅力，她对生活的无限热爱和对自由的执着追求，恰如河水一般奔腾不息。再如林白的《一个人的村庄》，以空旷萧瑟的乡村为舞台，描绘了一位独居女性的心路历程。荒凉的景象与孤寂的心境交织，隐喻着女性在封闭环境下对逃离和解放的渴望。

当代女性文学对逃离意识的关注，不仅反映了女性的生存困境，也昭示着女性觉醒的曙光。通过书写女性逃离的艰辛历程，女性作家揭示了父权制度对女性的种种桎梏，表达了女性对自由平等生活的向往。同时，她们也在努力探寻女性获得解放的道路，展望女性美好的未来。在这些作品中，读者既能感受到女性所承受的苦难，也能看到女性反抗命运的勇气和力量。

（三）逃离意识对女性自我实现的促进作用

在中国当代女性文学作品中，逃离意识成为女性角色追求自我价值和实现个人发展的重要驱动力。许多女性作家笔下的人物，无不面临着内外交困的窘境：一方面，传统社会对女性角色的期待和定位，使她们感到无形的桎梏和束缚；另一方面，个人内心对自由、独立、平等的渴望，又推动着她们不断突破樊笼，追寻真我。在这种矛盾冲突中，逃离成为她们寻求突破、实现自我的重要途径。

逃离意识在很大程度上源于女性主体意识的觉醒。随着社会的进步和女性受教育水平的提高，越来越多的女性开始反思自身的地位和角色，开始质疑男权社会对女性的种种规训。她们不再甘于做男性的附庸和家庭的奴隶，而是要成为独立自主的个体，掌控自己的命运。正是这种觉醒和反思，激发了她们对现实处境的不满，催生了对理想生活的向往，并最终促使她们勇敢地追求心中的"诗和远方"。

在女性文学中，逃离的方式既包括物理空间的转移，也包括精神层面的超越。一些女性角色选择离开家乡、远走他乡，在异地重新开始人生；另一些则通过工作、学习、恋爱等方式，在原有生活圈之外发掘新的意义和价值。无论运用哪种方式，其目的都是摆脱原有的桎梏，获得自由和尊严。值得注意的是，这种逃离并非简单的逃避，而是女性主动寻求改变、追求发展的体现。她们不是被动地等待命运的安排，而是勇敢地走出舒适区，以自己的方式塑造人生。

逃离意识的产生和发展，有其深刻的社会根源。在男权社会的传统观念下，女性往往被视为男性的附属品，其价值主要体现在相夫教子、操持家务等方面。这种观念不仅限制了女性的发展空间，也扼杀了她们的独立人格。然而，随着社会的进步和思想的解放，越来越多的女性开始对这种不平等、不公正的现状感到不满。她们渴望打破性别藩篱，获得与男性平等的权利和机会，实现自身的全面发展。正是在这种时代背景下，逃离意识应运而生，成为女性寻求解放、追求自我的重要途径。

从个人成长的角度看，逃离意识对女性自我实现具有重要的促进作用。通过逃离不合理的生活状态，女性获得了更多探索自我、发展自我的机会。在新的环境和角色中，她们重新审视自己的人生，思考自己真正想要的是什么，并为之努力奋斗。这个过程不仅帮助她们认清自我，明确人生方向，也锻炼了她们独立思考、自主决策的能力。可以说，逃离意识的产生和实践，是女性实现自我认知、提升自我价值的重要途径，对其身心发展和人格完善具有积极意义。

第三节　中国当代女性文学与女性意识研究的理论价值

一、女性意识与女性文学的建构

（一）探索女性意识在文学中的体现

女性意识是女性文学创作的灵魂。它不仅反映了女性独特的生活经验和情感体验，更折射出女性对自我价值的认识和对自身社会地位的诉求。在文学创作中，女性意识的觉醒与彰显为女性文学注入了勃勃生机，也为文学艺术的发展开辟了新的空间。

女性意识在文学中的体现，最直接的方式就是将女性特有的经验和情感转化为生动鲜活的文学形象。在漫长的男权文化传统下，女性的生活体验和情感世界长期被忽视、被边缘化。而女性文学则以敏锐的洞察力和细腻的笔触，描写写出女性在家庭、婚恋、职场等方方面面的真实处境，抒发出女性的喜怒哀乐、梦想追求。从 20 世纪初期冰心、庐隐等作家笔下温婉敦厚的闺秀形象，到新时期王安忆、铁凝笔下敢于突破禁锢、追求自我的新女性形象，再到当下陈染、虹影笔下游走于传统与现代之间、展现多元生存状态的都市女性形象，这些丰富立体的女性形象，展现了女性意识的发展脉络和精神图景。

女性意识的觉醒也促使女性作家开始主动反思女性自身的价值定位，探寻女性的主体性。在文学创作中，一批优秀的女性作家开始突破男性话语的桎梏，以女性特有的视角和语言重新审视和解构男权文化，为女性发声，为女性赋权。例如，张洁在《无字》中通过一个失语女性的形象，揭示了在男权话语霸权下女性被沉默、被消解的困境；陈染在《私人生活》中则直面女性情欲，挑战传统的贞操观念，彰显了女性对身体和欲望的自主权；而林白的《一个人的战争》更是通过个体女性的成长史，鲜明地提出了"个人即历史"的命题，表达了女性对于独立人格和精神自由的向往。这些作品无不蕴含着强烈的女性意识，昭示着女性主体性的崛起。

女性意识对文学创作的影响是深远而持久的。它一方面推动了文学形式和美学风格的革新，另一方面也深化了文学内容的思想性和人文关怀。在女性意识的浸润下，女性文学开始更加关注个体生命的尊严，更加执着于人性的光辉，更加笃信独立自主的价值追求。同时，女性文学也在"他者"的视角下，对男权话语体系进行了反驳与消解，展现了一种更加多元、更加丰富的人性图景。正是在女性意识与女性文学的交融碰撞中，文学之树焕发出勃勃生机，绽放出绚丽的人文之花。

（二）女性文学作品中的意识建构方式

女性文学作品通过对女性角色的塑造，展现了女性意识的多维构建。这种构建过程体现在人物形象、心理描写、情节设置等多个方面。在人物形象方面，女性作家常常着力刻画女性人物的独特个性和鲜明特征，突出其自主意识和独立人格。如张洁的小说《无字》中，女主人公安然面对生活中的种种困境，始终保持着对自我价值的坚守和对美好生活的向往。这种执着追求的精神力量，正是女性意识的集中体现。

在心理描写方面，女性作家善于捕捉女性内心世界的微妙变化，细致入微地展现女性复杂多变的情感体验。如林白的《一个人的战争》，将一个女性从少女到母亲的心路历程娓娓道来，真实而动人地再现了女性在人生不同阶段的心理状态和精神成长。作品以女性视角切入，深刻揭示了女性获得自我认知、实现自我价值的艰辛历程，彰显了女性意识觉醒的重要意义。

在情节设置方面，许多女性作家更中意展现女性在社会生活和家庭关系中的困境和挣扎，以此来批判传统女性角色定位的局限，表达对女性命运的深切关怀。如铁凝的《大浴女》，通过一群洗浴女工的悲欢离合，控诉社会对底层女性的冷漠和歧视，呼吁正视女性的基本权益。小说中将女工的苦难生活与她们对美好生活的向往交织在一起，鲜明地体现了女性意识对现实生活的批判和对理想境界的憧憬。

女性文学作品还注重从多元化的角度展现女性生存状态，打破单一、刻板的女性形象，丰富女性意识建构的内容。如迟子建的《额尔古纳河右岸》，以东北小城为背景，刻画了形形色色的女性群像，她们或坚韧隐忍，或叛逆放纵，或温柔敦厚，展现了女性的多样性和复杂性。这些作品突破了"贤妻良母"的传统女性形象定式，表达了女性摆脱束缚、实现自我的强烈愿望，丰富和深化了女性意识的内涵。

二、女性意识对中国当代文学发展的影响

（一）文学题材与内容的更新

女性意识的觉醒和发展为中国当代文学注入了新的活力和创造力，推动了文学题材与内容的丰富和更新。在女性意识的影响下，女性作家开始大胆书写女性的生活经验、情感世界和精神追求，以独特的视角审视和反思社会现实，开拓出了一片全新的文学领域。

20 世纪 80 年代，以张洁、王安忆、铁凝等为代表的女性作家群体崛起，她们笔下的女性形象不再是男性话语中的附庸，而是具有独立人格和主体意识的个体。张洁的《沉重的翅膀》、王安忆的《小鲍庄》等作品真实而细腻地描绘了现代女性的生存困境和精神困惑，表现了女性对自我价值的追寻和对人生意义的思考。这些作品突破了传统文学中"男主外女主内"的题材局限，将镜头对准女性的内心世界，展现了女性在社会变迁中的迷茫、彷徨乃至反抗，丰富了当代文学

对人性复杂性的探索。

进入 21 世纪以来，女性意识对文学创作的影响进一步深化，一大批优秀女性作家脱颖而出，在更广阔的题材领域展现才华。如迟子建的《额尔古纳河右岸》通过女性视角审视少数民族地区的社会变迁，虹影的《饥饿的女儿》揭示了现代女性的成长困境，陈染的《私人生活》表现了都市女性的情感困惑。这些作品不仅拓宽了文学表现的题材范围，也丰富了女性人物的形象塑造，使女性在文学作品中从边缘走向中心，成为独立自主的主体。

女性意识还推动了文学叙事视角和表现手法的革新。女性作家善于运用细腻的笔触和独特的感受力，捕捉生活中的点滴细节，挖掘人物内心的隐秘情感，营造出强烈的代入感和情感共鸣。如林白的《一个人的战争》采用意识流的手法，生动展现了一个女性在面对婚姻危机时的心理挣扎。这种对内心世界的深入剖析，对女性情感经验的书写，使女性文学在叙事方式上呈现出区别于男性文学的特点，推动了文学表现力的提升。

女性意识对文学题材与内容的丰富和更新还体现在对女性生存困境和精神困惑的深度审视。当代女性作家敏锐地洞察到，女性的生存困境往往源自存在于社会文化环境中根深蒂固的性别歧视和偏见。她们笔下的女性形象挣扎在传统观念和现代文明的冲突之中，在追求自我价值和实现自我的道路上不断遭遇障碍。如铁凝的《玫瑰门》揭示了男权社会对女性的压迫和规训，陈染的《私人生活》表现了现代女性婚恋观念的嬗变。这些作品并非简单地描述女性苦难，而是从女性视角深刻反思现实，探寻女性精神困境的根源，批判社会文化中对女性的偏见和束缚，具有强烈的思想性和批判力。

（二）文学表现手法与视角的革新

女性意识的觉醒和发展深刻影响了中国当代文学的创作，尤其体现在叙事技巧和视角的革新上。在传统文学中，女性形象往往由男性作家塑造，带有浓厚的男性视角和偏见。她们要么是附属男性的"他者"，要么是单薄的符号化形象，缺乏独立的人格和丰富的内心世界。然而，随着女性意识的觉醒，越来越多的女性作家开始以女性视角审视和抒写女性的生活经验与情感世界，塑造出鲜活生动、个性鲜明的女性形象，为中国当代文学注入了新的活力。

在叙事技巧上，女性意识的觉醒促使女性作家打破传统的线性叙事模式，转而采用更加灵活多样的叙事策略。她们善于运用意识流、倒叙、插叙等手法，深入人物内心，揭示女性复杂的情感世界和心理变化。例如，张洁的《无字》通过女主人公的回忆和内心独白，展现了一个女性在面对生活困境时的心路历程，字里行间饱含着作者对女性命运的深切关怀。类似地，林白的《一个人的战争》以跳跃的时空和分裂的自我为叙事特色，表现了现代女性在追求独立和自我实现过程中的困惑与挣扎。这些叙事技巧的运用不仅增强了作品的艺术感染力，也深化了对女性生存状态的思考。

在叙事视角上，女性意识的觉醒使女性作家开始突破男性中心视角的局限，积极探索女性主体性视角。她们立足女性的生活体验和情感立场，以女性视角重新审视和阐释女性自身，呈现女性真实、丰富、立体的形象。如铁凝的《棉花垛》以一个农村妇女的视角，生动刻画了她在恋爱和婚姻中追求自我价值的过程，表达了作者对女性生存困境的关切。又如虹影的《饥饿的女儿》以女儿的视角回望母亲的一生，揭示了母女两代女性在时代变迁中命运的沉重和女性意识的觉醒。这种女性视角的运用彰显了女性的主体性，使女性形象更加丰满、真实、可信。

女性意识的觉醒也为文学书写带来了新的主题和内容。在传统文学中，女性文学往往局限于儿女情长、家庭伦理等私领域。而在当代文学中，女性作家们开始将笔触延伸到社会、历史、文化等公共领域，以女性视角审视和批判男权文化，探讨女性在现代化进程中的困境与出路。如谭恩美的《喜福会》通过对母亲一生的追忆，展现了旧中国女性在封建礼教压迫下的悲惨命运，蕴含了作者对男权社会的强烈控诉。又如苏童的《妻妾成群》以女性视角揭示了男权家庭内部的权力关系，体现了作者对男权文化的批判与反思。这些新的主题内容的出现进一步拓展了女性文学的疆域，彰显了女性意识的先锋性和社会批判性。

三、深化对女性文学与女性意识的理解

（一）女性文学在性别角色探讨中的作用

女性文学作为一个重要的文学分支，在探讨性别角色和反映社会性别关系方面发挥着独特而重要的作用。通过塑造鲜活生动的女性形象，展现女性在不同历史时期和社会背景下的生存状态，女性文学为人们认识和理解性别角色提供了丰富的文本资源。在女性文学作品中，传统社会有着对女性角色的定型化塑造，如"贤妻良母""三从四德"等，这些形象反映了男权社会对女性的规训和控制。与此同时，许多女性作家也在作品中塑造了一系列突破传统性别角色束缚、追求独立自主的新女性形象。这些形象挑战了传统的性别秩序，展现了女性的主体意识和反抗精神，为女性角色的多元化发展提供了文学想象和现实可能。

从社会性别关系的角度来看，女性文学对男女两性之间的权力关系、情感纠葛、矛盾冲突等进行了细致入微的描摹。许多作品深入探讨了在父权制社会结构下，女性在家庭、婚姻、职场等领域面临的困境和挣扎。通过对女性生存境遇的剖析，这些作品揭示了性别不平等的社会根源，批判了男权主义对女性的压迫和歧视，为推动性别平等、构建和谐的社会性别关系提供了思想启迪。同时，女性文学也展现了女性对美好爱情的向往、对自我价值的追求，以及在逆境中展现的生命韧性，塑造了一系列积极进取、勇于抗争的女性形象。这些形象对于重构社会性别关系、消除性别偏见具有重要意义。

女性文学还通过对女性生活经验和情感世界的书写，深化了人们对女性主体性的认识。在男性作家的笔下，女性形象往往带有浓重的男性视角和想象，难以真正反映女性的内心世界。而女性作家基于自身的性别经验，对女性的喜怒哀乐、

梦想困惑有着更加准确而细腻的把握。她们笔下的女性形象立体丰满，既展现了女性的柔弱与坚韧，也表达了女性对自我的追寻和对生命的热爱。这种对女性身心体验的生动呈现，使得女性不再是男性话语中的"他者"，而是独立自主的主体，拥有自己的声音和尊严。

（二）女性意识在社会文化批判中的地位

女性意识在社会文化批判中扮演着重要的角色，女性文学作品以其独特的视角和敏锐的洞察力，对现有的文化体系提出了有力的质疑和挑战。在长期的历史发展中，主流文化往往由男性主导，其价值观念、审美情趣、行为规范等都被打上了鲜明的性别烙印。女性处于边缘化的地位，她们的声音被压抑，她们的经验被忽视，她们的需求被漠视。然而，随着女性意识的觉醒和女性文学的蓬勃发展，这一状况正在发生改变。

女性文学以女性的独特视角审视世界，揭示了主流文化的偏颇和局限。在她们的笔下，那些被传统文化所忽略、扭曲甚至否定的女性经验被真实而生动地再现出来。她们书写女性的欲望和梦想，表达女性的痛苦和委屈，展现女性在种种束缚下的挣扎与反抗。这些作品犹如一面镜子，映照出主流文化对女性的偏见和歧视，揭示出父权制社会的种种弊端，为女性争取平等权利、实现自我解放提供了强大的精神动力。

女性文学还以敏锐的洞察力批判主流文化的种种矛盾和问题。在一些优秀的女性作家笔下，社会现实中的种种不平等和不公正被鞭辟入里地揭露出来，那些看似合理的社会规范和价值观念被剖析得体无完肤。她们以独特的女性视角审视人间疾苦，表达了对弱势群体的同情和悲悯，展现了一种人文关怀和社会责任感。这些作品唤起了人们对社会问题的关注和思考，促进了社会文化的反思和进步。

女性文学还以其独特的艺术表现形式丰富和创新了文学艺术。女性作家善于捕捉生活中的细微之处，以细腻而生动的语言描绘人物的内心世界，营造出独特的意境和氛围。她们打破传统叙事模式的束缚，大胆尝试各种新颖的表现手法，如意识流、时空错乱、拼贴组合等，极大地拓展了文学表现的疆域。这些富有创造力的艺术实践，不仅展现了女性文学的独特魅力，也为文学艺术的发展注入了新的活力。

女性文学以其独特的视角、敏锐的洞察力和创新的艺术表现形式，对主流文化提出了深刻的质疑和挑战。它揭示主流文化的偏颇和局限，批判社会现实的不平等和不公正，展现了女性的生命体验和人性光辉，唤起了人们对社会问题的关注和反思。在女性意识的激励下，女性文学必将继续发挥其批判和引领作用，推动社会文化的进步和人类文明的发展。

四、对女性文学理论的丰富与拓展

（一）女性文学理论的演变与创新

女性文学理论的发展经历了一个由简单到复杂、由片面到全面的过程。早期的女性主义文学批评主要关注文学作品中对女性形象的塑造，探讨男性作家笔下的女性形象是否符合现实，以及女性作家创作的特点。这一阶段的研究虽然揭示了文学作品中性别差异和不平等的问题，但尚且没有系统性和理论深度。

20 世纪 60 年代以后，随着女性主义的兴起，女性文学理论进入了快速发展期。女性主义者开始运用多学科视角审视文学作品，将 gender(社会性别) 概念引入文学研究，探讨作品背后的思想和权力关系。她们还发掘了大量被遗忘的女性作家和作品，重新评估女性文学传统，推动了女性文学史的建构。与此同时，女性主义文学理论本身也呈现出多元化的特点，形成了法国女性主义、英美女性主义等不同流派，各自从符号学、心理学、后殖民等理论视角切入，拓展了研究的广度和深度。

进入 21 世纪以来，女性文学理论更加注重与其他学科的交叉融合，呈现出多维与立体的发展态势。例如，女性主义者与后现代主义思想结合，解构男性中心的二元对立思维模式，挖掘女性文学的多重差异和独特性；同时，女性文学理论还吸收了生态批评等新兴理论成果，关注自然环境、身心障碍等议题与女性文学的关联。这些新的理论视角让女性文学研究更加立体和完善。

（二）女性文学理论与其他学科的交叉融合

女性文学理论与社会学、心理学等学科的交叉融合为深入理解女性意识的形成与发展提供了崭新视角。社会学理论如女性主义、性别角色理论等，有助于从社会结构和文化背景的宏观层面，分析女性意识觉醒的外部条件和影响因素。心理学理论如精神分析、人格发展理论等，则聚焦于女性意识形成的内在机制和个体差异，更多的是揭示女性作家创作的心理动因和情感表达。

将社会学视角引入女性文学研究，能够深化对女性生存状态和社会处境的认识。女性主义理论关注社会性别不平等现象，剖析父权制文化对女性身心发展的桎梏，进而阐释女性文学创作蕴含的反抗意识和自我觉醒。性别角色理论则探讨社会文化对男女角色的规训效应，解读女性文学作品对传统性别定型的突破和重塑。这些理论有助于从社会文化语境出发，理解女性文学创作对主流意识的质疑与反叛。

心理学理论的引入则拓展了对女性内心世界的洞察。精神分析理论揭示潜意识对女性人格发展的作用，诠释女性作家笔下人物的复杂心理和无意识冲动。而人格发展理论勾勒出女性意识成长的关键节点，解析文学文本如何再现女性自我认同的曲折历程。心理学视角下的女性文学批评，不仅关注作品本身，更关注创作主体的内在需求和心灵感受，挖掘女性写作的独特性与差异性。

社会学和心理学理论的引入，为女性文学批评提供了跨学科的理论支撑和方法论指导。社会性别视角下的文本解读，有助于发掘隐藏在女性文学背后的权力话语和文化建构；心理分析取向的文学阐释，则实现了对作品意蕴的深层次挖掘。

二者互为补充，共同推动了女性文学批评的理论创新和话语拓展。

在当代语境下，女性文学理论进一步整合了文化研究、后殖民理论、生态女性主义等多元理论资源，勾连起性别、阶层、种族等多重议题，探寻女性身份认同的复杂性和交织性，彰显了女性写作在反思社会不平等、重塑人际关系、探寻自我价值等方面的独特意义。这些理论视野的交汇融合，使女性文学研究获得了更为宽广的问题域和更加多元的话语表达。

五、对女性自我认知与成长的促进

（一）女性自我认知的重要性

女性自我认知的形成和发展是一个动态的、持续的过程，它深刻影响着女性的个人成长和社会角色定位。在这一过程中，女性逐步建立起对自我的清晰认识，形成独立的价值观念和人生追求，进而在社会中获得应有的地位和尊重。

自我认知意味着女性要正视自我，客观地认识自身的优势和不足。只有摆脱传统社会对女性的偏见和束缚，才能真正发现内心的声音，挖掘自身的潜能。这需要女性以开放、包容的心态审视自我，既不妄自菲薄，也不自负盲目。在现实生活中，许多杰出女性之所以能够取得令人瞩目的成就，正是源于她们对自我的准确定位和充分认可。她们勇于打破固有藩篱，在追求自我价值实现的道路上披荆斩棘、开拓进取。

自我认知还意味着女性要树立独立自主的人生观，成为自己命运的主宰者。在漫长的历史进程中，女性往往被视为男性的附属品，其主体性和能动性遭到严重的抑制和压制。而今天，越来越多的女性意识到，只有摆脱对男性的依赖，学会独立思考、自主选择，才能真正掌控人生的方向，实现自身价值。这种独立自主的人生观不仅体现在精神层面，也体现在现实生活的方方面面。无论是在学业、事业还是情感生活中，女性都应该成为自己的主人，积极塑造一个富有个性魅力的人生。

　　自我认知还意味着女性要建构多元包容的性别观念。在现代社会，随着女性意识的觉醒和两性平等理念的深入人心，刻板的性别角色定位正在被打破。越来越多的女性勇敢地走出家庭，投身于社会的各个领域，展现出不输男性的才干和智慧。这种突破传统性别藩篱的行为，既彰显了女性的独特价值，也推动了社会文明的进步。在这一过程中，女性应该以更加开放、包容的心态看待性别差异，摒弃非此即彼的二元对立思维，在承认两性差异的基础上实现和谐共处、优势互补。

　　最后，自我认知对于女性的全面发展和终身幸福具有重大意义。一方面，准确、深刻的自我认知有助于女性树立积极、健康的自我形象，增强自信心和自尊心。这种良好的心理素质是女性应对各种人生挑战、实现自我超越的重要基础。另一方面，自我认知又为女性规划人生和设定目标提供了明确方向。女性只有立足自身条件和兴趣爱好，才能做出最适合自己的选择，实现人生价值和理想追求。可以说，自我认知是女性迈向幸福人生的开端，也是女性获得尊重和认可的前提。

（二）女性文学作为成长助力的方式

　　女性文学作品往往将女性的自我认知与成长经历作为创作的重要主题。通过细腻入微地刻画女性内心世界，展现她们在人生不同阶段所面临的困境和挣扎，这些作品为女性读者提供了一面镜子，帮助她们审视自我、探索内心、实现自我认知和成长。

　　在成长过程中，每个女性都会经历身份认同、情感困惑、社会角色等方面的挑战。优秀的女性文学作品能够真实而深刻地再现这些经历，引发读者的共鸣。当女性读者在文学作品中看到自己的影子，看到与自己拥有相似处境和心路历程色人物时，她们会感到被理解、被认同，内心的焦虑和彷徨也会得到一定程度的抚慰。与此同时，文学作品对女性成长经历的艺术呈现，也为读者提供了一种新的视角来审视自己的人生，激发她们对生命意义、个人价值的思考。

例如，张爱玲的《倾城之恋》通过白流苏的爱情故事，展现了一个女性在经历情感创伤后的自我救赎过程。白流苏最初对爱情充满幻想，在经历失恋的打击后，她学会了独立和自强，重新审视自我，走上了一条自我实现的道路。这一成长历程鼓舞了无数正在面临情感困境的女性，让她们意识到失恋并非人生的终结，勇敢面对现实、不断自我完善才是人生的真谛。类似的例子在女性文学作品中比比皆是，如安妮宝贝的《八月未央》、林白的《一个人的战争》等，无不深刻地刻画了女性成长的艰辛和曲折，展现了女性自我认知的过程。

除了情感经历，女性文学还深入探讨了女性在社会中的地位和角色。在传统社会中，女性往往受到诸多束缚和歧视，她们的价值观念、行为方式都深受父权制文化的影响。女性文学敏锐地觉察到这些问题，通过作品鞭挞封建礼教对女性的压迫，揭示女性在追求独立和解放过程中遭遇的种种困境。同时，许多女性作品也为读者展现了新时期女性的精神风貌，塑造了一批敢于打破桎梏、勇于追求自我的新女性形象。这些形象为女性的自我认知和成长指明了方向，鼓舞女性读者突破传统观念的束缚，努力实现独立自主的人格。

第三章 消费文化语境下女性文学与女性意识

第一节 都市形态下的女性文学与女性意识

一、消费主义引导的物欲观

（一）消费文化背景下的物质追求

消费文化背景下，都市女性对物质满足的渴望成为一种普遍的社会现象。在快速发展的现代都市中，物质财富的丰富和商品经济的繁荣，极大地刺激了人们对美好生活的向往和对物质享受的追求。女性作为消费市场的重要群体，其消费观念和消费行为受到了消费文化的深刻影响。

消费主义将物质消费与个人幸福、社会地位紧密联系在一起。在这种价值观的引导下，许多都市女性将物质拥有视为衡量生活质量和个人价值的重要标准。她们渴望通过购买时尚服饰、奢侈品、电子产品等，来展示自己的品质、彰显自己的身份，从而获得心理满足和社会认同。这种物欲观念驱使着都市女性不断追逐新的消费热点，加入购物狂欢的行列。

都市生活的压力和疲惫感，也在一定程度上促使女性寻求物质消费的慰藉。繁重的工作和家庭责任，让许多女性感到身心俱疲。在这种情况下，购物成为一种放松心情、缓解压力的方式。通过购买心仪的商品，女性能够暂时忘却生活中的烦恼，获得片刻的欢愉和满足。这种心理机制进一步强化了都市女性对物质消费的依赖和渴求。

都市女性对物质追求的表现形式多种多样。一些女性醉心于名牌服饰、化妆品的购买，希望通过完美的外表来获得他人的赞赏和自我满足感。另一些女性则热衷于高档家居、电子数码产品的消费，以此彰显自己的生活品位和时尚态度。还有一些女性将消费的重点放在美食、旅游等体验型消费上，寻求感官刺激和心灵愉悦。无论哪种消费方式，都折射出都市女性对美好物质生活的向往和追求。

然而，过度的物质追求也为都市女性带来了一系列问题。盲目的消费行为可能导致经济负担加重，甚至陷入"月光族"、信用卡债务等困境。此外，将幸福与物质拥有画等号，容易忽视精神生活的培养，导致内心空虚和情感困扰。过度沉溺于消费的快感中，也可能让女性逐渐迷失自我，丧失独立思考和判断的能力。

因此，都市女性在追求物质满足的同时，更需要理性看待消费，树立健康的消费观念。一方面，要明白物质财富并非幸福的全部，要学会聆听内心的真实需求，追求健康、充实、高尚的生活内容；另一方面，要加强自我管理，避免冲动消费、从众消费等不理性行为，做到量入为出，理性规划。只有在物质和精神的平衡中，都市女性才能获得真正的满足和幸福。

（二）物欲观对女性生活与价值观念的影响

物欲观的泛滥对当代女性的生活方式和价值取向产生了深远影响。在消费主义文化的裹挟下，越来越多的女性将物质满足视为幸福的标尺，将自我认同建立在对物质的占有之上。这种物化的价值观不仅扭曲了女性对美好生活的向往，也影响了她们对自我价值的判断。

消费主义通过各种媒介渠道，不断向女性灌输物质至上的观念，将物质享受与个人幸福感直接挂钩。在这种语境下，许多女性开始追逐名牌服饰、豪车别墅等外在物品，以期获得心理满足和社会认同。然而，这种基于物质的满足感往往是短暂而空洞的，无法填补其内心的空虚。久而久之，女性的自我认同也日益依赖物质，她们相信唯有不断升级消费，才能获得幸福和尊重。这种物化的自我认知模式，使女性陷入了永无止境的物质追逐之中。

作为社会的重要群体，女性理应树立正确的世界观、人生观和价值观。这就要求社会在批判消费主义负面影响的同时，积极倡导社会主义核心价值观。一方面，要加强对女性的思想教育，引导她们摆脱物欲的桎梏，追求精神富足、全面发展的幸福人生；另一方面，要优化社会舆论环境，弘扬勤劳节俭、诚实守信等传统美德，遏制拜金主义、享乐主义的蔓延。只有在女性群体能够正确看待物质与精神的关系，以健康理性的态度对待消费时，她们才能真正实现自我价值，享受高质量的美好生活。

二、现代都市人的精神困惑

（一）快节奏生活与心理应激

现代都市生活节奏快、压力大，这种生存状态对女性的身心健康和情感生活造成了巨大挑战。在快节奏的生活中，女性常常感到焦虑、疲惫和无力，她们需要在工作、家庭、社交等多重角色间不断切换，时刻面临着角色冲突和身份认同的困扰。这种长期的心理应激不仅影响了女性的情绪状态，也削弱了她们应对生活挑战的能力。

都市生活的高压力和快节奏还导致了女性自我时间的匮乏。在繁忙的工作和家庭责任之间，女性往往难以找到属于自己的闲暇时光，缺乏对内心情感的关注和疏导。在这种状态下，女性容易产生孤独、无助等负面情绪，影响她们的心理健康和生活质量。同时，紧凑的生活节奏也压缩了女性与他人深入交流，建立亲密关系的时间和空间，导致情感关系的疏离和淡漠。

在女性文学创作中，都市生活对女性精神状态的影响得到了深刻反映。许多作品聚焦于女性在快节奏生活中的困顿与挣扎，描绘了她们在压力重负下的内心世界。这些作品通过细腻入微的心理描写，揭示了都市女性复杂而矛盾的情感状态，表现了她们对自我认同、情感归属的迷惘和追寻。同时，女性文学也展现了女性在逆境中的韧性和成长，刻画了她们在生活磨砺中不断获得心灵力量、重拾自我的过程。

都市生活节奏对女性人际关系和情感生活的影响也是女性文学关注的重点。许多作品反映了女性在快节奏生活中对亲密关系的渴望和困惑，展现了她们在疏离、孤独中寻求情感慰藉的心路历程。这些作品深入探讨了现代都市生活对女性情感需求的影响，思考了应该如何在纷繁复杂的都市环境中建立和维系亲密关系。同时，女性文学也表达了女性对情感自主和独立人格的追求，展示了她们在情感关系中突破传统桎梏、实现自我成长的努力。

（二）寻找自我与社会认同

都市生活的节奏和压力使现代女性经常陷入角色冲突的困境。在职场中，女性渴望证明自己的能力，获得事业上的成就感和社会认同。然而，这往往意味着她们需要付出更多的时间和精力，甚至牺牲个人生活。与此同时，传统的社会期待又要求女性担负起照顾家庭、抚育子女的重任。在这种双重压力下，都市女性常常感到焦虑、疲惫，难以平衡事业与家庭。

面对角色冲突，都市女性需要重新审视自我定位，明确人生价值取向。她们要学会拥抱自己的多重身份，努力在不同角色之间寻求平衡与共生。这需要女性主动反思社会赋予的期待，勇敢地打破传统桎梏，按照内心的真实需求去塑造人生。同时，社会各界也应给予都市女性更多理解和支持，为她们营造宽松包容的发展环境。唯有如此，都市女性才能在多元角色中找到自我，实现全面而自由的发展。

在都市职场中，女性往往面临着"玻璃天花板"等无形障碍。尽管她们凭借自身才能获得了一定的职位和成就，但在晋升高层领导、参与决策时，仍旧会受到性别偏见的影响。这种职业发展的不平等，加剧了都市女性的角色冲突和焦虑感。此外，母职惩罚现象在职场中也普遍存在。一些雇主认为，生育和照料孩子会分散女性的工作精力，因而在录用、薪酬等方面对女性员工设置障碍。这无疑加重了都市女性在事业与家庭之间的矛盾。

面对这些不公，都市女性需要坚定自我价值，以行动捍卫权益。她们要通过不懈努力，用出色的工作表现证明母职身份并不妨碍职业发展。同时，女性群体也应携手共进，为打破职场"玻璃天花板"、消除就业性别歧视而奋斗。只有女性获得了公平的职业发展机会，才能在都市职场中充分施展才华，在事业与家庭的多重角色中获得平衡。

都市生活的繁华喧嚣，常常掩盖了女性心灵深处的孤独和迷惘。快节奏的工作和紧张的人际交往，让都市女性难以获得内心的宁静，也缺乏探索自我的空间。在日复一日的忙碌中，她们逐渐迷失了人生方向，对自己的价值和意义产生怀疑。这种精神层面的困顿，无疑是加剧了都市女性在多重角色间的冲突和彷徨。

要走出精神困境，都市女性需要重新审视内心，追寻生命的意义。她们要学会在繁忙中抽离，通过冥想、写作等方式探索内心世界，重建精神家园。同时，都市女性也需要构建支持性的社交网络，与志同道合者分享生活感悟，在彼此关怀中获得力量。只有心灵获得滋养，都市女性才能在角色冲突中保持定力，以积极乐观的心态面对人生的种种考验。

都市女性角色冲突的根源，在于传统性别文化与现代社会发展的碰撞。传统观念强调女性以家庭为重，而现代社会则鼓励女性追求事业成就。都市女性承载着这两种期待，在多重角色中挣扎。同时，现代都市生活的高压和快节奏，也让女性难以获得喘息和反思的机会，更是加剧了内心的困惑。

要缓解角色冲突，都市女性需要重新定义自己与社会的关系。她们要突破传统桎梏，以更开放、包容的心态看待不同的人生选择。无论是全身心投入事业，还是兼顾家庭与工作，都市女性都应获得社会的尊重和支持。同时，女性也需要主动反思自我价值取向，以内心的声音指引人生方向。唯有对自我有清晰的认知，才能在纷繁复杂的都市生活中保持定力，在多重角色间游刃有余。

三、都市形态对女性文学的影响

（一）都市生活经验在女性文学中的反映

都市生活经验在塑造女性文学作品中的女性形象方面发挥着重要作用。在现代都市的快节奏生活中，女性面临着多重角色和身份的挑战，她们既是职场中的奋斗者，又是家庭中的支柱，还肩负着自我发展和追求的重任。这种复杂多元的都市生活体验，为女性作家提供了丰富的创作素材，也在深刻影响着她们笔下对女性形象的塑造。

都市环境中女性的生存状态和情感经历，成为当代女性文学关注的重点。在职场竞争、人际关系、婚恋情感等方面，都市女性展现出了独特的个性特质和应对策略。女性作家敏锐地捕捉到这些现象，并将其融入文学创作之中。通过细腻入微的笔触，她们刻画出都市女性的喜怒哀乐、梦想追求，展现出女性在现代社会中的复杂处境和内心世界。

都市生活也对女性的价值观念和自我认知产生了深远影响。在追求自我发展、实现个人价值的过程中，都市女性不断突破传统的性别桎梏，重新定义自己的社会角色和生活方式。这种觉醒和转变，在女性文学作品中得到了生动体现。许多女性作家通过塑造新时代女性形象，展现了女性在追求独立自主、实现自我的道路上所展现的勇气和智慧。

都市空间的多元性和包容性，也为女性文学提供了更为广阔的表现空间。咖啡馆、书店、公园等公共场所，成为女性交流思想、碰撞灵感的重要载体。在这些空间中，女性能够跳脱出传统的家庭角色，以更加开放、自由的姿态投入创作和交流。这种都市环境的开放性，激发了女性作家的创造力，促进了女性文学的多元化发展。

都市生活对女性文学的影响，还体现在叙事方式和语言风格等方面。都市的快节奏和碎片化生活，催生了新的叙事技巧和表现手法。女性作家善于运用意识流、心理描写等现代主义手法，来呈现都市女性的内心世界和情感状态。同时，都市生活也塑造了女性作家独特的语言风格，她们的文字更加洗练，富有都市气息和现代感。

（二）都市化进程对女性写作主题与表现手法的影响

都市化进程对女性写作产生了深远而多方面的影响，推动着女性文学主题和表现手法发生显著变迁。在都市化的背景下，女性作家以敏锐的洞察力捕捉到现代都市生活的种种面貌，将其作为创作的源泉和灵感，书写出鲜活生动的都市女性形象和生活图景。

从主题角度看，都市化进程带来的物质生活变迁、社会结构调整、文化观念更新等，为女性作家提供了丰富多元的创作素材。她们关注都市中女性的生存状态和情感体验，探讨女性在职场、家庭、婚恋等领域面临的困境与抉择。诸如职业女性的自我认同、都市婚姻的疏离感、独立意识的觉醒等，都成为女性作家笔下的重要主题。与此同时，都市化也加剧了人的异化和疏离，引发了诸多社会问题。女性作家敏锐地洞悉到这些问题，将笔触延伸到都市边缘群体，关注弱势女性的生存困境，思考人性的异化和救赎。总之，都市化使女性文学的主题更加多元化、现实化和深刻化。

从表现手法上看，都市化进程推动女性作家积极吸收现代派文学技巧，推陈出新，形成了独特的艺术风格。在叙事方式上，女性作家更加注重个人化视角和心理描写，通过细腻入微的笔触展现都市女性的内心世界。意识流、内心独白等现代派叙事技巧被广泛运用，呈现出女性主人公复杂的情感和思绪。同时，都市生活的碎片化、快节奏特点也影响了女性作家的叙事策略，她们尝试非线性叙事、蒙太奇式结构，以及电影化的场景切换，力图再现都市生活的多维性和复杂性。在语言风格上，女性作家更加善于运用比喻、象征等修辞手法，营造出诗意和荒诞并存的都市意象，彰显女性细腻敏感的审美特质。此外，都市文化的开放性和先锋性，也让女性文学出现了更加大胆新颖的表达方式，她们勇于突破传统禁忌。

随着都市化进程的不断推进，女性文学也呈现出更加多元、开放、先锋的发展态势。一方面，都市本身的包容性和多样性，为女性文学提供了更加广阔的创作空间。来自不同阶层、不同文化背景的女性作家纷纷加入写作行列，她们携带着各自的生活体验和价值立场，共同拓展着女性文学的疆域。另一方面，都市文化的开放性和前卫性，促使女性作家以更加开放和先锋的姿态进行文学创作，大胆尝试各种题材和形式的革新，挑战主流文学的审美规范，展现出勃勃生机与活力。

四、都市文化与女性文学的交融

（一）都市文化元素在女性文学中的融合

都市文化元素在女性文学作品创作中的融合，反映了现代都市生活对女性意识的深刻影响。在这个快节奏、高压力的社会中，女性作家敏锐地捕捉到现代人的精神困惑和情感迷茫，并将其巧妙地融入文学作品。她们笔下的都市女性形象，既有对物质生活的向往，又饱含对精神家园的追寻；既展现出独立自主的人格魅力，又流露出对爱情婚姻的美好憧憬。这些鲜活生动的人物塑造，生动地反映了当代女性在自我认同与社会角色间的矛盾挣扎。

都市流行文化也为女性文学作品创作提供了丰富的灵感源泉。影视、音乐、时尚等文化形态，不断刺激着女性作家的创作神经，催生出新的美学风格和叙事策略。许多优秀的女性文学作品，恰到好处地吸收了都市文化的时尚元素，以轻松活泼的文字，诉说着现代女性的喜怒哀乐。同时，女性作家也在积极探索都市人的情感困境，从中发掘出独特的美学价值，为读者描绘出一幅幅动人心弦的都市生活画卷。

女性文学与都市文化的交融，也推动了女性意识的觉醒和成长。在现代都市文化的熏陶下，越来越多的女性开始反思自身的社会地位和性别角色，重新审视传统的男权文化和两性关系。这种女性的觉醒意识，通过女性文学作品得以传播和放大，激励着更多女性去追求独立、平等、自由的人生价值。女性作家以敏锐的洞察力和细腻的笔触，书写着都市女性的内心世界，表达着她们对美好生活的向往和追求。

都市文化对女性文学创作的影响是双向的。一方面，都市文化为女性文学注入了新的活力和创造力；另一方面，优秀的女性文学作品又对都市文化的发展产生了积极的反馈。那些振聋发聩的女性之声，犹如一股清流，涤荡着都市文化的浮躁和喧嚣，为人们提供了一方精神家园。女性文学与都市文化的良性互动，不仅丰富了当代文学的内涵和品格，更为建设高度文明、和谐包容的都市文化贡献出宝贵的精神财富。

（二）女性文学在都市文化中的传播与接受

随着现代化进程的加速推进，都市已经成为当代社会的主要生活形态。在这一背景下，女性文学作品如何在都市文化语境中传播、被接受和理解，直接关系到女性作家写作的影响力和生命力。

都市文化平台为女性文学作品的传播提供了广阔的空间。报纸杂志、图书出版、文学社团等传统平台，以及网络文学、微信公众号、短视频等新兴平台，共同构成了都市文化传播的多元格局。女性作家可以根据自身的创作特点和受众定位，灵活选择合适的平台进行作品发表。与此同时，都市文化平台还能够通过文学评论、作家访谈、读者交流等形式，加深公众对女性文学作品的理解和认同，促进女性话语的广泛传播。

都市文化语境也影响着女性文学作品的接受方式和解读视角。生活在都市的读者，其阅读期待和审美趣味，往往与都市文化的价值取向密切相关。例如，都市中崇尚个性解放、追求独立自由的文化氛围，可能使读者更加关注女性文学作品中展现的独立意识和成长历程。而快节奏、高压力的都市生活状态，又可能让读者从女性文学中汲取情感慰藉和心灵治愈。总之，解读女性文学作品不能脱离都市文化语境，读者的接受视角往往就植根于都市生活的具体场景中。

都市文化平台的互动性，也为女性文学接受研究提供了新的路径。相比于传统的单向传播，都市新媒体平台鼓励读者参与到作品的评论和再创作中。读者的直接反馈，使女性文学作家能够及时了解作品的传播效果和影响力。读者创作的同人文、二次创作等，则从侧面折射出女性文学在都市受众中引发的情感共鸣和价值认同。这些互动形式生动记录了女性文学作品在都市文化场域中的接受过程，为研究者提供了丰富的文本材料。

五、都市生活对女性意识的影响与反映

（一）独立自主与生活选择

都市环境的快速发展为女性自我意识的觉醒提供了肥沃的土壤。在现代化都市的多元文化语境中，女性面临前所未有的机遇与挑战。都市生活节奏加快，社会竞争压力加剧，传统的性别角色定位受到冲击。越来越多的女性走出家庭，投身职场，在社会生活的各个领域展现自我价值。这一过程不仅拓宽了女性的视野，提升了她们的独立性和自主性，更重要的是唤醒了她们对自我价值的认知和追求。

都市文化的开放包容也为女性提供了更多探索自我、表达自我的空间。在都市生活中，传统的性别规范和行为准则逐渐松绑，女性有了更多尝试不同生活方式、追求个性化发展的自由。越来越多的女性开始反思传统女性角色的局限，勇于打破性别藩篱，在各自领域勇敢追梦、拼搏奋斗。无论是在职场打拼、还是在创业路上蹄疾步稳，都市女性展现出了非凡的勇气和魄力。她们用实际行动证明，女性完全有能力影响社会变革的方向，推动社会的进步与发展。

都市生活也为女性提供了更多接触新知、开阔视野的机会。在城市生活的影响下，女性普遍受教育程度提高，知识面拓宽，思想观念日益进步。越来越多的

女性开始以批判的眼光审视传统观念对女性的束缚，积极寻求突破与改变。她们通过阅读、交流、培训等方式，不断充实自己，提升自身素养。同时，都市生活也为女性搭建起交流互鉴的平台。在与不同背景、不同经历的人交流中，女性可以认识到性别平等的重要性，意识到自身价值和潜力，从而增强自信，树立起独立自主的人生态度。

在都市生活的洗礼下，女性的自我意识正在悄然觉醒。她们不再甘于做婚姻和家庭的"附属品"，而是成为自己人生的主宰者。越来越多的女性开始主动思考自己的人生目标和价值追求，勇于做出自己的选择和决定。她们不再将自己拘泥于家庭角色，而是积极走向社会，在更广阔的天地里实现自我价值。无论是在家庭还是职场，女性都在努力塑造独立、自信、智慧的形象，展现出新时代女性的别样风采。

（二）都市女性角色转变的社会意义

都市生活的快节奏和多元文化对女性角色认知与承担方式产生了深刻影响。在现代都市中，越来越多的女性走出家庭，投身职场，成为社会生产力的重要组成部分。她们不再满足于传统的家庭主妇角色，而是积极追求个人发展，展现出独立自主的人格魅力。这种角色转变不仅反映了女性自我意识的觉醒，更折射出现代都市文明的进步。

从职业角色来看，都市女性已经涉足社会各行各业，从事着管理、科研、教育、医疗等不同领域的工作。她们以专业的知识技能和出色的工作表现，赢得了社会的广泛认可，成为推动都市经济社会发展的重要力量。与此同时，都市女性在职业发展过程中也面临诸多挑战，如角色冲突、家庭与事业的平衡等。然而，她们凭借坚韧不拔的意志和非凡的智慧，不断突破桎梏，开创出属于自己的事业天地。这种敢于挑战、勇于开拓的精神品质，正是现代都市文明的宝贵财富。

从社会角色来看，都市女性也呈现出多元化的发展趋势。她们不仅是职场精英，更是社会改革的先锋，积极参与环保、公益等社会活动，展现出强烈的社会责任感。都市女性用自己的行动影响和带动更多人积极投身社会进步事业，为强国建设民族复兴伟业贡献巾帼智慧和力量。同时，都市女性也更加注重个人权益的维护，勇敢地反对各种歧视和偏见，为女性群体争取应有的社会地位和权益。这种追求平等、崇尚正义的价值理念，是现代都市文明的重要内核。

从家庭角色来看，尽管都市女性在职场和社会领域取得了耀眼的成就，但她们依然承担照顾家庭的责任。与过去相比，都市女性往往体现出很强的主动性和创造力，不断探索新的家庭生活方式，建构起民主平等的新型家庭关系。她们用智慧和爱心编织着都市生活的美好，为现代家庭注入了新的活力。

都市女性角色的转变，既是个人价值追求的体现，也是社会价值的体现。通过积极参与社会生产和公共事务，都市女性突破了传统的性别藩篱，展示出女性群体的独特价值和创造力，促进了社会的文明进步。同时，都市女性在平衡职业与家庭的过程中，也为现代社会的健康发展提供了宝贵经验和智慧启示。她们以生动的实践诠释着新时代女性的责任与担当，为建设和谐美好的都市生活贡献巾帼智慧和力量。

第二节　青春形态下的女性文学与女性意识

一、信仰、情感、审美体验的重构

（一）青春期信仰观的演变与重构

青春期是个人信仰观形成和发展的关键阶段。在这一时期，青春女性的信仰观呈现出明显的演变和重构特征。随着年龄增长和认知能力的提升，她们开始对既有的信仰体系产生怀疑，进而尝试建构自己的价值观和世界观。这一过程往往伴随困惑、彷徨乃至痛苦，却是实现自我认知、确立人生目标不可或缺的一环。

具体而言，青春期女性信仰观的演变主要表现在以下几个方面：其一，独立思考意识的觉醒。青春期女性不再盲从权威，开始对父母、老师等传统教育对象提出怀疑，思考人生的意义何在。其二，多元文化的影响。在全球化的背景下，青春期女性接触到不同国家、民族、阶层的价值理念，传统的一元化信仰逐渐让位于多样化追求。其三，个人主义价值观的强化。随着自我意识的增强，青春期女性更加重视自身感受和诉求的满足，强调个性解放和自我实现。

青春期女性信仰观的重构又呈现出鲜明的时代特色。在现代社会背景下，她们的信仰建构往往与社会热点议题紧密相连，对平等、自由、正义等价值有着更加敏锐的体认和追求。不仅如此，网络文化也影响着青春期女性的价值取向，她们借助新媒体平台表达观点、交流思想，形成了跨地域、跨文化的信仰共同体。

（二）青春文学中情感体验的新表现

青春期女性在情感交流和表达中呈现出独特而鲜明的特点。她们敏感、细腻的内心世界，使情感体验变得更加丰富和强烈。

青春期女性情感体验的一个显著特点是多元化。少女们的情感不再局限于单一的喜怒哀乐，而是呈现出更加细腻和多样的色彩。让这些豆蔻年华的女孩在未来的道路上充满向往与激情，青春文学中，青春期女性对友谊的珍视、对家人的依恋、对爱情的憧憬和迷茫，都被作家以真挚的笔触刻画得淋漓尽致。正如小说《那些年，我们一起追的女孩》中，女主角对友情的执着追求，对初恋的青涩回忆，无不打动着读者的心弦。

除了情感的多元化，青春期女性在情感表达上也表现出独特的方式。她们往往更倾向于以隐晦、含蓄的方式表达内心的情感，而非直白明了的表达。在文学作品中，青春期女性常常借助日记、书信、诗歌等私密性较强的载体，吐露心中的秘密。她们用晦涩而富有诗意的语言，表达着对人生的困惑和对未来的向往。

正如韩国作家金爱烂的小说《我的头发》，借女主角的日记，展现了一个敏感少女面对残酷现实时内心的挣扎与成长。

青春期女性的情感表达也呈现出强烈的真实性。她们以赤诚之心面对情感，不掩饰内心的喜怒哀乐。在文学创作中，女性作家往往以自己的亲身经历为创作素材，真实地记录下少女情感世界的点点滴滴。这种真实性使青春文学更富有感染力，引发读者的共鸣。日本作家吉本芭娜娜的小说《厨房》，以平实而富有韵律的笔触，记录下一个失去亲人的少女如何在厨房中获得心灵慰藉的故事，打动了无数读者的心。

随着时代的发展和社会的进步，当代青春期女性的情感世界也在不断发生变化。她们的情感体验变得更加多元和宽广，表达方式也更加直接和自信。然而，无论时代如何变迁，真挚、细腻、丰富始终是青春期女性情感的底色，这也是青春文学不断打动读者的原因所在。

（三）审美体验的多元化趋势

在青春期女性的成长过程中，审美体验呈多元化趋势。她们不再满足于单一的审美标准，而是开始探索更加丰富、更具个性化的审美方式。这种转变源于青春期女性自我意识的觉醒和独立人格的形成。随着青春期女性认知能力的不断提升和视野的日益拓宽，她们开始主动追求多样化的审美体验，寻求内心世界与外部世界的共鸣。

青春期女性的审美取向往往受到多重因素的影响。首先，社会文化环境在塑造青春期女性审美取向方面扮演着至关重要的角色。在当今这个多元文化交融的时代，青春期女性接触到来自不同地域、不同民族的独特的审美理念。她们以开放包容的态度欣赏和吸收多元文化的精华，逐渐形成了兼容并蓄的审美视野。其次，个人的成长经历和生活阅历也对审美偏好产生影响。每一位青春期女性都有着独特的人生故事和情感体验，这些经历塑造了她们对美的理解和感知。再者，同伴群体和大众媒体也在影响着青春期女性的审美取向。她们渴望获得同伴的认同，并易受到媒体所传递的审美价值观的影响。

青春期女性审美标准的多元化趋势体现在多个方面。在文学领域，青春期女性不再局限于传统的浪漫主义或现实主义作品，而是开始探索并欣赏各种流派和风格的文学作品，如魔幻现实主义、后现代主义科幻小说等。她们从不同的文学作品中汲取养分，这些作品也为她们提供了更广阔的想象空间。在艺术领域，青春期女开始接触并欣赏更多元化的艺术形式。她们对古典艺术怀有敬意，同时也对现代艺术和先锋艺术充满好奇。无论是写实主义绘画、印象派音乐还是抽象派雕塑，并尝试从中寻找自己的审美共鸣。在流行文化领域，青春期女性的审美选择更加多元和个性化。她们以包容的心态欣赏不同风格的音乐、电影、时尚等，寻找那些能够触动心灵的旋律和台词。

青春期女性审美体验的多元化趋势彰显了她们对美的敏锐感知力和独特创造力。青春期女性在审美体验中发展出的多元理解和包容态度，是她们审美意识觉醒的重要标志。这种审美意识的觉醒不仅丰富了青春期女性的精神世界，也为女性文学的创作提供了更为广阔的视野和更加多元的表现方式。

二、身体意象的不断变化

（一）当代青春女性文学中的身体叙事

在当代青春女性文学中，身体叙事已然成为一个引人注目的话题。女性作家以敏锐的洞察力捕捉青春期女性身心发展的微妙变化，并以细腻入微的笔触描绘出了她们复杂而矛盾的内心世界。在这些作品中，女性的身体不再被视为禁忌，而是被赋予了丰富的隐喻和象征意义，成为女性意识觉醒和自我认知的重要载体。

在青春文学的语境下，身体叙事呈现出多元化的趋势。一方面，女性作家通过细致描绘刻画女性身体在青春期的各种变化，如初潮、性意识萌发等，揭示了身体成长背后的心理冲突和困惑。这些身体变化不仅是生理上的成熟更是心理和情感上的更要转折点。另一方面，身体叙事也被赋予了更加广泛的社会文化内涵。女性的身体经验与其所处的时代环境息息相关，折射出社会对女性角色的期待和规训。女性作家敏锐地捕捉到了这种张力，并将其融入作品之中，引发读者对性别议题的思考。

值得注意的是，当代青春女性文学中的身体叙事超越了简单的自传或写作范畴，承载着深厚的女性主义意识。通过书写女性身体，女性作家直接面对并质疑了长期以来由男权社会构建的关于女性身体的种种话语和偏见，为女性发声，重构女性主体。女性作家通过文学作品，抵抗外界对女性身体的物化和消费，彰显女性的能动性和主体性。同时，她们也在探索身体与心灵的复杂关系，揭示身体经验对女性情感、认知乃至价值观的塑造作用。在这个过程中，女性不再是被动的客体，而是积极地参与到自我建构中。

青春期女性的身体书写在美学上展现出一种独特的魅力。与男性作家笔下的身体描绘形成了鲜明的对比，女性作家以细腻柔和的笔触捕捉身体的微妙变化，营造出一种特有的女性气质。同时，她们也善于运用隐喻、象征等手法，将身体体验与情感体验巧妙融合，创造出一个充满诗意和感性的世界。这种独特的美学风格不仅增强了文学作品的艺术感染力，也让读者更加贴近文学作品中女性的内心世界。

当代青春女性文学中的身体叙事已经成为文学领域内一道独特的风景线。它不仅展现了女性身心发展的复杂性和多样性，也反映了女性主义思想的崛起与女性意识的觉醒。通过身体书写，女性作家重塑了女性形象，表达了女性诉求，为女性文学注入了新的活力。这一现象的出现，既是女性文学发展的必然结果，也标志着社会文化环境的逐步开放与包容。

（二）身体自主权与女性主义观点

在当代女性文学中，身体自主权的探讨已成为一个重要的议题。身体作为女性意识觉醒的重要载体，其意象在文学作品中不断变化，折射出女性对自我身份认同的探索历程。许多女性作家通过书写身体，揭示女性在父权制社会中所遭受的压迫，表达对身体自主权的渴望和诉求。

在传统男权话语中，女性身体往往被物化、碎片化，成为被消费的对象。女性主义者认为，女性必须摆脱男性凝视的桎梏，重新掌控自己的身体，实现身心的双重解放。因此，身体书写成为女性主义文学的重要表达方式，通过对女性身体经验的细致描摹，展现女性主体意识的觉醒过程。

在当代女性文学作品中，身体自主权的探讨呈现出多元化的面貌。一方面，许多作品直面女性身体所遭受的伤害，女性作家通过细腻的笔触揭示父权制对女性身心的戕害。如张洁的《无字》通过女性身体残缺的隐喻，控诉男权社会对女性的物化和压迫；陈染的《私人生活》以女性身体为书写对象，该画了女性在婚姻和家庭中备受摧残的生存境遇。另一方面，一些作品则着力描绘女性通过身体获得解放与新生的过程。如林白的《一个人的战争》塑造了敢于突破禁忌、追求身体自由与精神独立的女性形象；徐坤的《身体里的星星》则通过舞蹈这一艺术形式展现了女性如何通过身体的舞动实现身心的双重超越。

值得注意的是，身体自主权的探讨并非简单地将女性身体视为对抗男权的武器，而是力图实现女性身心的和谐统一。许多女性作家意识到，身体解放绝非单纯的肉体解放，而是要实现女性作为完整人格的觉醒。因此，她们笔下的女性形象往往兼具独立人格与性别特质，在探索身体自主的过程中实现自我认同。如铁凝的《大浴女》塑造了一位敢于拥抱欲望又不失人格尊严的现代女性，生动诠释了女性身心的和谐统一想。

三、青春女性文学中的信仰与情感表达

（一）信仰的内在化与个体化

个人信仰在青春女性文学作品中的体现，揭示了青春期女性内心世界的丰富与复杂。随着时代的发展和社会的进步，青春期女性对信仰的理解和追求呈现出鲜明的个性化特征。青春期女性在不断地探索和反思中，逐渐明确了自己的信仰。

在青春女性文学中，青春期女性的信仰呈现出强烈的内在化倾向。她们不再盲目接受外界灌输的价值观念，而是通过自我审视和内心对话，主动建构属于自己的信仰体系。这种内在化的信仰追求，源于青春期女性们对自我身份的探寻和对生命意义的思考。在成长的过程中，她们经历了种种困惑和彷徨，但始终保持着对真善美的向往和对理想的执着。正是这种发自内心的信仰，成为她们面对现实困境、坚定前行的精神支柱。

青春女性文学也展现了信仰的个体化特征。不同的青春期女性有着不同的生活经历和性格特点，她们对信仰的理解和追求也呈现出多元化的态势。有的青春期女性渴望在真挚的感情中获得心灵的慰藉；有的青春期女性则把信仰融入学业追求中，以实现自我价值为人生目标；还有的青春期女性将信仰与社会责任相结合，积极投身于公益事业，用行动诠释"奉献"的崇高品质。这些不同形式的信仰表达，反映了青春期女性丰富的内心世界和独特的人格魅力。

面对社会现实的复杂性和成长过程的曲折性，青春期女性的信仰观念也经历了从单纯到成熟、从迷茫到坚定的转变过程。这种转变不仅体现在信仰内容的丰富和深化，更体现在青春期女性对信仰的自觉维护和执着坚守。正是在这种动态发展中，青春期女性的信仰不断获得新的维度和内涵，形式自己独特的信仰体系和价值观念。

青春女性文学对信仰内在化和个体化特征的呈现，既展现了少女们精神世界的丰富性，也揭示了她们成长过程的复杂性。通过对青春期女性信仰追求的细致

刻画，文学作品为读者提供了一个深刻理解青春期女性内心世界的独特视角，引发人们对女性成长、女性价值的深入思考。同时，这种对信仰的执着追求本身，也为青春期女性树立了积极向上的人生榜样，激励她们在成长的道路上保持对美好事物的向往和对理想的坚守。

（二）情感的挣扎与解放

在青春期女性的成长历程中，情感体验往往伴随强烈的挣扎与解放的张力。一方面，青春期女性渴望获得独立自主的情感表达空间，追求内心情感的自由释放。另一方面，社会规范和传统观念又对其情感表达施加了种种约束，这些以不同的方式影响着青春期女性的情感表达方式。正是在这种挣扎与解放的拉锯战中，青春期女性逐渐形成了独特的情感世界和人格特质。

青春女性文学生动再现了青春期女性在情感成长过程中的矛盾与冲突。在这些作品中，青春期女性经常表现出对传统情感规范的反叛和挑战。勇敢地表达自己的情感需同时，还揭示了她们在追求心灵自由与解放的过程中所经历的你忙和仿徨，在理想与现实的冲突中寻找出路。这种挣扎与拉锯，成为她们情感成长的重要动力。

以张爱玲的小说《金锁记》为例。小说刻画了曹七巧在情感表达上的进退维谷。七巧渴望追求自己的情感自由，反抗包办婚姻的桎梏，然而传统观念的深重羁绊又让她无法彻底摆脱。在挣扎与妥协中，七巧的情感世界愈加复杂与困顿。这一矛盾冲突，既反映了时代女性的共同困境，也折射出女性情感解放之路的崎岖坎坷。

类似的情感挣扎在苏青的小说《结婚十年》中也有生动体现。女主人公韩桂芝与丈夫陷入情感危机，内心充满挣扎与纠结。一方面，韩桂芝渴望追求个人情感的自由与解放；另一方面，婚姻生活的责任又让她难以脱身。在现实的重压下，韩桂芝选择了隐忍与妥协，然而内心的挣扎却从未停息。这种矛盾冲突，正是无数青春期女性面临的情感困境的缩影。

青春女性文学不仅描绘了青春期女性情感挣扎的现实图景，也展现了她们追求情感解放的勇气与决心。

青春女性文学通过生动的艺术再现，展现了青春期女性在追求情感自由过程中所面临的种种困境与挑战。她们在传统观念的桎梏下挣扎，又以勇气和决心追求内心的解放。这种矛盾冲突，既是青春期女性情感成长的阵痛，也昭示着女性意识觉醒的曙光。

四、青春女性意识在审美体验中的体现

（一）审美自觉的觉醒

青春期女性对审美的感知力展现出独特而敏锐的特质，她们对美的追求已经超越了简单的表面形式，而是深入探索内在意蕴和精神层面的愉悦。在这个过程中，青春女性逐渐形成了独立的审美判断力，她们不再盲从权威或他人的审美标准，而是勇于探索自己内心真正的审美需求。

文学作品为青春女性提供了一个绝佳的平台，让她们得以表达自己的审美体验和情感共鸣。当代青春女性文学作品中，女性作家敏锐地捕捉到了青春期女性特有的审美心理和情感波动。这些文学作品细致入微地描绘了青春期女性在成长过程中对美的感悟和追寻，展现了她们在面对多元化的审美选择时所表现出的独特品位和鉴赏力。

青春女性对美的感知不仅体现在对外在事物的欣赏上，更表现为一种内在的自我觉醒。随着年龄和阅历的增长，她们开始以更加批判性的眼光审视传统审美观念中对女性形象的束缚和刻板印象，意识到真正的美应该建立在个性解放和心灵自由的基础上。这种觉醒的驱动下，青春女性在审美活动中展现出了前所未有的自主性和能动性，她们开始主动塑造和追求符合自己内心需求的美。

青春女性审美意识的觉醒还体现在对多元文化的包容和欣赏上。在全球化的时代背景下，青春女性有机会去接触和了解来自不同国家和民族的不同文化和审美观念。她们以开放和兼容的态度欣赏不同文化中的美，在比较和思考中丰富自己的审美视野，形成了兼收并蓄、多元包容的审美格局。这种审美意识的觉醒，使青春女性摆脱了狭隘和偏执的审美倾向，真正成了美的鉴赏者和创造者。

青春期女性审美意识的觉醒，无为是对其个人成长还是社会发展都具有深远的意义。从个人层面来看，独立的审美判断力是女性实现自我认知、树立自尊自信的重要基石。只有形成了独立的审美标准，女性才能真正欣赏自己的独特之美，并在自我认同中获得力量。从社会层面来看，青春期女性审美意识的觉醒有助于推动社会审美观念的进步和女性地位的提升。当越来越多的女性以独立的姿态投身审美创造中，她们就能够以自己的方式重新诠释美的内涵，为社会注入更加多元、平等、包容的新鲜活力。

（二）流行文化对青春女性审美的影响

流行文化作为一种社会文化现象，对青春期女性的审美体验产生了深远影响。在青春文学创作中，流行文化元素的融入不仅丰富了作品内容，也塑造了青春期女性独特的审美取向和价值观念。

流行文化以其鲜明的个性特征吸引着青春期女性。在这个阶段青春期女性正处于自我认知与身份构建的关键时期，她们渴望展现真实的自我，追求与众不同。流行文化恰好迎合了这种心理需求，为她们提供了丰富多样的表达方式。无论是个性大胆的穿衣风格，还是新颖别致的语言表达，都成为青春期女性彰显个性的重要途径。在青春文学中，我们常常能看到女主人公借助流行元素塑造独特形象的描写，如奇特的发型、夸张的妆容、标新立异的行为举止等。这些描写也引发了青春期女性成长和审美取向的深入思考。

流行文化所传递的价值观念对青春期女性的审美体验产生了深远影响。在商业化运作下，流行文化往往宣扬物质主义、享乐主义的人生哲学，将消费和娱乐视为生活的最高追求。这些价值观渗透到青春文学创作中，形塑了一批崇尚物质、热衷享乐的女性形象。她们追逐时尚潮流，沉溺于奢侈品的购买，将自我价值建立在物质占有上。同时，流行文化对青春期女性爱情观念的影响也不容忽视。它们鼓吹自由恋爱，强调情感至上，削弱了对爱情忠贞和责任的重视。这在青春文学中也有所反映，部分作品对感情困惑的刻画，呈现出一种浮躁、不负责任的爱情态度。

流行文化对青春期女性身体观念的影响同样值得关注。在商品化的流行文化语境下，女性身体往往被物化、性化，沦为吸引眼球、刺激消费的工具。这种扭曲的身体意象渗透到部分青春文学作品中，导致对女性身体的过度关注和消费。青春期女性在这种审美环境中，容易形成畸形的身体认知，过度在意外表，忽视内在修养。青春文学对这一问题的批判性思考，对于引导青春期女性树立健康的身体观念至关重要。

然而，流行文化为青春期女性的审美体验带来了积极影响。它为青春期女性提供了更为宽广的审美视野，丰富了她们的精神世界。青春文学中不乏借鉴流行元素，表现青春期女性多元化审美追求的佳作。它们展现了青春期女性在流行文化熏陶下，形成的包容、开放的审美态度，以及对美好事物的执着追求。这种积极向上的审美取向，对青春期女性的全面发展具有重要意义。

五、青春女性文学中的成长与困惑

（一）生理与心理成长的文学再现

青春期是每个女性成长历程中最为关键的阶段之一。随着生理和心理的剧烈变化，青春期女性开始探索自我，重塑身份认同。女性文学以其独特的视角和笔触，生动再现了这一过程中的喜怒哀乐。

在生理层面，青春期女性的身体发生了一系列显著变化。初潮的到来标志着性成熟的开始，第二性征的发育让她们的身体日渐丰盈。这些变化常常伴随困惑和不安，引发青春期女性对自我形象的焦虑。许多女性作家敏锐地捕捉到了这种心理状态，并通过细腻入微的描写将其呈现在读者面前。

心理的成长同样是青春期少女面临的重大挑战。随着认知能力的提升，她们开始反思自我与外部世界的关系，建构个人价值观和人生目标。这个过程往往伴随困惑、迷茫乃至痛苦的挣扎。女性文学中的青春书写注重捕捉这些微妙的心理变化，深入刻画青春期女性的内心世界。女性作家以共情的笔触呈现她们的彷徨与追寻、梦想与现实的冲突，引发读者的共鸣。

青春期还是女性重塑身份认同的关键时期。随着自我意识的觉醒，她们开始质疑既有的社会角色定位，寻求突破传统性别规范的束缚。女性作家以敏锐的洞察力揭示了这一过程的复杂性。在她们笔下，青春期女性或是勇敢地抗争，或是无奈地妥协；或是迷失自我，或是重拾力量。这些鲜活的女性形象展现了青春期身份认同重塑的多样可能，启发读者反思性别议题。

青春期少女的成长历程从来都不是一帆风顺的。在生理变化、心理挑战、身份重塑的多重压力下，她们时而迷茫彷徨，时而充满斗志。女性文学以真挚动人的笔触再现了这一过程的复杂性，展现了青春期女性的脆弱与坚强、彷徨与执着。透过文学的镜像，我们看到了一代代女性在成长中不断突破、不断超越的动人身影。

（二）求索与迷茫并存

青春期女性在追求自我发展的同时，也面临来自社会的期待和压力。一方面，她们渴望探索自我，发掘内心的潜能和热情，追求个性化的发展道路；另一方面，她们又不得不考虑社会对女性角色的传统定位，以及由此衍生的种种期待和约束。这种个人意愿与社会期待之间的张力，常常让青春期女性陷入困惑和迷茫。

在个性发展方面，青春期女性开始萌发独立意识，渴望摆脱他人的控制和影响，自主地探索生活和未来。这种对外部世界色好奇心和求知欲想，是推动她们发现自己的兴趣所在和人生方向的重要动力。同时，青春期女性也开始关注自身的特点和优势，希望通过发展个人特长来实现自我价值。无论是在学业、兴趣爱好还是人际交往中，她们都希望展现独特的个性魅力。

然而，社会对女性角色的传统期待却时常与这些个性化追求相悖。长期以来，女性被赋予温柔、贤惠、恭顺等刻板印象，她们的价值更多地被定位在家庭和婚姻中。即使在现代社会，这些观念也依然根深蒂固地影响着人们对女性的评判标准。青春期女性一方面要承受来自家庭的期待，被要求成为乖巧懂事的好女儿；另一方面要面对社会对女性外表、气质、婚恋状况等方面的苛刻要求。这些复杂的社会期待，无疑给青春期女性的自我认知和个性发展带来极大困扰。

青春文学中的女性形象，生动地再现了现实中青春期女性成长过程中内心挣扎。许多作品中的女性角色，都是敢于打破束缚、追求自我的新时代女性，她们质疑传统观念，挣脱传统观念的束缚，探索属于自己的道路。同时，也有不少作品反映了青春期女性在个人意愿和社会期待之间徘徊彷徨的困境，她们在追求自我的路上屡屡受挫，面对现实的压力和阻碍而感到无助。这些鲜活的文学形象，映射出青春期女性在自我发展过程中所面临的普遍困境。

第三节　弱势群体下的女性文学与女性意识

一、乡村女性的迷失与压抑

（一）社会变迁中的困境

传统乡村社会结构的解体和现代化进程的加速，给乡村女性的角色定位和自我认同带来了前所未有的冲击和挑战。在社会巨变的洪流中，她们不得不面对身份转换的迷茫和困惑，重新审视自己的存在价值和人生意义。

长期以来，乡村女性的角色被局限在家庭和农事劳作的狭小天地里。扮演着贤惠持家的妻子、母亲以及辛勤耕耘的农家女等多重角色，整个生命都奉献给了土地和家庭。然而，随着工业化、城市化的快速推进，传统农业生产方式逐渐式微，大量青壮年男性涌入城市打工，乡村女性的生活空间和社会角色开始发生微妙变化。她们不再仅仅是田间地头的劳作者，更多地承担起了家庭经济支柱的重任。这种角色的转换，既带来了相对的经济独立和自主性，也引发了深层次的身份认同危机。

乡村女性开始质疑传统的性别分工和价值观念，渴望突破家庭和村庄的藩篱，追求自我价值的实现。然而，根深蒂固的传统观念和现实条件的限制，使她们在这一过程中备受困扰和折磨。一方面，她们无法完全摆脱传统妇女角色的束缚，仍然要承担繁重的家务劳动和照料子女的责任；另一方面，外出务工、创业的机会相对有限，缺乏必要的教育和技能，难以在激烈的社会竞争中占据有利位置。这种角色期待与现实处境的巨大反差，加剧了乡村女性的心理失衡和情感焦虑。

在这样的背景下，乡村女性群体出现了明显的分化。一部分比较开放、进取的女性积极融入社会变革的大潮，通过自学、培训等方式提升自身素质，走出村庄，在外打拼发展；而另一部分相对保守、传统的女性选择留守乡村，固守家庭妇女的身份定位，在熟悉的生活环境中寻求心理慰藉和归属感。无论是迁移还是留守，乡村女性都面临巨大的心理调适压力，需要在角色转换的过程中不断修正自我认知，重塑自我形象。

从宏观层面来看，乡村女性角色转换的困境折射出整个乡村社会转型的阵痛和复杂性。在现代化的冲击下，传统的乡村生活方式、价值观念、人际关系都在发生着深刻变迁，既有的社会结构、秩序、伦理不断瓦解，但又没有建立起新的替代机制。乡村女性作为这一变迁的重要参与者和影响对象，其身份认同的迷失与彷徨，正是时代大潮下个体生存状态的缩影。

如何在剧变的社会环境中重构乡村女性的现代角色定位，如何帮助她们消解角色转换的焦虑，实现自我身份的和谐统一，已成为当前乡村振兴和社会发展亟待解决的现实课题。这不仅需要广大乡村女性自身的智慧和努力，更离不开整个社会的关爱和扶持。只有建立起尊重女性主体性、鼓励女性平等参与的现代乡村社会秩序，才能为广大乡村女性的全面发展提供制度保障和社会土壤。

（二）经济压力与传统观念的双重束缚

在偏远的乡村，经济压力和传统观念的双重束缚，使女性个体意识被无情抹杀，她们的生活现实充满了迷失与压抑。长期以来，乡村女性承担着繁重的家务劳动和农业生产，却很少能够支配家庭收入，更难以获得平等的受教育机会和社会地位。在男权至上的传统观念下，女性的价值往往被局限于生育和操持家务，她们的个人发展和追求常常被忽视甚至剥夺。

这种困境在当代乡村女性身上有着更加直观地反映。伴随社会变迁和现代化进程，乡村女性面临角色转换和自我认同的双重困惑。一方面，她们渴望突破传统桎梏，追求自我价值的实现；另一方面，现实条件的限制和根深蒂固的观念束缚，又让她们难以真正迈出改变的步伐。许多乡村女性在外打工时，虽然暂时获得了一定的经济独立，但回到村庄后，仍不得不重新适应传统的性别角色分工。

经济压力和观念束缚相互交织，形成了一个恶性循环。生活的贫困加剧了男权观念对女性的控制和压迫，而这种压迫又进一步限制了女性改善处境、争取权益的可能。处于底层的乡村女性，往往首当其冲地承受着这种双重困境带来的痛苦。她们不仅要面对物质资乏的窘境，还要忍受精神世界的压抑和自我价值的迷失。

女性作家以敏锐的洞察力捕捉到了乡村女性生存现状中的细节和缩影。在一些反映底层生活的作品中，我们常常能看到那些沉默而坚韧的女性形象。她们用瘦弱的肩膀扛起生活的重担，用满是老茧的双手操持家业，用无奈而倔强的眼神诉说着内心的苦楚。这些形象揭示了乡村女性在重压下挣扎求存的真实处境，昭示着亟待破除观念束缚、改善生存状态的迫切需求。

二、弱势群体女性文学中的乡村女性形象塑造

（一）文学作品中的乡村女性典型形象分析

文学作品中的乡村女性形象塑造，从贤妻良母到自我挣扎的形态演变，折射出了社会变迁对乡村女性角色定位和自我认知的深刻影响。在传统农业社会，乡村女性的角色被局限在家庭领域，这一时期的文学作品，如《祝福》中的祥林嫂，《骆驼祥子》中的虎妞，都体现了这种传统女性形象。她们勤劳善良，恪守妇道，在艰难的生活中默默付出，展现了传统女性的美德。

然而，随着社会的发展和观念的变迁，乡村女性开始意识到自我价值，渴望突破传统束缚，追求独立自主。这种转变在文学作品中得到了真实而生动的反映。如《白毛女》中的喜儿，在封建礼教的桎梏下，勇敢地追求自由和爱情；《山乡巨变》中的田桂花，积极投身农村改革，成为新时期农村妇女的典型代表。这些形象展现了乡村女性角色的转换，她们不再沉默和压抑，开始主动追寻自我价值和人生意义。

当代乡村女性形象的塑造更加多元和立体。她们面临社会变革和现代化进程带来的种种挑战，在传统观念与现代意识的冲击中寻找自我定位。如《平凡的世界》中的田晓霞，一方面承担着家庭责任，另一方面又渴望通过知识改变命运；《蒙泉》中的杨桂花，在城市打工的经历让她开始反思自己的人生选择。这些乡村女性形象展现了女性复杂的内心世界和自我挣扎，她们在传统角色与现代诉求之间不断探索和平衡。

文学塑造的乡村女性形象之所以发生转变，根本原因在于社会变迁带来的观念更新和女性自我意识的觉醒。在男权社会的传统观念中，女性被视为男性的附属，其价值主要体现在家庭角色的履行上。然而，随着教育的普及和女性就业机

会的增加，乡村女性开始接受新思想，意识到自身的独立价值。她们不再满足于依附男性而存在，而是要成为自主的个体，在更广阔的天地中实现自我。这种女性意识的觉醒，使乡村女性形象丰富和立体，展现出她们在逆境中求索、在压抑中突围的动人形象。

从贤妻良母到自我挣扎，乡村女性形象的演变折射出社会变迁对女性角色认知和自我意识的深刻影响。女性作家以其细腻入微的笔触，生动刻画了乡村女性在传统与现代的撞击中不断探索自我、追寻价值的心路历程。她们不再是男权社会的附庸，而是勇敢地打破桎梏，以自己的方式诠释着新时代女性的风采。这种乡村女性形象的塑造，不仅为文学创作注入了新的活力，也为现实中的乡村女性践行自我、实现价值提供了宝贵的精神滋养。

（二）建构与反建构

乡村女性形象在现当代文学中的转变，折射出社会变迁对女性地位和角色的深刻影响。传统乡村社会中，女性形象往往被塑造为贤妻良母、相夫教子的模样，她们的生活空间局限于家庭，个人价值也依附于男性。这种刻板印象在文学作品中得到了集中体现，如鲁迅笔下的祥林嫂、巴金笔下的觉新等，都是封建礼教压迫下的悲剧形象。

随着社会的进步和女性意识的觉醒，乡村女性形象开始呈现新气象。在新文化运动和五四运动的影响下，一批具有先进思想的乡村女性她们勇敢地走出家庭，投身于革命和社会变革的洪流中。她们不再沉默和忍耐，而是勇敢地表达自我，追求独立和解放。如萧红笔下的金枝，冯沅君笔下的春儿，都展现出了乡村女性由受害者向斗士的蜕变。

新中国成立后，乡村女性在社会主义建设中发挥着越来越重要的作用。"妇女能顶半边天"的口号，彰显出她们在生产和工作中的巨大贡献。这一时期的文学作品，塑造了一大批劳动妇女的光辉形象，如梁斌笔下的李秀莲、周立波笔下的杨巧珍等，她们用智慧和汗水，谱写了新时代乡村女性的壮丽篇章。

改革开放以来，随着城市化进程的加快，大量乡村女性走进城市，成为推动社会发展的重要力量。她们不仅在经济建设中肩负重担，更在文化生活中展现出独特的个性魅力。现当代文学对她们的生存状态和精神世界给予了更多关注，张洁笔下的淑女，余华笔下的林红，都生动再现了新时期乡村女性的多元面貌和成长历程。

三、城市低收入女性的生存与挣扎

（一）竞争与生存

城市低收入女性在职场与社会压力的双重夹击下，她们的生存之路显得格外艰辛。这一群体大多从事体力劳动或服务性工作，工作强度大、工资待遇低，生活质量难以保障。与此同时，传统观念的束缚和性别歧视的存在，也让她们在职场发展中处于劣势地位。面对竞争激烈的就业市场，她们往往缺乏必要的教育背景和职业技能，难以获得晋升机会，只能长期从事单一、重复的工作。

经济压力和生存焦虑使城市底层女性难以投入精力提升自我，陷入了恶性循环。她们既要承担繁重的工作，又要兼顾家庭。在这种情况下，她们很难抽出时间学习新技能、拓展人际网络，更谈不上规划长远的职业发展路径。即便偶尔有机会参加培训或学习，也因经济条件限制而难以持续。久而久之，她们只能被动地适应职场变化，而无法主动把握机遇、实现突破。

低收入影响了女性的心理健康。在职场中，她们常常遭遇歧视和不公平对待，缺乏获得认可和尊重的机会。这种长期的压抑状态不仅损害了自尊心，也磨灭了奋斗的意志。因此女性变得自卑、退缩，在人际交往中缺乏自信，难以建立良性的社交网络。而社交资本的匮乏，又进一步限制了她们在职业发展中获取资源的可能。

城市生活的高成本也加剧了底层女性的生存压力。高昂的房租、子女教育支出，再加上医疗、养老等刚性需求，她们的收入往往入不敷出。为了维持生计，一些人不得不从事高风险、高强度的工作，或者同时打几份工，牺牲休息时间来增加收入。长此以往，过度的劳碌和压力也必然会损害身心健康，影响工作表现。

（二）文化碰撞与认同危机

在现代社会的潮流冲击下，城市弱势女性群体面临前所未有的文化碰撞与认同危机。她们游移传统与现代、保守与开放之间，内心充满矛盾与挣扎。

现代社会的多元文化和价值观念不断冲击着她们的心灵。通过大众传媒，她们接触到女性独立自主、追求自我的"新女性"形象；在日常交往中，她们感受到教育程度、经济地位、家庭背景的差异对人际关系的影响。内心深处，她们渴望摆脱传统的束缚，过上自由而充实的生活。她们开始质疑父权制的合理性，诉求在家庭和社会中获得应有的地位和权利。她们意识到，教育是改变命运的关键，唯有不断学习，提升自身素质，才能在激烈的竞争中立于不败之地。

这种传统观念与现代意识的激烈碰撞，使城市底层女性陷入前所未有的迷茫和彷徨。她们摇摆在两种截然不同的价值取向之间，内心充满焦虑和无助。

为了缓解内心的焦虑，许多弱势女性选择逃避现实，将自己封闭在狭小的空间里。她们或是沉溺电视剧、游戏的虚拟世界，暂时忘却生活的烦恼；或是借助购物、美食等感官刺激，填补内心的空虚。然而，这些短暂的慰藉无法从根本上解决问题。长期的压抑和迷失，不仅影响了她们的身心健康，也阻碍了她们的个人成长和家庭和睦。

女性作家以敏锐的洞察力揭示了城市底层女性的心理困境。她们就像米兰·昆德拉笔下的特丽莎，在母亲强加的庸俗生活和自我追求的诗意栖居之间徘徊；又如琼瑶塑造的一系列"悲情女主角"，在理想与现实的冲突中备受折磨。这些文学形象以艺术的方式再现了弱势女性的心路历程，唤起了社会各界对她们困境的关注和思考。

要走出文化碰撞与认同危机的困境，城市低收入女性需要社会各界的理解和支持。首先，社会应该营造一个包容、开放的文化氛围，尊重个体的多元化选择，消除对女性的成见和偏见。其次，应该完善相关法律法规，依法保障女性在家庭、职场、社会中的平等权益。再次，要加大对弱势女性的帮扶力度，在教育、就业、社会保障等方面给予政策倾斜，帮助她们提升自身能力，改善生存状况。最后，弱势女性自身也要主动求变，从心理和行动上突破传统观念的禁锢，以开放、进取的心态投身现代社会的洪流中，在个人奋斗中实现自身价值。

四、城市弱势女性群体生存状态的真实写照

（一）现实题材文学作品中的写实描摹

现实题材文学作品通过生动而真实的笔触，直面城市弱势女性所面临的种种生存困境。这些作品不仅展现了她们在物资匮乏、社会排斥中的挣扎，更揭示了深藏于表象下的心理创伤和精神困顿。

文学作品以敏锐的洞察力捕捉到了弱势女性生存状态中的点点滴滴，用沉重而不失温度的笔触勾勒出她们的群像。在小说《外来妹》中，女主人公小美独自从农村到大城市打工，却不断遭受欺骗和剥削。尽管生活困苦，她仍然努力维护自己的尊严，渴望过上体面的生活。又如，电影《我不是潘金莲》讲述了一个下岗女工为伸张正义而不懈努力的故事。片中，李雪莲面对重重阻碍，寻求法律援助，她顽强拼搏的身影令人动容。除了这些典型个案，许多作品还展现了底层女性群体的集体处境，她们虽然身处同一时代，生活轨迹却大相径庭。正是在这种群像塑造中，作品揭示了阶层固化对个人命运的深刻影响。

现实题材文学作品以真实而悲悯的笔触，引发了人们对城市弱势女性生存困境的关注和思考。通过对苦难生活的形象再现，作品揭示了隐藏在繁荣表象下的社会不平等，唤起了人们的社会责任感。同时，许多作品也展现了弱势女性在逆境中表现出的生命力和尊严，彰显了人性中善良、勇敢的一面。这些形象塑造突

破了刻板印象，丰富了人们对弱势群体的认知。

（二）影视与新媒体对城市底层女性形象的塑造与反映

在消费文化的语境下，影视与新媒体对城市弱势女性形象的塑造与反映呈现出多元化、矛盾性的特点。影视作品中开始出现更加立体、真实的城市弱势女性形象，她们不再是单一的苦情形象，而是拥有自己的梦想和追求，在逆境中展现出坚韧不拔的精神品质。例如，电视剧《外来媳妇本地郎》中的女主角秋红，虽然来自农村，但凭借自己的智慧和毅力，在城市中拼搏出一片天地，展现了底层女性的奋斗精神。

影视和新媒体对城市弱势女性的塑造也存在着一些局限和偏见。在一些商业类型片中，弱势女性往往被简单化、物化，成为男性视角下的消费对象。缺乏真实感和深度。同时，一些作品过度渲染底层女性的悲惨命运，强化了社会对她们的同情和怜悯，却忽视了她们的主体性和尊严。这种非人性化的塑造，无疑加深了对弱势女性群体的偏见和歧视。

随着新媒体的兴起，自媒体平台为城市底层女性提供了更多展示自我、发出声音的机会。一些原本默默无闻的底层女性，通过短视频、直播等方式，分享自己的生活故事，引发广泛关注和共鸣。她们以真实、朴实的形象示人，打破了主流媒体对底层女性的刻板印象，展现了这一群体的多元面貌。然而，新媒体对弱势女性的再现也不乏娱乐化、肤浅化的倾向。一些自媒体为博眼球，过度渲染弱势女性的苦难经历，甚至将其悲剧化、消费化，背离了客观真实的原则。

五、弱势女性意识的觉醒与抗争

（一）自我认知的渐进觉醒

在消费文化的浪潮冲击下，弱势女性的生存状态和心理变迁也在悄然发生着改变。她们原本就处于社会的边缘地带，在传统观念和现实压力的双重束缚下，其自我意识长期处于被压抑和被遮蔽的状态。然而，随着时代的发展和女性地位的提升，越来越多的弱势女性开始意识到自身价值，并在挑战与压力中寻求自我认同。

教育的普及和文化水平的提高，为弱势女性自我意识的觉醒提供了知识基础和思想源泉。通过接受教育，她们开始接触到更加多元、先进的价值观念，了解到女性在社会中应有的地位和权益。这种对知识的渴求和对外部世界的探索，引起她们对自我价值的思考和对人生意义的追问。她们不再甘于被动地接受命运的安排，而是试图以自己的方式去理解和把握生活。

城市化进程的加速和就业机会的增加，为弱势女性提供了走出传统桎梏、实现自我的可能。当她们离开熟悉的乡村，来到繁华的都市，面对全新的生活方式和价值观念，原有的认知模式和行为习惯往往会受到强烈冲击。在这个过程中，她们开始反思自己在家庭和社会中的角色定位，质疑那些束缚自己的传统观念，萌发出改变现状、追求独立的念头。尽管这种意识的觉醒往往伴随困惑和彷徨，但它标志着弱势女性开始真正关注自我，思考人生的意义所在。

社会舆论环境的日益开放和女性议题的广泛讨论，也在影响着弱势女性的价值取向。通过大众传媒和社交网络，她们接触到形形色色的女性形象和女性话语，看到了女性在各行各业中的杰出表现和非凡成就。这些鲜活的例子，无疑为她们树立了新的榜样，激发了她们对自身潜力的认识和对美好生活的向往。同时，社会对女性议题的关注和讨论，也让她们意识到自身境遇并非孤立无援，而是与千千万万的弱势女性息息相关。这种群体认同感，进一步坚定了她们改变现状、争取权益的决心。

然而，弱势女性自我意识的觉醒，绝非一蹴而就，而是在复杂的社会环境中曲折发展的过程。传统观念和现实困境仍然是横亘在她们面前的巨大障碍。长期以来形成的性别偏见和陈规陋习，并不会因为女性意识的觉醒而轻易褪去。况且，弱势女性在教育程度、经济收入等方面往往处于相对弱势的地位，缺乏足够的资源和能力去支撑自己的理想追求。这种现实困境，时常让她们在向往独立自主的同时，又不得不向生活低头。

尽管道路曲折，但弱势女性自我意识的觉醒已是大势所趋。随着社会的进步和女性力量的崛起，她们必将在挫折中砥砺前行，在压力中坚定自我。这个过程需要女性自身的努力，也离不开整个社会的关怀和支持。只有营造更加包容、平等的社会环境，消除性别偏见，拓宽发展渠道，弱势女性才能获得实现自我价值的更多可能。而她们自我意识的觉醒，也终将为女性群体乃至整个社会的进步贡献力量。

（二）抗争与变革

在消费文化的浪潮下，弱势女性的生存状态和精神面貌正经历着深刻的变迁。她们不再沉默和隐忍，而是开始以自己的方式抵抗不公，追寻自我。这种觉醒和反抗意识的萌发，既是时代发展的必然结果。

长期以来，无论是在偏远的乡村还是繁华的都市，弱势女性都处于社会权力结构的边缘。传统观念和现实困境的双重桎梏，让她们的个体意识和主体性难以彰显。然而，随着教育的普及和女性自身素质的提高，越来越多的弱势女性开始反思自己的处境，探寻改变命运的出路。她们不再把贫穷和失学视为理所当然，而是积极寻求改变的机会，通过务工、创业等方式努力摆脱困境，实现自身价值。

大众传媒和社交网络的发展，也为底层女性提供了更多表达自我、争取权益的渠道。那些曾经隐没于社会阴影中的女性群体，开始通过网络平台讲述自己的故事，揭示她们所遭受的不公和困境。她们的声音虽然微弱，却汇聚成了一股不可忽视的力量，唤起了社会各界对底层女性处境的关注和反思。一些积极的社会力量开始介入，为弱势女性提供法律援助、技能培训等帮助，促进她们权益的维护和发展机会的获得。

弱势女性抗争意识的觉醒，还体现在她们对传统性别角色的突破和对自我价值的追寻上。在传统社会的性别分工中，女性往往被视为男性的附属，其价值取决于她们作为妻子和母亲的表现。然而，越来越多的弱势女性开始突破这种桎梏，勇敢地追寻自己的人生目标。她们不再把婚姻和家庭视为人生的全部，而是积极投身职场和社会活动中，用实际行动塑造自己的人生，实现自我价值。

第四章 跨文化视野下的女性文学与女性意识研究

第一节 跨文化视野下的女性文学概述

一、跨文化女性文学的定义与特点

（一）文学界的跨文化理念

跨文化理念强调不同文化之间的交流互鉴，突破单一文化视角的局限，在更广阔的视野中审视文学现象。这一理念既是对文学发展规律的把握，也是对人类文明多元性的尊重和珍视。

在跨文化视野下，文学不再是封闭、静态的存在，而是在不同文化的交织中生成、发展、演变。每种文化都以其独特的方式影响和塑造着文学的内容和形式，同时又在与其他文化的碰撞中不断调整和重塑自我。正如著名比较文学学者弗朗索瓦·于斯勒所言，任何一种文学传统都不是单一、纯粹的，而是在与他者的交流中形成和发展的。因此，唯有立足跨文化视角，才能真正洞悉文学发展的奥秘。

跨文化理念对文学研究范式的革新产生了深远影响。传统的文学研究往往局限于民族国家的边界内，试图在本土语境中寻找文学发展的规律。而跨文化研究打破了这一藩篱，将视野拓展到更为广阔的人类文明版图，探索不同文化传统交汇中的文学现象。这种研究范式不仅有助于发现文学的普遍规律，也能深化对本民族文学的理解，实现"以他者之镜鉴照自我"。

在全球化时代，跨文化交流日益频繁，文化身份日益复杂多元。面对这一现实，文学研究必须树立跨文化意识，在不同文化的互动中把握文学发展的脉搏。这不仅需要研究者跳出本土文化的樊笼，以开放包容的心态对待异质文化，更需要其掌握多元文化知识，具备跨文化比较和阐释的能力。唯有如此，才能真正实现文学研究的"跨文化转向"，推动人类文明的交流互鉴。

从本质上说，跨文化理念体现了人类对自身文明的深刻反思。在漫长的历史中，不同文化之间往往秉持"非我族类，其心必异"的偏见，将彼此视为对立和矛盾的存在。而跨文化理念超越了这种二元对立思维，昭示了不同文化在差异中求同存异、在交流中共生共荣的可能。在这个意义上，它是人类文明走向成熟的标志，是不同文明和谐共处的希望所在。

（二）跨文化视角下的女性文学特色

跨文化视角为女性文学研究开辟了新的视域，呈现出独特而丰富的特色。在多元文化交织融合的时代背景下，女性文学展现出了前所未有的多样性和包容性。不同文化背景下的女性作家开始跨越地域和文化的界限，相互借鉴、相互影响，形成了一种跨文化的女性文学共同体。在这个共同体中，女性作家们突破了单一文化视角的局限，以更加开放、包容的姿态审视女性的生存境遇和精神世界，书写出了更加立体、丰满的女性形象。

跨文化语境也为女性作家提供了更为广阔的表现空间和更为多元的叙事资源。在不同文化的交织碰撞中，女性作家们敏锐地捕捉到了女性生活的差异性和复杂性，通过对比和反思，深化了对女性处境的认识，拓展了女性写作的主题和内涵。她们或是将不同文化中女性的生存经验进行对比，揭示女性命运的普遍性；或是挖掘不同文化间女性的独特体验，彰显女性生命的多样性。这种跨文化的比较视野和多元表述，极大丰富了女性文学的内容和形式。

跨文化语境下的女性文学也呈现出了鲜明的批判性和反思性。面对不同文化间的差异和冲突，女性作家开始反思主流文化对女性的规训和压抑，质疑父权制度的合理性，探寻女性解放的道路。她们借助跨文化的视角，审视本土文化中女性所处的边缘地位，揭露父权的虚伪性和不合理性。同时，她们也积极吸收异质文化中的进步因素，为本土女性发展寻找新的路径和可能。这种批判性反思不仅促进了女性自我意识的觉醒，也为女性文学注入了新的活力和动力。

　　跨文化视角下的女性文学不仅实现了不同文化间女性经验的交流对话，也推动了女性主义理论的发展和更新。在跨文化语境中，西方女性主义理论被置于不同文化背景下进行检视和反思，其局限性和不足逐渐显现。与此同时，非西方女性学者开始从本土文化出发，结合自身的特殊处境，提出了区别于西方的女性主义理论和实践方案，如黑人女性主义、后殖民女性主义等。这些理论既挑战了西方女性主义的普适性预设，也丰富了女性主义理论的内涵，为跨文化女性研究提供了新的理论视角和分析工具。

二、不同文化背景下女性文学的发展概况

（一）西方文化背景下的女性文学走向与变化

　　西方文化背景下的女性文学演变历程波澜壮阔，呈现出独特的发展轨迹。早在古希腊罗马时期，女性就开始涉足文学创作，然而她们的声音常常被忽视甚至抹杀。中世纪以来，在男权社会的重重桎梏下，女性写作仍然处于边缘化的地位。文艺复兴时期虽然出现了少数杰出的女性作家，但总体而言，女性文学创作依然受到诸多限制。

　　18世纪，女性作家群体开始壮大。她们以批判的笔触揭示社会不公，抒发女性心声，作品在题材选择和艺术表现上都有了新的突破。然而，这一时期的女性写作主要局限于日记、书信等私人文体，其影响力尚未得到公众广泛认可。

　　19世纪，在世俗道德的束缚下，女性文学陷入低潮。同时，现实主义创作蓬勃发展，涌现出如奥斯丁、勃朗特姐妹等一批优秀女性作家。她们以敏锐的洞察力剖析人性，描绘女性的生存困境，其创作风格朴实无华却蕴含深刻内涵。这

一时期女性文学的代表作品,如《傲慢与偏见》《简·爱》等,至今仍引人入胜、启人深思。

20世纪初,女性主义兴起,女性作家群体进一步扩大。她们直面社会对女性的偏见和歧视,大胆表达女性的诉求,谱写出一曲曲振聋发聩的女性解放之歌。伍尔夫、普鲁斯特等现代主义女作家以革故鼎新的创作手法,探索女性内心世界,书写女性的梦想与挣扎。她们的作品打破了传统文学的叙事模式,拓展了女性文学的表现空间。

"二战"后,西方女性文学进入了全新的发展阶段。女性作家群体不断壮大,创作视野更加开阔,题材更加多元。女性主义文学批评理论的兴起,为女性文学研究提供了新的视角和方法。女性作家着眼于女性自身的生存体验,以更加尖锐、更加激进的方式揭示父权制的弊端,反思女性的社会地位。她们的作品直击人心,引发了人们对性别问题的深刻反思。

进入21世纪,西方女性文学呈现出前所未有的繁荣景象。当代女性作家继承并发扬了前辈的创作传统,又融入了时代的新元素。她们关注女性在现代社会中的处境,思考女性的自我认同和价值追求。她们的作品体裁多样,风格各异,展现出女性写作的无限可能。同时,跨文化背景下的女性文学也日益引起关注。不同国家、不同族裔的女性作家以独特的文化视角,讲述女性的故事,表达女性的心声,为世界女性文学注入新的活力。

(二)东方视角

从亚洲、非洲等东方地区女性文学的发展历程来看,其呈现出独特的文化特性与时代进程。东方女性文学深受本土传统文化的影响,同时也经历了现代化转型的阵痛。在传统文化的长期浸润下,东方女性普遍具有温顺、谦卑、隐忍的品格特质。这一特质也深深影响了早期东方女性文学的创作,她们的作品多以委婉含蓄的笔法,表达对女性生存困境的感悟和对美好生活的向往。然而,随着时代的发展和女性意识的觉醒，东方女性文学逐渐呈现出新气象。

20世纪初，以韩国的卡夫卡、日本的樋口一叶为代表的东方女性作家崛起，她们敏锐地捕捉到时代变迁给女性带来的机遇和挑战，开始以更加尖锐、直白的笔触批判男权社会对女性的桎梏，探讨女性的自我认知和社会角色等问题。她们的作品在东方文坛掀起了一股"新女性主义"，为东方女性文学的现代性转向奠定了基调。

进入21世纪，东方女性文学进一步实现了从"他者"到"主体"的转变。当代东方女性作家以更加多元、开放的姿态投身文学创作，她们从女性独特的生命体验出发，以纤毫毕观的笔法书写女性的喜怒哀乐，表达女性的情感诉求。在叙事方式上，她们大胆尝试多视角、碎片化、意识流等现代手法，在题材选择上也涉及爱情、婚姻、家庭、事业等领域。这些作品不仅反映了东方女性生存状态的变迁，标志着东方女性文学向更加成熟、多元的方向发展。

尽管东方女性文学在表现手法和思想内涵上实现了现代性转型，但并没有彻底割裂与本土传统文化的联系。许多东方女作家在作品中依然善于运用民族特色的表现元素，如韩国的汉诗、日本的俳句等，在现代语境中赋予传统文化新的诠释。这种民族性与现代性的交融，使东方女性文学呈现出独特的文化魅力，在世界文坛赢得了广泛赞誉。

东方女性文学要真正实现从"地域性"到"世界性"的跨越，仍然面临诸多挑战。如何在坚守本民族文化特色的同时，增强作品的国际表达力和影响力，是摆在广大东方女性作家面前的一道严峻命题。但可以预见的是，随着东西方文化交流日益密切，东方女性文学必将在吸收借鉴西方现代文学营养的同时，以更加成熟、自信的姿态屹立于世界文学之林，为人类文明的多元发展贡献独特的女性视角和东方智慧。

三、跨文化女性文学中的主题与题材

（一）主题多样性

跨文化语境下的女性文学创作表现出了主题的多样性，深刻揭示了女性在不同文化中的真实生活状况。从东方到西方，从传统到现代，女性作家以敏锐的洞察力和细腻的笔触，书写着女性的喜怒哀乐，刻画着女性的精神世界，反映着女性在社会变迁中的生存困境和心路历程。

在东方文化语境下，女性文学常常聚焦于传统社会对女性角色的规范和束缚，表现女性在家庭和社会中的从属地位和生存挣扎。例如，中国当代女作家张洁的小说《无字》，通过一个失语女性的生命经历，揭示了传统文化对女性身心的压抑和扭曲。又如，印度女作家阿努拉德哈·罗伊的《微物之神》，以细腻入微的笔触描绘了印度妇女在种姓制度下的悲惨命运，控诉了社会不平等对女性的戕害。这些作品深刻反映了东方女性在传统文化桎梏下的生存困境，表达了她们对自由与解放的渴望。

西方女性文学则更多地关注女性自我意识的觉醒和女性主体性的确立。如英国女作家维吉尼亚·伍尔夫的《自己的房间》，以独特的"意识流"手法展现了女性从内心深处出发，寻找独立人格和精神家园的过程。美国女作家谭恩美的《喜福会》则揭示了美国华裔女性在两种文化夹缝中的身份困惑和自我追寻。这些作品体现了西方女性对传统性别角色的突破，对女性独立意识的高扬，彰显了女性探索自我、确立主体的艰辛历程。

除了反映不同文化背景下女性的生存状况，跨文化女性文学还展现了女性在现代社会转型中面临的共同问题。如全球化浪潮下，女性同样面临就业困境、贫富分化、家庭角色冲突等一系列挑战。许多女性作家敏锐地捕捉到这些问题，并通过文学创作进行了深入的反思和批判。如墨西哥女作家坎门·布尔文的《活着，偶尔》通过对一个女性一生的描述，揭示了现代社会巨变给女性生活带来的冲击。

韩国女作家申京淑的《北妹》则反映了现代化进程中农村女性的生存困境。这些跨文化的女性文学超越了文化的差异，揭示了女性在现代社会中的共同处境，彰显了女性命运的普遍性。

无论是东方还是西方，传统抑或现代，女性作家都以敏锐的洞察力和生动的笔触，书写着女性的苦难与抗争，展现着女性自我意识觉醒和主体性确立的历史进程。正是源于对女性生存状况和精神世界的深切关注，跨文化女性文学才彰显出鲜明的现实主义品格。女性主题的多元呈现，既映照了不同文化语境下女性的独特体验，又揭示了女性群体共同面临的问题和挑战，使女性文学成为洞察社会、反思人性的重要载体。深入探讨跨文化语境下女性文学的主题特点，对于认识女性文学的现实意义，把握女性解放的历史进程，推动社会性别平等，具有重要的理论价值和现实意义。

（二）题材创新性

跨文化视野下的女性文学创作，在题材选择和内容拓展上呈现出从传统到现代的转变。传统题材依然是女性作家关注的重点，如母女关系、婚姻家庭、女性成长等。但在跨文化语境中，这些题材被赋予了新的内涵和意义。女性作家开始突破单一文化视角的局限，以更加开放、包容的姿态去审视这些永恒的主题。她们深入挖掘不同文化中女性的生存状态，揭示女性在传统社会结构中的困境，同时也展现女性的反抗意识和独立人格。这种跨文化的对比和融合，极大拓宽和深化了传统女性文学题材的表现力。

女性作家也积极拥抱现代社会的多元议题，将目光投向更加广阔的人类命运共同体。在全球化浪潮的冲击下，移民、identity 认同、多元文化冲突等问题日益凸显。女性写作开始关注这些议题，思考女性在跨文化交往中的角色与使命。她们笔下的女性形象，不再局限于私领域的苦难或成长，而是走向更加广阔的社会舞台，投身文化交流、民族和解、人类进步的伟大事业。无论是侨民女性的漂泊与追寻，还是本土女性的文化焦虑与自我认同，都成为女性文学的新题材，折射出女性在现代社会中的多重角色和复杂处境。

跨文化语境下的女性文学，在思想内涵上实现了从个人到群体、从民族到人类的升华。面对不同文化的交织与碰撞，女性作家开始以更加包容、理性的态度去审视现代社会共同面临的问题。她们不仅关注女性自身的解放与发展，也将目光投向整个人类的前途命运。在她们笔下，个人的成长史与民族的发展史交织，呈现出宏大的时代主题。无论是对战争与和平、生态与环境的思考，还是对人性善恶、文明进步的哲学探讨，都体现出女性作家的人文情怀和整体意识。这种胸怀天下、放眼未来的恢宏视野，标志着女性文学的思想内涵进一步拓展，实现了从个体性别意识到人类整体意识的跨越。

跨文化视野极大地丰富和革新了女性文学的题材内容。传统书写模式下相对单一、封闭的女性生活图景，在多元文化的交织中变得立体、开放。女性作家以更加多元、深刻的笔触描绘女性的生存境遇和精神世界。她们的作品打破了性别藩篱和文化隔阂，展现了女性在人类发展进程中的重要作用，昭示了人类命运共同体的理想图景。跨文化女性文学以其独特的艺术魅力和人文价值，为世界文学的发展注入了新的活力。

四、跨文化女性文学中的艺术手法与风格

（一）文体与叙事模式的跨文化融合

跨文化视野下的女性文学创作在文本建构和艺术表达方面呈现出文体与叙事模式的跨文化融合。从世界范围来看，不同文化背景下的女性作家在创作中积极吸收借鉴其他文化中的优秀文学传统，将本土文化与异域文化相融合，形成了独特的跨文化叙事方式和艺术风格。这种跨文化融合不仅拓宽了女性文学的表现空间，丰富了女性文学的内容和形式，也为世界文学发展注入了新的活力。

在文体方面，跨文化女性文学打破了传统文类的界限，呈现出多元交融的创

作特色。许多女性作家善于将小说、诗歌、戏剧等不同文体糅合在一起,形成了兼容并蓄的混合文体。她们或是在作品中穿插诗歌和戏剧元素,增强作品的抒情性和戏剧张力;或是在诗歌创作中引入叙事手法,赋予诗歌更强的故事性和形象感;或是在戏剧文本中融入小说的细节描写,丰富人物内心世界的刻画。这种文体的跨界实验突破了单一文类的局限,拓宽了女性文学表达的维度。

不同文化语境下的经典作品也为跨文化女性文学提供了丰富的文体资源。女性作家积极汲取中外优秀文学传统的精华,将其与本民族文化相融合,创造出独特的文体形式。例如,中国女作家严歌苓就曾借鉴拉美"魔幻现实主义"的创作手法,将其与中国古典小说的叙事传统相结合,形成了新颖奇特的文体风格。又如,美国黑人女作家托妮·莫里森将非洲口头文学的叙事节奏与现代小说的写作技巧巧妙结合,营造出富有民族特色的史诗般气势。

在叙事模式上,跨文化女性文学也呈现出多元融合的创新局面。不同文化背景下的女性作家积极吸收彼此的叙事经验,将东西方叙事模式有机结合,形成了别具一格的跨文化叙事方式。她们或是借鉴东方文学的意象象征和散文化叙事,为作品赋予诗意和哲理;或是引入西方现代派文学的意识流和复调叙事,深化对女性身份认同的思考;或是融合本土民间叙事传统与现代叙事技巧,彰显女性文学的文化底蕴。这种叙事模式的交融突破了单一视角的局限,拓展了女性文学表现的广度和深度。

跨文化语境下的移民写作也催生了新颖独特的叙事方式。许多旅居海外的女性作家善于利用自身的跨文化经历,将异国风情与家乡记忆交织在一起,营造出错落有致的时空景观。她们以游移的文化身份超越了民族国家的藩篱,以全球化的视野审视女性生存状态,形成了游离于母国文化与寄居地文化之间的"第三空间"书写。这种跨国跨界的叙事模式突破了地域和身份的界限,拓宽了女性文学的疆域。

（二）风格多元化

不同文化影响下的女性文学呈现出丰富多彩的表现手法和独特的艺术风格。在跨文化语境中，女性作家吸收借鉴不同文化传统，融合创新，形成了别具一格的文学表现方式。她们敏锐地捕捉不同文化间的差异与共性，将其巧妙地融入作品中，创造出富有文化内涵和艺术魅力的文学形象。

从叙事视角来看，跨文化女性文学往往采用多元化的叙事模式。有的作品以女性独特的视角切入，通过细腻入微的心理描写和意识流手法，展现女性在不同文化冲突中的心路历程；有的作品则融合了不同文化的叙事传统，将现实主义、魔幻现实主义、后现代主义等多种手法交织运用，构建起错综复杂的叙事结构，拓展了女性文学表现的广度和深度。这种多元化的叙事模式一方面彰显了女性作家的文化视野和艺术才情，另一方面也为读者提供了多角度解读女性生命体验的路径。

在人物塑造上，跨文化女性文学塑造了一系列独具特色的女性形象。这些形象既继承了不同文化中女性形象的优秀传统，如坚韧勇敢、善良智慧等，又融入了现代女性的时代特质，如独立自主、追求自我等。在东西方文化交融中成长起来的美籍华人女作家谭恩美笔下的女性，既有中国传统文化中的隐忍坚毅，又有美国文化中的个人主义色彩，形成了别具一格的人物气质。这些丰满立体的女性形象，展现了女性在不同文化碰撞中的复杂生存状态，也为读者提供了多元文化视角下理解女性的新路径。

跨文化女性文学还以诗意化的语言和隐喻象征等手法，营造出独特的意象世界。在迥异的文化背景下成长的女性作家，往往对语言有着敏锐的感受力和驾驭能力。她们灵活运用不同文化的语言资源，将原本熟悉的语汇赋予新的含义，或是创造出新的表达方式，形成了诗意盎然、充满张力的语言风格。同时，她们还善于用隐喻象征等手法，构筑起意蕴丰富的意象世界。在诺贝尔文学奖得主、加勒比裔英国女作家克莱尔作品中，大海、河流等意象象征着文化身份的流动性和不确定性，梦境意象则暗示了女性在多元文化夹缝中的迷惘与探索。这些富有诗意的语言和意象，既增强了作品的文学审美价值，也深化了对女性生存困境的思考。

跨文化女性文学还以开放包容的文化姿态，实现了不同文学类型、形式的融合。在全球化与后现代语境下，文学创作的界限日益模糊，不同文化间的交流互鉴日益频繁。跨文化女性文学借鉴吸收多元文化滋养，将小说、诗歌、散文、戏剧等不同文体熔为一炉，形成了独特的混合型文体。有的作品将口述史、民间传说等文化遗产融入小说创作，形成了兼具历史厚重感和现代性的文学形式；有的作品将诗、散文的抒情性与小说的叙事性结合，形成了富有诗意又不失故事性的独特文体。正是在这种文化交融与文体创新中，跨文化女性文学焕发出勃勃生机，展现出了女性文学创作的无限可能。

五、跨文化视野下女性文学的传播与交流

（一）国际视野中的女性文学传播路径

在国际视野中，女性文学的传播路径呈现出多元化、网络化、跨文化的特点。随着全球化进程的不断深入，女性文学作品得以突破地域和语言的藩篱，在更广阔的空间内流动、交流、碰撞，展现出勃勃生机。

翻译出版成为女性文学跨国界传播的重要途径。通过文学作品的翻译，不同国家和地区的读者得以欣赏和品味异域女性的生活经历、情感世界和价值观念。一部优秀的译作不仅能够忠实再现原作的艺术魅力，还能打破文化隔阂，架起心灵沟通的桥梁。译者的精湛技艺和文化修养在其中发挥着关键作用。正是凭借译者的不懈努力，诸多女性文学佳作得以走出国门，成为世界文学宝库中的瑰宝。

国际文学奖项的评选和颁发为女性文学的全球化传播提供了重要平台。诺贝尔文学奖、布克奖、龚古尔文学奖等国际知名奖项对优秀女性作家的肯定，不仅提升了她们在本国文坛的地位，更令其作品得以被更多海外读者所熟知和喜爱。

获奖作品往往能够引发广泛的国际关注，带动出版商对其译介和发行的热情。透过奖项的引介，世界范围内广大读者得以领略不同文化语境下女性文学的独特魅力。

国际学术交流活动为女性文学研究搭建了重要平台。围绕女性文学这一主题，诸多国际学术会议、研讨会应运而生。来自世界各地的女性文学研究者齐聚一堂，交流彼此的研究心得，分享最新的学术成果。跨文化的思想碰撞往往能够产生精彩的火花，推动女性文学研究向纵深发展。与此同时，高校合作办学、学者互访等形式的国际学术交流也日益频繁。这些活动促进了中外女性文学研究的相互借鉴和启发，为女性文学研究注入了新的活力。

互联网时代为女性文学的跨国界传播提供了前所未有的机遇。数字出版、网络文学、自媒体等新兴传播方式令女性作家与海外读者的距离大大缩短。女性作家者可以通过网络平台直接与读者互动交流，及时获取反馈，不断改进创作。海量的女性文学作品借助互联网得以实现零时差、零距离的全球分享。女性话语借助网络媒介获得了更多的表达空间和传播机会。数字时代为女性文学的传播和接受创造了无限可能。

在新时代背景下，国家"走出去"战略为女性文学的国际传播提供了宏观政策支持。近年来，我国实施了一系列文化"走出去"工程，包括经典作品的翻译出版、文学期刊的国际发行、重点作家的海外推介等。这为中国女性文学走向世界提供了难得的历史机遇。通过国家层面的政策引导和资源投入，越来越多的中国女性作家及其作品跻身国际文坛，展现了中国女性的精神风貌，提升了中国文化的国际影响力。

（二）促进东西方女性文学交流的途径

促进东西方女性文学交流是推动不同文化间对话、理解与融合的重要途径。随着全球化进程的加速，各国文学交流日益频繁，女性文学作为世界文学的重要组成部分，在跨文化对话中扮演着不可或缺的角色。通过多元化的交流方式，东西方女性作家能够相互借鉴创作经验，共同探讨女性发展面临的机遇与挑战，为推动女性事业进步贡献智慧和力量。

从作品层面来看，翻译是实现东西方女性文学交流的基础。通过高质量的文学翻译，东方女性作家的优秀作品得以走向世界，西方读者也有机会欣赏到不同文化背景下的女性文学。译者在忠实原作的基础上，更要注重对作品蕴含的女性意识、价值追求等文化内涵的传达，使译作成为连接不同文化的桥梁。近年来，国内外出版机构和文学期刊日益重视女性文学作品的翻译出版，为东西方女性文学交流提供了更广阔的平台。

从人才层面来看，东西方女性作家的直接对话与交流大大促进了女性文学的繁荣发展。通过举办国际文学研讨会、作家论坛等活动，不同国家和地区的女性作家可以面对面地分享创作体会，探讨女性文学发展趋势。这种思想的交锋与碰撞不仅能够启发创作灵感，拓宽创作视野，更有助于加深对不同文化的理解和认同。同时，高校、研究机构应积极搭建女性文学研究的国际交流平台，为中青年女性文学研究者提供学术访学、合作研究的机会，培养具有全球视野和跨文化意识的女性文学批评家，推动女性文学研究的深入发展。

从文化层面来看，女性电影节、女性戏剧节等文化交流活动是促进东西方女性文学对话的重要渠道。这些活动不仅为女性文学作品提供了展示舞台，也成为传播女性意识、弘扬女性文化的重要载体。在东西方交流互鉴中，东西方女性能够充分感受彼此在精神追求、审美情趣等方面的共通之处，加深女性群体的自我认同。同时，文化交流活动还能让更多的社会大众关注和理解女性文学，为女性文学发展营造良好的社会氛围。

促进东西方女性文学交流，既要立足本民族文化传统，又要积极吸收外来文化的优秀成果。在文化交流中，我们要以平等、开放、包容的态度看待不同文化背景下的女性文学，摒弃偏见和成见，在差异中寻求共识、在共识中尊重差异。

唯有如此，东西方女性文学才能在交流中互鉴，在互鉴中共进，共同为世界文学的多元发展贡献自己的力量。

第二节　跨文化视野下的女性意识表现

一、不同文化对女性意识的影响与塑造

（一）历史与社会背景的影响

历史与社会背景对女性意识的形成和发展具有深远影响。在漫长的人类文明演进过程中，不同时期、不同地域的历史传承和社会价值观念塑造了女性的自我认知和社会角色定位。从古代的父权制社会到现代的平权运动，女性意识经历了从被动接受到主动追求的转变，其背后正是历史与社会大背景的推动。

传统的农耕文明和宗法制度建立了男尊女卑的观念，将女性视为男性的附属品。在这样的历史背景下，女性意识处于被压抑和边缘化的状态。然而，随着工业革命的兴起和资本主义的发展，女性开始有机会走出家庭，参与社会生产和服务，其经济地位和社会影响力逐渐提升。这种转变为女性意识的觉醒提供了现实基础。

20 世纪以来，女权运动风起云涌，争取教育机会的均等、婚恋自由、就业选择权等成为女性意识发展的里程碑。两次世界大战期间，大批女性走向战场和工厂，用实际行动证明了自身的能力和价值。战后，随着联合国的成立和《世界人权宣言》的颁布，性别平等成为国际社会的价值追求，为女性意识的进一步成长创造了良好的社会环境。

新中国成立后，"妇女能顶半边天"的口号喊出了对女性地位的肯定。在社会主义建设中，女性积极投身各行各业，展现出不逊于男性的才干。改革开放以

来，市场经济的发展为女性提供了更加多元的发展机会。然而，在就业歧视、家庭暴力等问题上，女性的权益仍受到侵犯，这促使女性加强自我保护意识，用法律武器维护自身权益。

进入新时代，在"男女平等"入宪的大背景下，女性意识呈现出更加鲜明的时代特色。伴随"她经济"的兴起，女性消费需求日益受到重视，女性话语权不断提升。互联网时代，网络女权运动蓬勃发展，女性用键盘捍卫尊严，用行动推动社会进步。"女德"教育等陈腐观念受到抨击，女性追求精神独立和自我价值实现成为时代潮流。

（二）文化差异中的地位与角色

在不同文化背景下，女性的地位和角色期望差异显著，这反映出社会文化对女性的深刻影响。在男权主导的传统社会中，女性通常被视为男性的附属，她们的地位和角色受到严格的限制。她们被期望承担起家庭照顾、生育后代等传统职责，个人发展空间有限。相比之下，在现代社会中女性的地位显著提升，教育和就业的机会也大幅增加，职业角色越来越多元化。

从跨文化比较的视角出发，女性的地位和角色期望的差异源于各自独特的历史传统、经济发展水平等因素。在西方社会中，女性拥有更多追求个人发展的自由，她们的职业角色选择也更加多样化。

即使在同一文化背景下，不同社会阶层的女性处境也可能有很大的不同。社会经济地位、教育程度等因素对女性的角色期望和发展机会有着重要的影响。通常情况下，中上阶层的女性有更多的机会接受教育和追求事业发展，而较低阶层的女性更容易受到传统性别角色的限制。

跨文化中女性地位的差异不但反映在社会现实中，也体现在文学创作中。不同文化背景下的女性文学作品，生动地描绘了女性的生活境遇和精神世界。从中我们可以看到，随着社会文化的变迁，女性意识不断地演变。传统的女性形象通常充满了对现实的无奈接受和心理困境，而现代的女性形象展现出更多挣扎、反抗甚至觉醒的特点。

二、跨文化女性意识中的共性与差异

（一）全球化背景下的共性

全球化时代的到来，使不同文化背景下的女性面临许多共同的机遇和挑战。尽管各国女性的生活状况和社会地位存在差异，但在争取平等权益、实现自我价值方面，女性群体呈现出一些普遍性的诉求。无论是在发达国家还是发展中国家，女性都在积极推动社会变革，为实现真正的性别平等而不懈努力。

从经济领域来看，女性普遍渴望获得与男性平等的就业机会和薪酬待遇。长期以来，职场性别歧视现象严重，女性在求职、晋升等方面常常遭遇"玻璃天花板"的阻碍。为了打破这一障碍，许多国家的女性积极投身反性别歧视运动，呼吁社会各界重视女性的职业发展权益。同时，越来越多的女性开始创业，以实际行动证明自己的能力和价值。在全球范围内，女性创业者的数量不断增加，她们在各行各业展现出非凡的智慧和创造力，为经济社会发展注入了新的活力。

在政治领域，女性积极参与公共事务管理，努力提升自身的政治地位。随着性别平等意识的觉醒，越来越多的女性开始关注政治，积极参与到国家和社会的决策过程中。在许多国家，女性参政的比例显著提高，一些杰出的女性政治家更是成为引领社会进步的重要力量。尽管如此，女性在政治领域的代表性仍然不足，许多关键决策职位依然由男性主导。为了改变这一状况，全球女性纷纷加入政党组织，通过制度化渠道表达自己的政治诉求。

在社会领域，女性普遍呼吁消除针对女性的暴力和歧视，维护女性的基本权益。在许多国家和地区，针对女性的家庭暴力、性骚扰、人身伤害等问题依然十分，严重威胁着女性的生命安全和尊严。为此，无数女性投身反对针对女性暴力的社会运动，呼吁加强法律保护，为受害者提供庇护和援助。与此同时，女性群体也在积极倡导消除社会文化领域的性别歧视，推动教育、就业、婚姻等领域的性别平等。

在全球化背景下，不同文化背景的女性虽然生活状况各异，但在争取平等权益、实现自我价值方面有着共同的诉求。无论是在经济、政治还是社会文化领域，女性都在积极采取行动，推动性别平等的实现。这些诉求的提出，既彰显了女性意识的觉醒，也为全球女性发展指明了方向。只有社会各界共同努力，消除性别歧视，为女性营造公平、包容的发展环境，女性才能真正实现自身价值，在推动人类文明进步中发挥更大的作用。

（二）文化多元性背景下的特色

文化多元性背景下，女性意识呈现出鲜明的地域特色和差异性。不同地区的历史传统、社会结构、经济发展水平等因素，对当地女性的价值观念、行为方式和生活方式产生了深远影响。这种差异性不仅体现在不同国家和民族之间，即便在同一国家内部，不同地区的女性意识也存在明显的区域特点。

在中国这个幅员辽阔、人口众多的国家中，各地区在自然环境、历史文化、社会发展等方面存在显著差异，这些差异对当地女性意识的形成和发展产生了重要影响。总体而言，东部沿海地区经济发达，思想更加开放，女性受教育程度较高，她们更加注重自我发展和个人价值的实现。而在一些中西部欠发达地区，这些地区受传统观念影响较深，女性的社会地位相对较低，她们更倾向于将家庭责任放在首位，自我意识相对较弱。

然而，这种区域差异并非绝对，随着中国经济和社会进步，不同地区女性意识的特点也在不断发生变化。随着社会的进步和经济的发展，即便是欠发达地区的女性，也越来越意识到自身的权益，开始追求独立自主、平等发展。同时，女性意识的提升也推动了社会观念的变革，促进了男女平等理念的深入人心。

跨文化研究发现，尽管不同地区女性意识存在差异，但也呈现出一些共性特征。例如，当代女性普遍重视教育和事业发展，希望在社会中获得与男性平等的机会和权利。她们不再甘于附属和从属的地位，而是积极追求自我实现和社会参与，在各个领域中展现自己的才华和能力。这种趋同性反映了女性意识在全球化背景下的共同发展方向。

文学创作生动地反映了不同地区女性意识的特点。许多优秀作品以特定地域为背景，塑造了鲜明的女性形象，展现了她们的内心世界和生存状态。通过这些作品，我们可以深入了解不同地区女性的价值追求、情感体验和人生境遇，加深对女性意识多样性的认识和理解。同时，文学作品也成为连接不同地域女性的桥梁，促进了女性经验的交流和共鸣。

三、跨文化女性意识在文学作品中的体现

（一）文学作为跨文化交流媒介

文学作为一种独特的跨文化交流媒介，在传递和展示女性意识方面发挥着不可替代的作用。长期以来，女性在不同文化背景下的生存状态、内心世界和价值诉求都存在着显著差异。然而，文学创作以其独特的艺术表现力，跨越了文化的藩篱，将这些差异化的女性意识呈现在世人面前，引发了广泛而深刻的思考。

文学作品以其丰富的内涵和生动的形象，为女性意识的跨文化传播提供了直观、鲜活的载体。不同国家、不同民族的女性作家，通过各自独特的笔触，描绘出了本民族女性的生活图景、心理状态和情感世界。这些作品犹如一面镜子，真实而又细腻地折射出不同文化语境下女性的独特面貌和共同追求。在阅读这些作品的过程中，读者可以直接地感受到不同文化中女性的喜怒哀乐，理解她们的梦想与困惑，从而加深对不同文化背景下女性生存状态的认知。

文学作品也是女性意识跨文化交流的重要平台。这些优秀的女性文学作品，往往能够超越国界和文化的限制，成为连接不同女性群体的桥梁和纽带。尽管不同文化背景下的女性处境各异，但她们对自我价值的追寻、对性别平等的渴望是

相通的。文学作品以其独特的艺术感染力，将这些共通的诉求传递给不同文化背景的读者，激发读者对女性问题的广泛关注和深入思考，促进了女性意识在跨文化语境中的交流与碰撞。许多脍炙人口的女性文学作品，如《简·爱》《傲慢与偏见》《飞鸟集》等作品，已经成为全人类的精神财富，在女性意识跨文化交流中发挥不可代替的作用。

文学创作是女性进行自我表达和自我认知的重要途径。对许多女性作家而言，写作不仅是一种抒发情感、表达观点的方式，更是一个探索自我、重塑自我的过程。在创作中，女性作家以敏锐的洞察力审视自己的内心世界，以独特的女性视角反思自身的生存处境，进而达到自我认知和自我超越的境界。这种女性自我意识的觉醒，往往又通过作品传递出去，在跨文化的语境中引起更多女性的共鸣，激发她们对自身处境的反思和对自我价值的探寻。正是在这种创作与阅读、表达与共鸣的交互中，女性意识得以在跨文化语境中不断发展、进步。

文学作为跨文化交流的媒介，为展示不同文化背景下的女性生存状态、传递女性的共同诉求提供了独特的途径。并发挥其艺术表现力和情感感染力，搭建起女性意识交流的桥梁，促进了女性自我认知的觉醒。在全球化时代，文学所承载的跨文化使命显得尤为重要。人们应该充分认识到文学的独特价值，发挥其在跨文化女性意识传播中的积极作用，推动女性意识在更广阔的文化语境中不断发展，最终实现不同文化背景下女性地位的提升和性别平等的理想。

（二）跨文化女性意识的特点

跨文化视角下的女性文学创作呈现出独有的特征与风格。这些特征一方面体现了不同文化背景对女性意识的塑造，另一方面也折射出女性作家在跨文化语境中的自我认知和价值诉求。

从表现内容来看，跨文化女性文学常常聚焦于女性在不同文化冲突中的身份认同困境。女性作家从其敏锐的洞察力捕捉到传统文化与现代文明、东方价值与西方观念之间的张力，以及由此引发的女性自我意识的觉醒与迷惘。在这些作品中，我们可以看到女性人物在不同文化身份间踌躇彷徨、努力寻求自我定位的心路历程。她们一方面试图突破传统文化对女性的桎梏，追求独立自主的人格；另一方面她们又难以完全摆脱母文化的影响影响羁绊，在价值观念和行为方式上表现出矛盾与动摇。这种文化认同的焦虑成为跨文化女性文学的一个重要主题，展现了女性在多元文化交融中探索自我、重建身份的艰难历程。

从表现形式来看，跨文化女性文学更加趋向于对个人化经验的书写。不同于传统宏大叙事中对女性群体宿命的刻画，跨文化语境下的女性文学更加注重个体生命的诉求和感受。女性作家更倾向于，借自身经历，情感与身份认同的挣扎作为创作的源泉她们通过笔触，以真切动人的细节再现女性成长的酸甜苦辣。这些作品往往采用自传式的写作手法，或是以第一人称的视角展开叙述，力求以最贴近生活的方式再现女性的心路历程。同时，她们也善于运用意识流、倒叙、插叙等现代手法，通过跳跃的时空和错综的情节，展现女性意识在多元文化交织中的破碎与重组。这种表现形式上的创新使跨文化女性文学更加灵动多变，也更加立体地呈现了女性的内心世界。

跨文化女性文学在叙事视角和语言风格上也表现出独特性。女性作家置身于不同文化的交汇点，她们常常以局外人的眼光审视自我。这种旁观者的视角赋予她们超越文化藩篱的洞察力，使其能够更加客观地反思不同文化中女性的生存状态。而在语言上，跨文化女性文学往往呈现出杂糅的特点。一方面，她们在创作中既保留了母语的表达方式，又在异语创作中保留了本土文化的韵味；另一方面，她们又积极吸收异域文化的语言养分，使作品呈现出别样的异国情调。正是在这种多元语言的交织中，跨文化女性文学展现出了独特的魅力。

四、跨文化女性意识与社会文化的互动关系

（一）女性意识在社会文化中的反映

女性意识是一个复杂而多元的概念，其内涵和外延都随着社会文化的变迁而不断演进。在不同的社会文化背景下，女性意识呈现出丰富多样的表现形式，反映了女性在特定历史条件下的生存状态、价值诉求和发展愿景。深入探究女性意识在社会文化中的反映与互动，对于理解女性发展的内在逻辑、推动性别平等具有重要意义。

从宏观层面来看，女性意识与社会文化之间存在着复杂的互动关系。一方面，社会文化环境深刻影响着女性意识的形成和发展。在父权制社会中，由于男尊女卑的传统观念和制度安排的束缚，女性往往被置于从属地位，其主体意识难以觉醒。而在现代社会，随着女性教育水平的提高和经济地位的改善，女性意识逐渐觉醒，开始追求独立、平等、自由的人生价值。另一方面，女性意识的觉醒又反作用于社会文化的变革。当代女性通过积极参与社会生活、争取合法权益，推动了一系列制度和观念的变革，如男女平等、反对性别歧视等，为构建性别平等的社会文化环境贡献了重要力量。

从微观层面来看，女性意识在个体生命历程中也呈现出多样化的发展轨迹。每个女性都处在特定的社会文化语境之中，其性别意识的形成和发展都深受家庭环境、教育背景、职业经历等因素的影响。研究发现，家庭是女性意识形成的重要场域。在重男轻女的家庭中成长的女性，其性别意识往往比较模糊，甚至认同传统的性别角色分工。而在性别平等的家庭环境中成长的女性，更容易形成独立、进取的人格特征。教育经历也是影响女性意识发展的关键因素。接受过高等教育的女性普遍具有更强的自主意识和权利意识，能够用批判的眼光审视传统性别文化，推动社会变革。此外，职业经历也为女性意识的发展提供了重要土壤。在职场中，女性不仅要面对"玻璃天花板"等结构性障碍，还要承受来自社会文化的

压力，如"女性应以家庭为重"等传统观念的束缚。然而，越来越多的职业女性勇于突破这些障碍，在追求事业发展的同时，也在重塑自我认知，争取平等权益。

女性意识在社会文化中的反映与互动，还体现在文学艺术创作领域。文学作品生动地记录了不同历史时期女性的生存状态和精神追求，是研究女性意识嬗变的重要文本。在中国现当代文学中，一批杰出的女性作家以敏锐的洞察力和犀利的笔触，创作了一个个鲜活生动的女性形象，表达了女性的喜怒哀乐、梦想追求。"五四"时期的女作家如蒋英、冰心、丁玲等，在作品中表达了知识女性追求独立、反抗封建礼教的觉醒意识；而当代女作家如铁凝、王安忆、迟子建等，则注重展现时代女性的生存困境和精神困惑，思考女性的自我认知和社会责任。这些优秀作品不仅展现了丰富的女性生命图景，也为女性意识的发展提供了强大的精神动力。

只有立足社会现实，深入把握女性意识形成发展的多维逻辑，才能推动女性意识的进一步觉醒，为实现性别平等、建设美好社会贡献智慧和力量。在新时代背景下，系统梳理女性意识发展脉络，挖掘其在社会文化中的丰富内涵，对于指导女性自身发展、促进男女和谐具有重要意义。

（二）社会文化变迁的影响

社会文化的急剧变迁对女性意识的影响是一个复杂而深远的议题。随着时代的发展和社会的进步，女性的自我认知、社会地位和角色期待都在不断演变。在这一过程中，社会文化环境的变化无疑发挥了关键作用。

传统的社会文化模式往往对女性角色有着相对固化的定义和期待。在许多文化中，女性被视为家庭的照料者、子女的抚育者，其价值主要体现在私以家庭为圆心的生活模式内。这种观念限制了女性的自我发展和追求。然而，随着现代化进程的推进，工业化、城市化、全球化等因素带来了社会结构和文化形态的巨大变革。女性教育水平的提高、经济独立意识的增强以及就业机会的拓展，使越来越多的女性走出家庭，参与到社会生活的各个领域。这一变化不仅改变了女性的生活方式，也极大地冲击了传统的性别角色定位。

女性主义的兴起和发展为女性意识的觉醒提供了重要的思想资源。女性主义者通过对父权制文化的批判，揭示了社会性别不平等的根源，呼吁社会给予女性与男性同等的机会和权利。在女性主义的影响下，社会文化环境开始重新审视和反思对女性的定位和期待。"女性"概念本身的内涵也随之发生变化，从"他者""第二性"逐渐走向主体、独立的生命个体。女性开始以全新的姿态看待和定义自己，以更加自信、独立和自主的姿态走向未来。

当代社会文化的多元化发展进一步丰富和延展了女性意识的内涵。后现代主义对理性主义、二元对立的批判，为差异性别政治的兴起提供了土壤。酷儿理论、生态女性主义等流派从不同视角解构了主流女性主义预设的"女性"概念，强调女性群体内部的差异性和多样性。这使女性意识呈现出更为多元、立体、复杂的特征。女性不再被简单地同质化，而是以多重身份和交叉性的方式被认知和讨论。在此背景下，女性意识超越了单一的社会性别诉求，开始关注不同族裔、阶层、年龄、文化背景女性的特殊处境和诉求。多样性成为当今女性意识的重要特征。

信息技术革命带来的新兴媒介也在很大程度上重塑了女性意识。互联网、社交媒体为女性赋权和话语权构建了一个全新的平台。海量信息的开放获取使女性有机会了解全球女性议题和经验，互联网的互动交流使女性意识得以跨越时空界限实现共鸣。互联网一方面成为女性主义者宣传、组织、动员的重要阵地，另一方面也让草根女性有机会表达自我、抵抗歧视、参与话语建构。这些新的文化形态一方面颠覆着男性主导、高度中心化的传统文化霸权，另一方面也使女性意识的形成和表达变得更加便捷、活跃、多元。

社会文化变迁为女性意识的觉醒、演化和多元表达开启了广阔的空间。在现代化、文化多元主义、信息技术革命等因素的共同作用下，女性意识呈现出主体觉醒、角色重塑、诉求多元等时代特征。这一方面展现出女性摆脱传统性别桎梏、确立自我的努力，另一方面也映射出不同文化语境中女性解放所面临的张力与挑战。可以预见，未来社会文化的发展必将进一步推动女性意识的深化和拓展。而女性主体性的建构、多元诉求的表达、跨文化女性经验的交流，也必将反作用于社会文化的变革。在这一过程中，学界尤其是女性主义学者应秉持开放、包容的态度，以跨学科、比较的视角深入探讨不同语境下女性意识发展的独特轨迹，为女性的进一步解放和社会性别平等的实现贡献智慧和力量。

五、跨文化女性意识对女性自我认知的拓展

（一）跨文化经验的影响

在多元文化的交流和碰撞中，女性敢于挑战固有思维模式和传统价值观念，重新审视自我，探索内心深处的真实需求和追求。通过与不同文化背景下的女性交流，她们能够深刻认识到女性群体内部的多样性，理解不同社会环境对女性个体发展的影响。这种跨文化视野有助于女性摆脱狭隘的自我认知，建立更加包容、开放的自我形象。

跨文化经验还能帮助女性提升自我认知的深度和广度。在跨文化交流中，女性往往会遇到与自身经历和观念不同的人和事，这种差异性体验能够激发她们对自我的反思和探索。通过比较不同文化中女性的生存状态和发展机遇，女性能够更加全面、客观地认识自我的优势和不足，调整自我发展的方向和策略。同时，跨文化交流也为女性提供了学习和借鉴的机会，她们可以吸收不同文化中女性发展的有益经验，丰富自我成长的资源和路径。

跨文化经验对女性确立自我认同感也具有积极作用。在跨文化背景下，女性往往需要面对文化冲突和身份困惑等挑战，这个过程虽然艰难，但是自我认知深化的重要契机。通过不断的文化协商和身份探索，女性能够逐步厘清自我与他者、个人与群体之间的边界，形成更加清晰、稳定的自我认同。这种建立在跨文化经验基础上的自我认同，不仅包含了对自身文化身份的肯定，也融入了对多元文化

的理解和尊重，具有更加开放、包容的特质。

跨文化经验对女性自我认知的影响是一个渐进的过程。女性需要在跨文化经验交流中不断反思、调整、重构自我，才能真正实现自我认知的升华。这个过程需要女性保持开放、谦逊的心态，以平等、尊重的态度对待不同文化，在交流互鉴中丰富自我、完善自我。同时，社会也应该为女性提供更多跨文化交流的机会和平台，营造包容、多元的文化氛围，破除性别偏见和刻板印象，为女性自我发展创造有利条件。

（二）个体与集体视域下的成长路径

跨文化交流为女性提供了拓宽自我认知视野、深化自我认知内涵的重要契机。在个体层面，跨文化经历能够引导女性反思自身的文化背景和性别角色，重新审视既有的认知模式和行为方式。通过与不同文化背景下的女性交流互动，个体能够意识到性别角色期望的多样性，进而反思自身在本土文化中所扮演的角色和所承担的责任。这种反思过程不仅有助于女性突破传统性别角色的束缚，重塑自我认知，更能激发其探索自我、实现自我的内在动力。

在集体层面，跨文化女性交流为女性群体提供了相互学习、相互激励的平台。不同文化背景下的女性能够在交流中共享与传递知识、经验和智慧，彼此借鉴成功经验，共同探讨面临的困境与挑战。这种集体互动不仅能够增强女性的集体认同感，形成"她力量"的凝聚力，更能推动女性群体的自我赋权和社会赋权。通过集体力量，女性能够更加自信地表达自身诉求，捍卫自身权益，进而推动社会性别平等的实现。

跨文化女性交流还有助于促进不同文化间的相互理解和包容。在交流互鉴中，女性群体能够深入不同文化的内在精神和价值追求，学会以更加开放、包容的心态看待文化差异。这种跨文化理解不仅有利于消除偏见，促进不同文化背景下女性的团结与合作，更能为构建人类命运共同体贡献女性智慧和女性力量。

第三节　跨文化视野下的女性文学
与女性意识的互动关系

一、女性意识在跨文化女性文学中的体现与升华

（一）跨文化元素影响女性形象塑造

跨文化视野为女性文学创作提供了更加广阔的思考维度和表现空间。在不同文化语境的交织与碰撞中，女性作家得以突破本土文化的局限，吸收借鉴异质文化的营养，从而实现女性意识的深层次觉醒和女性形象塑造的多元化呈现。

跨文化语境下的女性文学创作，是一个动态交互和深入探索的过程。一方面，女性作家需要立足本民族文化传统，深入挖掘其中蕴含的女性意识因子，并以此为基础展开文学创作。这种植根于民族文化沃土的女性书写，使作品具有强烈的文化认同感和归属感，凸显女性的主体性地位。另一方面，跨文化视野要求女性作家具备全球视野和跨文化交流的能力，拓宽女性意识的表达路径。在不同文化的交流与借鉴中，女性作家能够破除思维定式，激发创作灵感，以更加开放包容的姿态书写女性生存状态和精神世界。

跨文化女性文学创作对女性形象塑造产生了深刻影响。传统女性文学中的女性形象往往带有浓重的文化烙印，难以摆脱单一刻板的特征。而跨文化语境为女性形象注入了新的生机与活力。通过对不同文化中女性生存境遇的比较和反思，女性作家能够重新审视和定位女性的社会角色，突破性别藩篱的束缚，塑造出独立自主、追求解放的新时代女性形象。同时，跨文化视野还有助于女性作家深入剖析不同文化语境下的女性困境，揭示出女性遭受压迫和歧视的根源所在，进而唤起女性自我意识，推动女性地位的提升。

跨文化交流还为女性文学创作带来了丰富的题材资源和表现手法。不同国

家、不同民族的女性生活状态和精神风貌，为女性文学注入了新鲜血液。通过跨文化叙事，女性作家可以展现不同文化背景下女性的独特体验和情感世界，拓展女性文学的表现疆域。同时，借鉴异质文化的艺术表现方式，女性作家还能实现创作技巧和审美风格的革新，以更加多元立体的方式再现女性生命历程，提升女性文学的艺术感染力。

在不同文化的交汇与碰撞中，女性作家能够突破本土文化的局限，吸收借鉴异质文化的精华，实现女性意识的升华和女性形象塑造的突破。跨文化语境下的女性文学作品，不仅彰显了女性主体性，也向世界展示了女性的智慧和力量。在全球化浪潮的推动下，女性文学必将在世界文坛上焕发出更加绚丽夺目的光彩，为人类文化的多样性和繁荣作出贡献。

（二）融合多元文化对女性意识的提升

跨文化女性文学中女性意识的升华，源于对多元文化的融合与共鸣。在跨文化语境下，不同文化背景下的女性形相互借鉴、相互影响，碰撞出思想的火花。这种文化交融不仅丰富了女性形象的内涵，也为女性意识的觉醒和提升提供了强大的动力。

跨文化女性文学以其独特的视角，揭示了女性在不同文化语境下的生存状态和精神世界。通过对比不同文化中女性的命运和遭遇，读者能够更加全面地认识女性问题的普遍性和特殊性。这种全面的认识不仅有助于打破对女性的角色的刻板印象，还能促进对女性权益的深入理解，走向更高的层次。

在跨文化女性文学的创作中，女性作家善于利用不同文化元素，塑造富有张力和深度的女性形象。她们或借鉴传统文化的精髓，将其融入现代叙事中，或汲取异国文化的独特魅力，将女性置于多元文化的阐释视域中，从而使女性形象更加立体、丰满且充满深度，也使女性意识立体、丰满且充满深度。例如，在亚裔美国女作家谭恩美的小说《喜福会》中，中国传统文化与美国主流文化交织碰撞，女主人公走出男权社会的桎梏，找到自我价值和人生归宿的历程，鲜明地体现了跨文化语境对女性意识觉醒的积极影响。

跨文化女性文学还为女性提供了一个相互理解、相互支持的精神家园。在跨文化对话中，不同文化背景下的女性实现了心灵的互通和共鸣。她们分享各自的故事、情感价值观以及对生活的独特见解，搭建起一座座跨越文化和地域的心灵桥梁。这种超越文化隔阂的女性联结，不仅是女性意识得以升华的情感基础，也是女性走向解放的重要力量源泉。

跨文化女性文学还展现了不同文化语境下女性的多元生存策略和抗争方式。在与父权制度的斗争中，她们或以隐忍的方式抵抗，或以激进的行动反叛，彰显了女性意识的坚韧与勇气。这种多元的女性生存图景，无疑为女性意识的发展提供了打下了坚实的基础。

二、跨文化女性文学对女性意识的影响与推动

（一）文学作品影响女性自我认知

跨文化语境下的女性文学创作为女性自我认知的演变提供了宝贵的多重视角。在不同文化背景的交融碰撞中，女性作家以敏锐的洞察力捕捉到女性身份认同的复杂性和多样性，通过细腻的笔触和深刻的思考，展现了女性的内心世界和精神风貌。

跨文化女性文学呈现出鲜明的比较视角，将不同文化语境下的女性形象置于同一叙事框架下，揭示出自我认知对女性成长的影响的深层文化机制。在中西方文化交汇的语境下，女性作家一方面批判东方传统文化对女性身心的桎梏，另一方面也对西方女性主义话语的局限性进行反思。这种多元文化视角的介入，拓展了女性自我认知的维度，促进了女性主体意识从被动接受到主动建构的转变。

跨文化女性文学还生动展现了女性自我认知的发展历程。许多作品聚焦于女性从幼年到成年甚至更长时间段的成长历程，这些作品通过不同的艺术形式展现

了女性在家庭、学校、社会等不同场域中对自我身份的探索与确证。跨文化的阅历使女性对传统性别角色有了更加清醒的认识，开始主动突破父权文化的羁绊，寻求独立自主的人生目标。这一过程虽然充满困顿与挣扎，但终将实现性别等和女性全面发展的美好愿景。

跨文化女性文学还以独特的美学风格影响着女性自我认知的塑造。这一领域内的许多作品致力于打破以男性为中心的传统叙事框架，采用意识流、碎片化的叙事方式，展现女性意识的流动性和发展性。这种打破常规的叙事方式，突出了女性特有的感性思维和情感体验，展现女性内心世界的丰富与美好。这些充满张力的文本，引领读者突破性别偏见的樊篱，重新审视女性的内在价值。

（二）女性文学推动女性意识演变

跨文化交流为女性文学注入了新的活力，推动着女性意识的不断演变。在多元文化的碰撞与融合中，不同国家和地区的女性作家以其独特的视角和创作风格，书写着女性的生存境遇、精神世界和价值追求。她们的作品跨越地域和文化的界限，引发女性读者的共鸣，唤起女性对自身命运的思考，激励女性为争取自身权益、实现自我价值而不懈努力。

跨文化女性文学展现了女性在不同社会背景下的生活图景，揭示了女性所面临的共同困境。无论是中国的张爱玲、蒋英，还是英国的弗吉尼亚·伍尔夫、简·奥斯汀，抑或是美国的玛格丽特·米切尔、托妮·莫里森，她们笔下的女性形象都饱受着来自社会文化、家庭以及个人内心等多方面的压力与困境，在男权社会中艰难求存。然而，这些女性作家并没有止步于对女性苦难的呈现，而是通过作品被生动再现，成为探讨女性生存状态的重要载体。她们塑造了一个个敢于打破桎梏、勇于追求自由的"新女性"形象，如伍尔夫笔下的克拉丽莎、米切尔笔下的斯佳丽等，这些女性形象都成为激励广大女性的真要力量。跨文化女性文学犹如一面镜子，照见了女性在全球范围内所处的相似境遇，增强了女性的认同感和凝聚力，推动着女性意识在全球范围内的觉醒和发展。

跨文化交流也为女性意识的升华提供了广阔的视野和丰富的养料。不同文化背景下的女性在生活方式、价值取向等方面存在差异，但她们对美好生活的向往蕴含一些共性。跨文化女性文学通过对女性生活和内心世界的探索与表达，展现了女性的挣扎追求与成长。在这些作品中，女性不再是男权主义的附属物和牺牲品，而是拥有独立人格和价值追求的个体。读者通过与不同文化背景下的女性形象产生情感共鸣，对女性生存状态的认知上的飞跃，加深了对女性自身价值的认知。同时，跨文化女性文学也让女性重新审视自己的生活和情感。例如，东方女性文学中的隐忍、牺牲精神，与西方女性文学中的独立、自由理念，看似矛盾，实则相得益彰。在比较与借鉴中，女性意识实现了自我突破和提升，形成了兼容并蓄、博采众长的新内涵。

跨文化交流还为女性文学的创新发展开辟了广阔空间。不同文化语境下的女性文学，其叙事方式、表现手法、艺术风格呈现出多元化特征。女性作家通过吸收多元化的文化养分，突破了原有文学传统的局限，以更加独特、新颖的方式反映女性生活、情感和经验。例如，美国黑人女作家莫里森将非洲的神话传说、口语传统与现代主义手法相结合，以魔幻现实主义风格再现黑人女性的悲欢离合，广受好评；中国当代女作家借鉴西方意识流、荒诞等现代主义技巧，创造出独树一帜的"玄思"小说，为中国女性文学的发展开拓了新的道路。女性文学在跨文化交流中实现了形式和内容的深刻交通与创新。

跨文化女性文学的发展，还有助于促进不同国家和民族间的理解与包容。文学作为人类情感和思想的载体，具有跨越时空、沟通心灵的独特功能。女性文学以其细腻动人的情感表达和深刻独到的社会洞察力，拉近了不同文化背景下女性的心理距离，消除了隔阂与偏见。通过阅读其他国家女性的生活故事和情感体验，读者实现了跨文化的情感互动与心灵对话。同时，跨文化女性文学也向世界展示了不同国家国家和民族女性的风采，增进了人们对多元文化的认知和理解。在欣赏不同文化魅力的同时，读者也加深了对女性问题的全球性思考。女性命运的改善和女性地位的提升，已经成为全人类共同关注的议题。跨文化女性文学正是沟通不同文明、促进人类命运共同体建设的重要桥梁。

跨文化交流为女性文学注入了新的活力，同时也极大地推动了女性意识的发展。在文学与现实的互动中，女性意识不断突破传统束缚，走向了一个更加自主、平等和多元化的未来。跨文化女性文学犹如一座桥梁，连接着不同文化背景下的女性声音和情感体验。也昭示着女性光明的未来。在全球化浪潮的推动下，女性文学与女性意识必将实现更高层次的变革和发展，书写出人类发展的崭新篇章。

三、跨文化背景下女性文学与女性意识的相互渗透

（一）文化差异中的女性形象与意识互动

跨文化背景下，女性文学与女性意识的碰撞交融，是文学与社会文化领域中一种相互渗透、彼此影响的动态过程。在这一过程中，不同文化语境中的女性形象塑造与女性意识觉醒，相互映照、互为补充，共同推动着女性主体性的建构与彰显。

文化差异为女性形象塑造提供了丰富的素材和多元化的视角。每一种文化都有其特定的性别观念和价值取向，这些观念和取向必然会投射到文学创作中，影响作家对女性形象的把握和刻画。例如，中国传统文化中"男主外，女主内"的性别分工，塑造出大量温良贤淑、相夫教子的女性形象；而西方文化中个人主义、自由平等的价值追求，催生出更多独立自主、敢于挑战传统的女性形象。当不同文化背景下的女性形象相遇，会产生一系列丰富而复杂的互动和碰撞，由此带来女性形象的多维度丰富与深化。

跨文化背景下的女性意识觉醒，也在与不同文化中的女性形象相互激荡。一方面，女性文学作品中鲜活生动的女性形象，能够唤起现实生活中女性对性别平等的深刻共鸣与关注，激励现实生活中的女性认知到自己的力量和价值，从而推

动女性意识的觉醒；另一方面，日益增强的女性意识，促使女性作家突破传统的性别桎梏，塑造出更加立体多元的女性形象。如此反复，女性形象塑造与女性意识觉醒在跨文化背景下实现了良性互动。

不同垮文化背景下女性的生存经验和心路历程，通过文学这一载体得以被细腻的描绘、深度剖析并广泛传播，进而实现了真正意义上的理解、认同与融合。女性文学作品生动再现了处于不同文化语境中女性的心理变化、生存状态，一方面让本土女性读者产生共情与启迪，另一方面也让异域女性读者对陌生文化中女性的生存现状有了更为直观的感知。在这个过程中，文化差异逐渐被跨越，由此形成一种超越国界的女性意识认同，并最终上升为整个人类的共同价值追求。

跨文化语境为女性文学与女性意识提供了一个深度互动的广阔空间。在这个空间中，不同文化背景下的女性形象塑造与女性意识觉醒相互砥砺、彼此滋养，形成了一种相互渗透又互为条件的关系。唯有深入把握这种关系的内在逻辑，才能充分挖掘跨文化女性文学蕴藏着的巨大革新与创造潜力，才能真正为女性主体性建构开辟出广阔的前景。

（二）文学与文化形成跨文化女性共识

跨文化语境下，文学与文化的互动交融为女性意识的觉醒和发展提供了广阔空间。在不同文化背景的碰撞与融合中，女性文学作品呈现出更加丰富多元的内涵，展现了女性在追求自我价值、争取社会地位等方面的不懈努力。与此同时，这些富有特色的女性文学创作也以其独特的魅力，深刻影响着女性意识的塑造与提升，推动着女性地位的不断改善。

文学与文化的互相影响，为跨文化女性共识的达成奠定了重要基础。在文学创作中，不同文化背景下的女性形象往往呈现出迥异的特点。然而，透过表象的差异，我们却能发现一个共同的主题，那就是女性对自身价值的追寻和对平等权益的渴望。无论是东方社会中温婉柔顺的传统女性，还是西方世界里独立自主的现代女性，她们在不同的文化语境中展现出的精神风貌，折射出了女性意识觉醒的普遍性和共通性。正是在这种共鸣与感召中，跨文化的女性共识得以萌芽和成长。

文学对于文化的影响是深远而多方面的。优秀的女性文学作品不仅为女性读者提供独特的视角和情感体验，表达女性的智慧、勇气、坚韧和创造力，更以其独特、细腻的笔触打动读者，引发社会对女性处境的关注。许多家喻户晓的女性文学形象，如《傲慢与偏见》中聪慧独立的伊丽莎白《简·爱》中坚忍执着的简·爱等，已经成为女性意识的文化符号，激励着一代又一代女性为自己的梦想、权益和平等而努力奋斗。她们在跨越时空的传播中，将女性意识的种子播撒到社会的每一个角落滋养女性心灵的土壤，促进了女性地位的全面提升。

与此同时，不同文化背景下的女性在交流互鉴中，也加深了彼此的理解，促进了女性意识的共同进步。跨文化交流为女性提供了更加开阔的视野，使她们能够站在更高的维度审视自身的处境，吸收借鉴其他文化中女性发展的有益经验。而这种跨文化的了女性对话与合作，又反过来推动了女性文学的创新发展，催生出更多反映女性生存状态、展现女性精神风貌的优秀文学作品。在这种互动与循环中，女性文学与女性意识携手并进，共同谱写了女性发展的崭新篇章。

四、女性意识在跨文化女性文学中的创新与拓展

（一）融合跨文化元素带来的新观点

跨文化女性文学中对女性意识的探讨和表达呈现出新的特点和趋势。在不同文化背景的碰撞与交融中，女性作家以更加开放、包容的姿态审视女性生存状态，思考女性发展道路。，从多元文化视角重新解构和建构女性意识，为女性意识觉醒和提升提供了新的思路和可能。

跨文化语境下的女性意识书写，一方面体现为对传统女性形象和命运的反思。女性作家立足于不同传统文化，对东西方社会中女性所处的从属地位、遭受

的歧视压迫进行了深刻批判。女性作家通过塑造反抗传统桎梏、追求独立自由的女性形象，表达了对女性解放的迫切渴望。同时，也挖掘和发掘了不同文化中女性的优秀品质和精神力量，重新定义了女性的社会角色和价值。

另一方面，跨文化女性意识的创新还体现在对女性身份认同的探索。处于多元文化交汇点的女性，其身份认同往往具有混杂性、多重性的特点。她们在不同文化身份之间游移、协商，力图找到自我认同的坐标。跨文化女性文学生动地呈现了这一过程，展现了女性在多元化文汇点面临多钟价值观的冲突与选择。女性作家以敏锐的洞察力捕捉女性身份认同的困境与挣扎，同时也展示了女性在跨文化对话中获得新生、重塑自我的蜕变过程。

跨文化语境还为女性意识的表达提供了新的话语资源和表达方式。不同文化传统中的语言符号、修辞方式、叙事策略等，为女性文学提供了丰富多样的表现形式。女性作家灵活地运用不同文化话语，创造出独特新颖的女性表达方式，突破了传统的在单一文化语境中的表达局限。她们将不同文化的隐喻、意象巧妙融合，创造出新的女性话语，表达了女性对世界的感知方式和价值追求。

跨文化语境为女性意识的创新表达开辟了广阔的空间。女性作家跨越文化藩篱，以海纳百川的胸襟汲取多元文化养分，为女性主体性建构注入了新的活力。她们以独特的女性视角审视不同文化传统，解构父权文化霸权，重塑女性形象，为女性指明了新的发展方向。同时，她们还以跨文化的语言实验，拓展了女性文学的艺术表现力，使女性文学焕发出勃勃生机。

（二）跨文化交流为女性文学带来的新机遇

跨文化交流为女性文学带来了前所未有的新机遇，开辟了广阔的发展空间。在全球化背景下，不同文化间的交流与碰撞日益频繁，为女性文学作家在创作中纳入更为丰富的人文内容，提供了更加多元、更加立体的视角。女性作家可以借助跨文化交流的平台，了解不同国家和地区女性的生存状态、情感体验和价值诉求，从而汲取灵感，创作出更具多样性和深度的作品。

跨文化语境为女性文学注入了新的活力和生机。在跨文化交流中，女性作家有机会接触不同的的女性形象和女性话语，这些都可以成为她们创作的源泉和灵感。通过对不同文化中女性处境的比较和思考，女性作家能够更加深刻地认识到女性问题的普遍性和特殊性，进而在创作中展现出更加宽广的女性主义视角。同时，跨文化交流也为女性文学提供了新的表达方式和艺术手法。女性作家可以借鉴和吸收异域文化的艺术特色，将其与本土文化相融合，创造出富有创新性和独特魅力的女性文学作品。

跨文化交流还为女性文学搭建了更加广阔的传播平台。在信息技术高度发达的今天，女性文学作品可以通过网络、电子书等渠道快速传播到世界各地，使得来自不同文化背景的读者都有机会欣赏和品味女性文学的独特魅力。这种跨文化的传播不仅推动了女性文学的发展和创新，也为女性作家提供了与国际读者交流互动的机会，有利于促进不同文化间的理解与对话。

跨文化交流还为女性文学研究开辟了新的领域和方向。通过比较不同文化语境下的女性文学，研究者可以发现女性作家在主题、风格、手法等方面的异同，进而探讨女性文学创作与所处文化环境之间的复杂关系。这种跨文化研究视角有助于女性文学继续绽放出更加璀璨的光芒。

五、跨文化视野下女性文学与女性意识的相互塑造

（一）文学在塑造女性意识中的跨文化视角

文学在塑造女性意识中扮演着不可或缺的角色，尤其是在跨文化语境下，文学所呈现的丰富多元的女性形象和精神世界，为女性意识的觉醒和发展提供了广阔空间。跨文化女性文学以其独特的视角和表现方式，深刻影响着不同文化背景下女性对自我身份的认知和价值观的建构。

跨文化女性文学为我们展现了不同文化语境中女性生存状态的异同，揭示了

女性在面对文化差异和社会变迁时所采取的应对策略。通过对不同国家和民族女性命运的书写，跨文化女性文学突破了单一文化视角的局限，为女性意识的塑造提供了更加立体、多元的参照系。在这一过程中，那些鲜活生动、个性鲜明的女性形象不仅展现了女性在特定历史文化语境下的生存困境，也表达了女性对自由、平等、尊严的不懈追求。这些文学形象无疑为现实中的女性提供了宝贵的精神资源和力量源泉。

跨文化女性文学以其敏锐的洞察力和批判性思维，直面并揭示了制约女性发展的深层文化机制。在不同文化传统的对比中，那些关于女性角色定位、行为规范、价值评判的主导话语被置于批判和反思中。跨文化女性文学通过对这些话语霸权的解构，唤醒了女性对自我境遇的觉察，激发了女性对身份认同的反思，为女性意识的觉醒创造了条件。与此同时，跨文化女性文学也积极探索女性主体性建构的多元路径，通过对女性生命经验的书写、女性内心世界的挖掘、女性价值追求的彰显，为女性意识的发展指明了方向。

跨文化视域下的女性文学作品创作与阅读本身就是一个动态的互动过程。一方面，不同文化背景的女性读者能够在阅读中产生共鸣、获得启发，进而反思自身处境，重塑价值观念。另一方面，女性读者的阅读体验和认知反馈也能促使女性作家在文学创作中不断拓宽视野、深化思考。这种创作与阅读的良性互动，使女性意识在跨文化语境中得以升华。

（二）女性意识塑造跨文化女性文学的具体分析

女性意识作为女性主体性觉醒的重要表现，在跨文化女性文学中得到了充分的体现和升华。不同文化背景下的女性作家以各自独特的视角和方式，揭示女性生存状态，探索女性内心世界，展现女性成长历程，塑造了一系列鲜活生动、个性鲜明的女性形象。这些跨文化的女性文学作品在文学史上占据了重要地位，不仅展现了不同国度、不同阶层女性的生活图景和精神风貌，还深入探讨了女性意识在不同文化语境下的差异性和共通性。

跨文化视野下，不同国度的女性文学在表现女性生存状态、揭示女性内心世界方面呈诸多相似之处。她们或直接批判男权社会对女性的压迫，或间接揭示传统文化对女性的束缚，从而实现了对女性意识的深度挖掘和艺术表现。同时，这些女性文学作品又呈现出鲜明的文化差异和民族特色。正是在对女性共同命运的关注中融入了不同文化元素，我们得以更全面地理解女性在多元社会中的多样性和复杂性。

跨文化语境为女性意识在文学中的呈现提供了广阔的空间。不同国度的女性作家以其独特的人生体验和文化视角，通过对女性生存状态的审视，对女性内心世界的揭示，对女性成长历程的展现，丰富了女性意识的内涵，提升了女性意识的高度。跨文化女性文学作品以其真挚动人的情感表达、深刻犀利的社会批判、灵动多姿的艺术表现，塑造着女性的生命形象，推动着女性意识的觉醒和发展。

参考文献

[1] 张莉 . 2021 中国女性文学选 [M]. 天津：天津人民出版社，2022.

[2] 郁敏，孙建光，李利红，等 . 英美女性文学经典选读 [M]. 苏州：苏州大学出版社，2022.

[3] 王孝会，李晓冉，吴雁汶 . 英美女性文学研究 [M]. 长春：吉林文史出版社，2019.

[4] 王慧 . 英美女性文学理论及作品赏析 [M]. 北京：北京工业大学出版社，2021.

[5] 齐心 . 多维视角下英美女性文学研究 [M]. 长春：吉林大学出版社，2020.

[6] 张迎春 . 女性意识影响下的英美女性文学研究 [M]. 北京：中国书籍出版社，2022.

[7] 张莉 . 对镜：女性的文学阅读课 [M]. 广州：花城出版社，2022.

[8] 张龙妹 . 日韩女性文学论丛 [M]. 北京：光明日报出版社，2022.

[9] 张园 . 李碧华小说中的女性人物抗争意识研究 [M]. 北京：光明日报出版社，2023.

[10] 陈红玲 . 女性意识与身体言说：丁玲创作研究 [M]. 西安：太白文艺出版社，2023.

[11] 张莉 . 重塑姐妹情谊　社会性别意识与现代女性文学谱系的构建 [M]. 北京：文化艺术出版社，2024.

[12] 同雪莉，郑安云 . 女性性别意识发展与心理健康 [M]. 北京：中国社会科学出版社，2019.

[13] 杨霞 . 当代中国女性公共参与意识培育 [M]. 北京：社会科学文献出版社，2019.

[14] 刘利广 . 女性的自驱型成长 [M]. 北京：中国纺织出版社，2023.

[15] 王欢 . 生态女性主义研究 [M]. 哈尔滨：哈尔滨工程大学出版社，2019.